Newton Compton Editores

Título original: *Forget Me Not*

© 2023, Julie Soto
© 2024, de la traducción por Marta Carrascosa Cano
© 2024, de esta edición por Antonio Vallardi Editore S.u.r.l., Milán

Primera edición: junio de 2024

Newton Compton Editores es un sello de Antonio Vallardi Editore S.u.r.l.
Pl. Urquinaona, 11, 3.º 1.ª izq. Barcelona, 08010 (España)
www.newtoncomptoneditores.com

Gruppo editoriale Mauri Spagnol S.p.A.
www.maurispagnol.it

ISBN: 978-84-10080-18-8
Código IBIC: FA
DL: B 4.878-2024

Composición:
Sergi Godia

Diseño de interiores:
David Pablo

Impreso en junio de 2024 en Puntoweb s.r.l., Ariccia (Roma), en Italia.

Julie Soto

# No me olvides nunca

Traducción de Marta Carrascosa Cano

Newton Compton Editores

Barcelona, 2024

*Para Mar y Cat.*
*Gracias por darme la mano*
*por debajo de la mesa durante todos estos años.*

# 1

# Ama

## Marzo

Tengo cinco reglas para planear una boda de éxito. (Mentira. Estoy segura de que hay más, pero si digo: «Tengo setenta y cinco reglas, toma asiento», creo que habría perdido tu atención).

Regla n.º 1. Nada de animales vivos. Se comen los anillos, muerden a las niñas de las flores y se cagan en todas partes.

Regla n.º 2. Cosas hechas a mano no significa que la pareja haga las cosas con sus propias manos. Significa que la pareja se metió en Pinterest y ahora es problema de la *wedding planner*.

Regla n.º 3. Un DJ de un club nocturno y un DJ de bodas no son intercambiables.

Regla n.º 4. Nunca te quedes a solas con el padrino de la boda.

Y, por último, regla n.º 5. Habla siempre con ellos fuera de la glorieta. Siempre.

Avanzo hacia el altar con los muslos ardiéndome para evitar que los tacones se me hundan en la hierba. La alfombra llega en veinte minutos, y me alegro de haber insistido en ella, porque la novia habría estado sacando las piernas de aquí como si se tratara de un pantano.

Mi fotógrafa y exhermanastra favorita (una mujer india y alta que confunden con Priyanka Chopra al menos un par de veces al día) está tumbada boca abajo en medio del parque, con la cámara apuntando hacia arriba, hacia el cenador, donde mis ayudantes han sido secuestrados para sustituir a los novios.

—Mar, querida —digo con una sonrisa falsa—. Jake ya tiene trabajo. –Con un chasquido de dedos, Jake (otro hermanastro) baja los escalones de la glorieta y regresa a la zona de carga, donde se supone que tiene que estar dirigiendo a los proveedores–. Y te dejé a Sarah diez minutos.

Mientras se pone de pie con sus largas extremidades, el hermoso rostro de Mar me mira con el ceño fruncido a quince centímetros por encima de mi cabeza.

–¿Glorietas, Ama?

–La pareja insistió. Sé que las odias...

Me agarra del brazo, me coloca a su lado y gira la pantalla de vista previa de la cámara hacia mí.

–Celosías. ¡Celosías!

Miro los fotogramas mientras ella los revisa. El techo de la glorieta está entrecruzado y, qué suerte, hoy hace un día radiante. Hay sombras en las caras de Jake y Sarah.

Mar se inclina hacia mí.

–Parecen...

–Tartas de manzana. Parecen tartas de manzana. –Resoplo y miro al sol. Hay nubes en el oeste, pero ¿llegarán a tiempo?–. ¿Qué llevas en el coche?

–Un montón de cosas que quedarían fatal durante la ceremonia de verdad.

Asiento y miro la glorieta. Mar sabe que tiene que dejarme pensar. Me paso una mano por el pelo oscuro, sigo acostumbrándome a la medida más corta, aunque han pasado dos años desde que me caía entre los omóplatos. (De hecho, sé con exactitud cuánto tiempo ha pasado desde que me arrastré hasta la peluquería y le rogué a mi peluquera que me hiciese verme «diferente»).

Me vuelvo hacia Sarah, que se ha sentado en los escalones de la glorieta.

–Sarah, en cuanto empiece la ceremonia, te harás con las llaves de Mar y conducirás su coche hasta la zona de carga. Llevarás con discreción todo lo que ella te diga a ese árbol enorme, y en cuanto digan «Sí, quiero», Mar y tú os encargaréis de todo. Sacaremos al oficiante de la boda y a la pareja y haremos unas cuantas fotos que no parezcan sacadas de una pastelería.

Sarah, otra exhermanastra, la cual no tiene interés alguno en la organización de bodas, y se le nota, parpadea ensimismada hacia mí.

—¿Quién va a preparar lo del DJ?

—Supongo que yo. —Echo un vistazo al reloj y miro a Mar. Asiente con la cabeza—. Vale, Mar. Durante la ceremonia real, capta el beso, los momentos importantes, pero céntrate en los familiares que lloran.

—Los familiares llorones son el pan de cada día.

Las dejo en la glorieta y saludo a la chica que trae las flores. Como asistente de la florista teje guirnaldas de rosas a través de las sillas, busco los pétalos que se están poniendo marrones, y los arranco directamente de los capullos. Los labios de la ayudante se tensan cada vez que lo hago, pero sabe que no debe decir nada.

Doy un paso atrás y echo un vistazo al recinto. Ya casi lo tenemos. Tengo que poner carteles y hacer una prueba de sonido, pero ya está todo listo. Cuando llega la alfombra, el hombre gruñón del camión no me resulta familiar. Me mira y me pregunta si soy la ayudante de Ama Torres. Cuando le corrijo, no parece confiar en que yo sea la clase de persona capaz de colocar sillas en línea recta, y mucho menos de coordinar una boda, pero se encoge de hombros y hace rodar la alfombra por el pasillo.

Mientras observo al DJ juguetear con los ajustes de sonido, el auricular inalámbrico que llevo en la oreja emite un pitido —sí, soy esa persona—, y respondo:

—Soy Ama.

—Eh, hola. —No reconozco la voz—. Eres la *wedding planner*, ¿verdad?

—La misma —respondo lo más animada que puedo—. ¿Quién eres?

—Erica. Soy la prima del novio.

11

La dama de honor que decidió teñirse el pelo de verde la semana pasada.

–Hola, Erica. Parece que algo va mal.

–Sí... Eloise se ha encerrado en el salón de las chicas. –Me detengo en seco–. Las otras chicas no querían que te llamara, pero han pasado como cuarenta y cinco minutos, y la maquilladora ni siquiera ha empezado con ella...

–Entendido. Gracias, Erica. Voy para allá.

Doy unos golpecitos en el auricular como el villano de las películas de James Bond y giro como una bailarina para dirigirme al hotel de enfrente. El séquito nupcial está apostado en una pequeña sala de conferencias de la planta baja que el hotel, ingeniosamente, ha transformado en una *suite* después de que se disparara la moda de celebrar bodas en el centro de la ciudad. Me dirijo directamente a la recepción, donde Bernie, mi encargado favorito, ya está rebuscando en el cajón.

–¿Una emergencia? –dice.

–Nada con lo que no pueda lidiar. –Le sonrío y acepto las llaves de su mano extendida.

Mis piernas cortas cruzan a zancadas el vestíbulo y entran directamente en la *suite* sin llamar. Seis cabezas peinadas a la perfección me miran, y Erica finge estar igual de sorprendida por mi llegada. Carmen, la dama de honor, levanta la cabeza desde donde está apoyada contra la pared del baño, hablando a través de la puerta. Parece medio aliviada al verme y medio disgustada por no haber podido ser la salvadora.

Pero ese es mi trabajo.

Voy directa a la puerta cerrada.

–Carmen, todo va a salir bien. ¿Puedes asegurarte de que la maquilladora esté lista para Eloise dentro de cinco minutos?

Carmen parpadea, pero yo abro la puerta, entro en el baño y cierro detrás de mí antes de que pueda hablar.

El baño es un diseño con pantallas Tiffany sobre los apliques y azulejos *déco* de 1940. En la pared del fondo hay una bañera con patas de garra, y dentro está Eloise, que pronto será una

Reynolds, con chifón blanco cubriendo los laterales de porcelana esmaltada. No me mira, está absorta en el vacío.

Los tacones me chasquean en las baldosas blancas y negras cuando me acerco y, con un vistazo rápido, confirmo que no ha abierto el grifo; no se repite el desastre de la boda de los Winchell de 2022, menos mal. Me quito el auricular, me descalzo y me meto en la bañera, sentándome frente a ella.

Pestañea cuando me ve. Entonces le tiemblan los labios y se le escapa un gemido. Se tapa la cara con una mano mientras le caen las lágrimas. No digo nada hasta que termina. Se lleva las palmas a los ojos y echa la cabeza hacia atrás para contener las lágrimas.

Le hablo en voz baja:

—¿Qué es lo que cambiarías para que este día fuera perfecto? Solo una cosa.

Se muerde el labio, mirando a la pared.

—Al novio.

Ah. Bueno, en eso no puedo ayudar. Al menos no de manera inmediata. Asiento con la cabeza, como si lo entendiera, como si lo considerara.

Patrick Reynolds no era mi novio favorito. Se declaró en un partido de béisbol, con pantalla gigante y todo. Siempre puedo hacerme una buena idea sobre la pareja cuando pregunto por la historia de su compromiso. No digo que sea un método probado para saber si va a salir bien, pero... las novias con las historias de compromiso más bonitas son las que no me han visitado dos veces.

—¿Quieres irte? —le pregunto—. ¿Escaparte por la parte de atrás?

Se le escapa una risa ahogada.

—¿Hablas en serio?

—Sí. Podemos saltar. Solo tú y yo. O solo Carmen y tú. —Cuando la confusión no desaparece de su cara, digo—: Lo que quiero decir es que ya me han pagado, así que ¿qué más me da si la boda se celebra o no?

Resopla y se pasa la mano por la cara.

—¿Qué pasaría con los proveedores? ¿El *catering*, el DJ?

—Me temo que el día de la boda no hay devolución. Comerás pollo o pescado durante los próximos cincuenta y siete días.

Le tiembla el labio.

—¿Es raro que odie más la idea de cancelar el banquete que la de cancelar la ceremonia?

—No. Es bastante normal estar más emocionada por la fiesta con todos tus amigos que por el momento del altar.

—¿Puedo celebrar la fiesta sin casarme? —murmura mientras se alborota el vestido sin rumbo fijo. Sonrío y la dejo pensar—. La verdad es que detesto la idea de seguir adelante con esto, cuando sé que será en vano. No quiero acabar como mis padres, aguantando hasta que los niños vayan a la universidad. —Resopla—. ¿Es peor celebrar una boda por diversión, cuando sabes que no va a ser tu última boda?

Trago saliva con fuerza. Me prometí que dejaría de hacer esto, que dejaría de acercarme. Siempre lleva al desastre. Eloise me había invitado a su despedida de soltera porque ya me había acercado demasiado. Pero mi trabajo es llevarla al altar. Así que tomo aire y dejo de contenerme.

—Mi madre se ha casado dieciséis veces.

Eloise me mira como si acabara de tirar su tarta de bodas al suelo.

—¿Cuántas?

—Dieciséis. Mi padre era el número cinco. Soy su única hija biológica, pero Mar..., la fotógrafa, es la hija del número nueve. Tengo más de veinte hermanastros y exhermanastros por todo Sacramento, incluidos mis dos ayudantes de hoy.

Puedo ver cómo trabaja su mente, contando, haciendo cuentas.

—Eso es... horrible. Lo siento, no quería ser grosera al respecto...

—No pasa nada. Cuando era joven, pasar de una familia a otra era un auténtico reto. Pero con el tiempo conocí a gente genial. —Me aclaro la garganta y vuelvo a centrarme—. Solo te cuento esto para decirte que, por mucho que quieras que sea tu única boda, no tiene por qué serlo. Mi madre organiza siempre ceremonias y banquetes completos. Solo una de esas dieciséis bodas fue en el ayuntamiento. Así que si planeas una boda diferente dentro de tres años, toda esa gente seguirá estando ahí para ti. Nadie se cansa de las bodas. Créeme.

Despacio, asiente.

–¿Por eso te hiciste *wedding planner*?

Sonrío.

–Más o menos. A los dieciocho ya sabía todo sobre las bodas. Lo había hecho todo, desde niña de las flores a dama de honor y a DJ.

Eloise se ríe.

–¿Alguna vez has estado casada?

–No –digo–. No me ha interesado nunca, ni siquiera cuando era pequeña. –Y antes de decirle que ni siquiera creo en los compromisos a largo plazo el día que intento que acepte uno, respiro hondo y cambio de rumbo–. Así que puedes elegir, Eloise. Tú tienes el poder. Puedes salir ahí fuera y comer tarta, bailar y hacer un intento sólido de mantener estos votos. O podemos escabullirnos por la puerta de atrás. Enviaré a mi asistente para que lo suspenda. –Le agarro la mano y le doy un apretón–. Una boda no es el matrimonio. Los matrimonios nunca serán perfectos. Siempre son un proyecto en construcción. ¿Pero las bodas? Las bodas no son más que un momento en el tiempo, esforzándose por ser perfectas. Déjame que haga un momento perfecto para ti, Eloise.

Eloise se muerde el labio inferior entre los dientes, mirando el anillo de compromiso. Cuando vuelve a mirarme, sé que lo he conseguido.

Salimos de la bañera y, cuando abro la puerta del baño, Carmen sigue de pie, dando saltitos.

–Todo va bien. ¡Señoritas! –digo a todas las presentes en la habitación–. Tenemos trabajo por delante para que esto salga a tiempo, pero lo que no nos ahorrará tiempo es preguntarle a Eloise qué ha pasado esta última hora, ¿vale?

Le guiño un ojo y Eloise asiente con la cabeza en señal de agradecimiento.

Mientras le devuelvo las llaves a Bernie, intento decirme a mí misma que he hecho lo correcto abriéndome. Ya es el día de la boda. Dar un poco de ti no es malo, a pesar de lo que me han hecho creer.

Cuando vuelvo al jardín, Jake camina hacia mí con aire agitado.

–Acaba de llamar el del *catering* –suelta, presa del pánico–. Dice que no ha llegado la mantelería.

Maldita sea. Es una empresa de mantelería nueva que estaba probando. Cruzo las manos delante de mi estómago y dejo que mis dedos jueguen con calma con el largo collar de cadena que se posa entre mis pechos.

–Jake. ¿Cuánto te estoy pagando?

Balbucea:

–¿Cien dólares?

Jake es como un Teleñeco. Es estudiante de segundo año en la CSU de Sacramento, estudia teatro. Esperaba a una persona especializada en dirección escénica, pero parece que me ha tocado una en arte dramático. Ahora es mi único hermanastro, ya que su padre está casado con mi madre. Digo ahora, porque..., bueno..., es solo cuestión de tiempo.

Busco en el móvil la empresa de mantelería entre mis contactos. Mi llamada es enviada a la recepción de Linens and Love, y digo:

–Soy Ama Torres. Su empresa lleva una hora de retraso en la entrega de la mantelería. ¿Qué puede decirme al respecto?

El tipo que está al otro lado de la línea titubea y dice:

–El camión está de camino. Es que... ha habido un problema con el coche...

Saco las llaves del coche del bolso y digo:

–¿Puedo enviar a alguien a buscar el camión? Está retrasando a mi personal de *catering*.

Me dice dónde está parado el camión y lo pongo en espera, tomo a Jake del brazo y lo arrastro hacia el aparcamiento.

–Jake, ahora te voy a pagar doscientos dólares para que vayas a la gasolinera de Howe, y lo cargues todo en mi coche, y me refiero a todo; ata las cajas a la parte superior si es necesario. Y luego, ve directo al lugar de la celebración y ayuda al *catering* para que todo esté según el horario previsto. ¿Entendido?

Jake empieza a balbucear de nuevo, y yo digo:

–O no se te pagará nada. Porque ahora me estás estorbando.

Traga saliva, asiente y se dirige a mi coche. Una vez que se ha alejado, vuelvo con Mar a la glorieta y conecto de nuevo el auricular.

–Mi ayudante irá a buscar el camión. Por favor, dígale a su conductor de reparto que si se retrasa una hora, llame, y por favor, hágale saber a su gerente que Ama Torres está muy descontenta. No añadiré a Linens and Love a mi lista de proveedores aprobados.

Le cuelgo el teléfono mientras empieza a disculparse. Respiro hondo, echo los hombros hacia atrás y encuentro a Mar en una escalera, prácticamente colgada del techo de la glorieta para colocar una lucecita.

–¿Todo bien por aquí? –le pregunto.

–¿Cuál era el drama? –pregunta–. Te vi dirigiéndote al hotel.

–La novia estaba a punto de huir. La he convencido de que no lo hiciera.

Mar alza una ceja oscura.

–¿Cómo lo has hecho?

Frunzo los labios en una línea.

–Le hablé sobre mi madre. Y sobre que creo que los matrimonios no importan, pero las bodas sí.

Mar se ríe.

–Muy atrevido por tu parte.

Me encojo de hombros.

–Tenía un pie en la puerta. Pensé que era hora de un poco de honestidad.

Baja de la escalera y dice:

–Si alguien puede convencer a alguien de que los primeros

17

matrimonios no importan, es la hija de Cynthia Jones Rutherford Reed Dyer Lee Torres.

–No puedo creer que aún lo tengas memorizado.

–Smith Smith Nelson Jaswal Matthews Andrews Evans Benjamin... y tres más. –Toma aire como si hubiera corrido una carrera–. Solo lo tenía memorizado hasta que Cindy empezó a casarse con un montón de nombres de pila a modo de apellido.

–Después de tu padre todo fue cuesta abajo –le digo, y ella levanta la cámara para hacerme una foto–. Las chicas estarán listas en diez minutos. Cuando me fui, aún no habían maquillado a la novia y a la madrina.

Mar arruga la nariz y revisa el móvil.

–Se va a hacer tar...

–¡No lo digas! –La apunto con el dedo y me dirijo hacia el coche del oficiante de la boda cuando se detiene en la acera.

Pasamos el resto del montaje sin más contratiempos y, antes de que se pueda decir «Sí, quiero», los invitados empiezan a llegar. Cuando llega el aparcacoches, puedo volver a pasar por el hotel. Al entrar en la *suite*, Mar tiene a Eloise mirando por la ventana con la luz del sol colándose a través de las cortinas de encaje. Eloise me mira por encima del hombro y asiente con la cabeza, risueña.

Parece que arrancamos.

La novia camina hacia el altar al compás de *A Thousand Years*, como siempre, y yo me quedo atrás, junto a un pariente con un bebé llorón, esperando la siguiente señal musical. Cuando Eloise y Patrick vuelven a pasar por delante de sus invitados, ya juntos y recién casados, veo que ella le sonríe con los ojos húmedos.

Puede que funcione.

Los llevo a la derecha, lejos de la salida para invitados, y los retengo mientras el cortejo nupcial se une a nosotros, dejando que Mar y Sarah lo preparen todo para nuestras falsas fotos de boda. La tía de alguien intenta seguir al cortejo nupcial y colarse en sus fotos privadas, y se me escapa la expresión de Eloise cuando le digo con firmeza que es una zona privada y que no se permite la entrada a nadie que no sea del cortejo nupcial. Me gruñe y se aleja haciendo sonar sus tacones. Presiento que me va a mandar un correo electrónico muy duro.

Me encanta la parte de después de la ceremonia. Las partes difíciles ya han pasado, para mí y para la feliz pareja, y los proveedores están haciendo su trabajo en el siguiente sitio. En este punto, básicamente se trata de acorralar a niños pequeños, llevar al séquito nupcial del punto A al punto B. Y cuando se contrata a Mar como fotógrafa, no soporta que los padrinos de boda deambulen o que haya miembros de la familia merodeando por ahí. Tiene un don mágico para las bodas, porque es lo suficientemente alegre y comprometida como para que las damas de honor se sientan atraídas por ella, pero lo bastante *sexy* como para que los padrinos escuchen cada palabra que sale de su boca.

Al igual que yo, no olvida la regla n.º 4: nunca te quedes a solas con el padrino de la boda.

Una vez en el salón de recepciones, es pan comido. Cuando entro, Jake parece un drogadicto y habla a mil por hora. Está doblando servilletas en formas que casi parecen correctas, diciéndome que el repartidor se disculpó mucho.

No es suficiente. Linens and Love no va a entrar en mi Rolodex. (Sí, tengo un Rolodex auténtico. Es de los años cincuenta y resulta adorable).

Termino las servilletas con él, rehaciendo las que ha dejado mal, y entonces llegan los invitados.

Lo que más echo de menos de trabajar con una gran empresa de organización de bodas es que solía ser capaz de tranquilizarme en cuanto se cortaba la tarta. Cuando estaba con Whitney Harrison Weddings, siempre podían contratar a tres como Jake para el montaje y desmontaje. Ahora que trabajo por mi cuenta, tengo que estar al amanecer y al anochecer. Un día llegaré ahí. Un día haré tres bodas por sábado y dos por domingo, como Whitney. Pero tal y como están las cosas, solo puedo hacer una al día, y tengo que reservar paquetes más pequeños los domingos porque no estaré disponible el día antes de la ceremonia.

Lo que de verdad necesito es un artículo de Martha Stewart o TheKnot.com, como el que le hicieron a Whitney cuando tenía veinte años. Saltó a la fama con la boda de la hija del alcalde y ella sola puso a Sacramento en el mapa del sector de las bodas. Cuando trabajé para ella, llevaba veinticinco años de carrera y tenía contactos en San Francisco. Casi nunca aparecía el día de la boda, a menos que se tratara de una boda muy mediática.

En realidad, me gusta mucho el día de la boda. Me gusta el ajetreo de la ceremonia, me gustan los baches y las caídas, me gusta el primer baile. Pero, sí, algún día me encantaría cobrar lo suficiente como para tener dos asistentes más aquí para poder limitarme a apuntar. Eso requeriría sacrificar un poco mi marca, que hasta ahora ha sido *millennial*, moderna y asequible con un toque personal.

—¿Por qué miras al DJ con el ceño fruncido? ¿Le has vuelto a descubrir esnifando coca en el baño?

Mar saca una foto a mi lado.

—¿Crees que todavía trabajo con ese tipo? —le digo—. Hice que lo pusieran en la lista negra. Ahora solo trabaja en bodas con cocaína.

—Excelente. —Cambia de objetivo—. ¿Estás pensando en mañana?

Bueno, no lo había hecho. Pero ahora que ha sacado el tema...

—No estoy nerviosa —me apresuro a decir.

Se ríe.

—Bien. No tienes por qué estar nerviosa. Te querrán o no te querrán. No hay nada más que puedas hacer.

Asiento con la cabeza y respiro hondo.

Hablando de grandes oportunidades, mañana podría ser el día. Hazel Renee, una *influencer* con 4,2 millones de seguidores en Instagram y 8 millones de suscriptores en su canal de YouTube, se ha enamorado de una chica de Sacramento. Vi el anuncio de su compromiso el mes pasado en Instagram y pensé: «¿Qué afortunada *wedding planner* de Los Ángeles se encargará de esa boda?».

Pues bien, parece que la afortunada persona que organice ese boda podría ser yo. Su prometida, Jacqueline Nguyen, quiere casarse en su ciudad natal. Me envió un correo electrónico hace dos semanas para concertar una entrevista. Intento no hacerme ilusiones. Estoy totalmente preparada para hacerles saber lo que ofrezco y lo que no. Incluso si planea mantener la lista por debajo de treinta, hay agencias que tienen mucha más experiencia en el estilo que pueden querer (léase: elegante de narices).

Pero si conecto con Hazel y Jacqueline... Si hago una boda que vean millones...

Eso es lo único que me hace falta. Esa es la oportunidad dorada para acceder a la clase alta (léase: elegante de narices) y a una gran exposición.

Solo tengo que asegurarme de estar preparada para ello.

Al final de la noche, Eloise se tropieza conmigo, descalza y borracha de amor, me da un beso en la mejilla y me dice que he sido la mejor elección de su vida. La despido en su coche y sonrío para mí misma.

Los fríos ojos azules de Whitney Harrison centellean en mi mente, la voz maternal que reservaba solo para mí, diciendo: «Ten cuidado, Ama. Al fin y al cabo, tú eres la *wedding planner*, no su madrina. No des tanto de ti por gente a la que nunca volverás a ver, gente que probablemente ni siquiera se despida de ti al final de la noche».

Bueno, chúpate esa, Whitney.

Suspiro, masajeándome la frente. He intentado establecer límites más claros. La línea de la profesionalidad con los clientes y los proveedores siempre ha sido mi punto débil. Me encanta conocer a la gente y averiguar qué les hace felices. Pero desdibujar los límites siempre me causa problemas.

Siempre.

# 2

# Ama

## Marzo

Decidir qué ponerse para quedar con alguien que tiene su propia línea de maquillaje, tres proyectos inminentes en IMDb y su cara en Times Square es una pesadilla.

Cuando Hazel Renee hizo su primera portada para *Marie Claire*, yo estaba en el instituto. Tenemos más o menos la misma edad, así que a mis amigos y a mí nos tiene conquistados desde hace mucho tiempo. Llevo diez años siguiéndola en Instagram, así que sé exactamente qué esperar cuando entre en la cafetería dentro de una hora.

Por lo general, en una primera entrevista con la pareja, me visto para el cliente. Gracias a un poco de búsqueda en redes sociales, puedo determinar si es más probable que funcione mi traje con falda de Stella McCartney o mi rollo bruja bohemia. Hazel y Jacqueline son jóvenes y estilosas. No quieren un Stella. Me pongo una camiseta negra entallada y una americana negra sobre los vaqueros y me calzo unos zapatos negros de tacón. Dedico un buen rato extra a maquillarme, porque es Hazel Renee, y utilizo su línea de maquillaje. Fue Hazel quien me enseñó a maquillarme el contorno en sus vídeos de YouTube cuando era una adolescente, y sigo haciéndolo como ella, porque con mi cara redonda siempre me confunden con una niña.

Con un poco de perfume y un bufido de mi gata, salgo a la cálida mañana del mes de marzo.

Hace unos años me compré una casa de dos habitaciones en la dulce zona de la Ciudad de los Árboles. Lo que quiero decir es que me mudé a una casa de dos habitaciones. Será mía oficialmente dentro de aproximadamente ochenta y cuatro años. En un lugar como Sacramento, es difícil no dejarse atrapar por el rollo de compartir piso en pleno Midtown. Hay un radio de cinco manzanas en el que te sientes un poco como en Nueva York: un bar debajo de tu apartamento, un pequeño supermercado en la esquina y no hace falta tener coche. Es adictivo. Mar sigue en Midtown, pero viene a verme quince manzanas al este cuando necesita «unas vacaciones». Decidí romper con el estereotipo *millennial* cuando dejé de vivir de alquiler. No te preocupes: sigo gastándome seis mil dólares al año en tostadas de aguacate. Me dejaron conservar mi tarjeta de socia.

Y, de hecho, si hay algo en lo que gasto seis de los grandes al año, es en dónuts.

Abro la puerta de J Street Donuts y el señor Kwon me saluda por encima de la cabeza de la mujer a la que está atendiendo. Cuando llego al mostrador, ya está sirviéndome mi media docena.

–Déjame adivinar –me dice–. Nuevos clientes.

–¿Cómo lo ha sabido?

–Vas vestida para impresionar. –Sella la parte superior de la caja y agarra mi billete de diez dólares–. El de mantequilla de cacahuete está en la parte izquierda, envuelto en papel.

–Gracias, señor Kwon.

Salgo antes de que la mujer que tenía delante haya sacado la tarjeta del datáfono.

El señor Kwon sabe que debe quedarse con el cambio, igual que sabe que, aunque su dónut Peanut Butter Dream es el más vendido, yo soy alérgica. Solía darme unos cuantos para los clientes en una caja aparte, pero al cabo de unos años acabé convenciéndole de que con separarlos era suficiente.

Los dónuts son mi forma de expresar amor. Llevo una caja a todas las comidas, fiestas, cócteles..., lo que sea. No hay nada en el mundo que no pueda resolverse con el primer bocado de un dónut perfecto. Por supuesto, excluyo los problemas mundiales graves, pero incluso así, creo que, si todos pudiéramos sentarnos y comernos un dónut, las cosas podrían ir mejor.

Los dónuts también son una táctica que me sirve para conocer a los clientes. Puedo averiguar qué novias se han puesto a dieta para los vestidos de novia, qué novios prefieren que sus prometidas no coman dulces, y qué parejas ya están comiendo por estrés. Y mientras conozco a los clientes, puedo comerme un dónut. O seis, si están, en efecto, a dieta. Mi madre se sometió a dietas demenciales e intensas durante aproximadamente un tercio de sus bodas, y eso me decía mucho sobre en qué punto estaba emocionalmente con esa persona, con sus amigos, con ese momento de su vida, etcétera.

Aparco en la puerta de Weatherstone, una cafetería de moda en un edificio de ladrillo que en su día fue un establo de caballos. No sé qué día, pero fue hace mucho tiempo. Los baristas de aquí también me conocen porque vendo su café para los convites. Incluso hice una boda con treinta invitados en la cafetería hace dos años, por eso el barista de la perilla no dice nada de los dónuts que traigo.

Ocupo la esquina libre de la rústica mesa de comedor situada en el centro de la cafetería y me acomodo frente a la puerta. Pido un café solo —te lo traen en una pequeña jarra individual, para que te sientas más pijo— en lugar de lo que pido siempre: *espresso* corto acompañado de algo frío para después. Las piernas ya me tiemblan bastante.

Nunca he estado tan nerviosa en la primera reunión. Excepto tal vez en la primera que tuve. Eso fue hace más de tres años. Whitney me los había enviado cuando se negaron a aceptar sus precios y, aunque suene como a un polvo por lástima, fue en un momento de mi carrera en el que necesitaba tantos polvos por lástima como pudiera conseguir. Decidir dejar Whitney Harrison Weddings podría haber sido el error más colosal de mi vida, pero, por suerte, Whitney me apoyaba.

Son las nueve y dos minutos, la puerta se abre y tardo un segundo en darme cuenta de que estoy viendo a la persona que antes solo existía en mi móvil. Esperaba una chica de pasarela, pero me encuentro con la chica de la puerta de al lado. Hazel viste vaqueros y un cárdigan, lleva su pelo rubio oscuro recogido; lo único que la hace destacar como celebridad son las gafas de aviador que lleva puestas incluso cuando se pasea por el interior. Sus dedos se entrelazan con los de una chica asiática de mejillas redondas y brillantes ojos marrones: Jacqueline. Es la primera en verme y me señala con la mano.

–Hola, ¿Ama?

Jacqueline deja caer su bolso sobre la mesa a mi lado y me ofrece un apretón de manos.

–Tú debes de ser Jacqueline.

–Jackie está bien –me dice–. Ella es Hazel.

Estrecho la mano de Hazel.

–Encantada de conocerte.

Me da un apretón fuerte y tiene una cara preciosa, y todo esto me está mareando un poco.

–Dios, tu piel es perfecta –dice, y entonces estoy prácticamente en el suelo.

Me acerco las yemas de los dedos a las mejillas y digo:

–Ah, gracias. De hecho, es tu línea.

–¡Increíble! Me encanta. –Me dedica una sonrisa brillante y se vuelve hacia Jackie–. ¿Hazelnut latte?

Jackie asiente y se sienta frente a mí mientras Hazel se dirige al mostrador. Jackie está a punto de decir algo cuando sus ojos se fijan en la caja rosa que hay entre nosotras.

–Si eso son dónuts, voy a perder la puta cabeza.

Le sonrío y abro la caja. Chilla como si fuese yo la que se hubiera arrodillado con un diamante y busca su favorito entre la media docena.

–Si te gusta la mantequilla de cacahuete, es su especialidad. Es este. –Señalo el que está envuelto en papel encerado.

No duda en darle un buen bocado, y creo que ya estoy obsesionada con ella.

–Oh-Dios-mío –murmura alrededor del dulce.

Hazel vuelve a la mesa justo a tiempo para que le pongan el dónut en la cara con un «cariño-tienes-que-probar-esto».

–¡Mmm! –Abre los ojos de par en par–. Me encanta.

Bien. Bien. Oficialmente me caen bien.

Siempre me gusta evitar que la conversación vaya directamente a los negocios. Creo que ayuda a que todo el mundo empiece a hablar de algo tan incómodo como una boda. Whitney no estaba de acuerdo. A ella le gustaba ponerse manos a la obra. Pero cuando eres Whitney Harrison, la gente deja de hablar cuando tú empiezas.

–Jackie, ¿creciste aquí, en Sacramento?

Jackie asiente mientras bebe un sorbo de su café con leche.

–Fui a Rio Americano. Promoción de 2015.

–¡Ah, el mismo año que yo!

–¿En serio? ¿Dónde fuiste?

–A St. Joseph –digo, un poco avergonzada.

A Jackie le brillan los ojos y dice:

–Ah, sí.

Mi madre creció con mucho dinero. Gastó ese dinero en dos cosas: mi educación privada y sus bodas. Cuando le digo a la gente que fui al St. Joseph, uno de los cuatro colegios católicos y privados de Sacramento, me miran con otros ojos. Lo odio. Yo no tengo el dinero de mi madre, porque sigue gastándoselo en arreglos de mesa y cuartetos de cuerda, pero también porque no quiero pedírselo si no lo necesito. Desde que trabajé con Whitney casi al terminar el instituto, no lo he necesitado. Y el hecho de que no fuera a la universidad es, en realidad, una lacra para la reputación, por lo demás intachable, del St. Joseph. Una de las únicas cosas buenas de haber ido a ese instituto es que todos mis amigos y conocidos se están casando. Algunos de ellos pueden permitirse ir a Whitney, pero muchos de ellos han recurrido a mí en los últimos tres años.

–¿Y a qué te dedicas? –le pregunto a Jackie.

–Soy directora legislativa en el capitolio.

–¡Genial! Quiero decir, suena guay. No tengo ni idea de lo que quiere decir. –Jackie se ríe. Le dirijo una sonrisa y me vuelvo hacia Hazel–. Y obviamente sé a qué te dedicas tú. Pero ¿qué te trae a Sacramento?

–Jackie –contesta sin más. Las dos se miran, con los pómulos encendidos–. Siempre ha querido casarse aquí.

–Es una gran ciudad. –Le doy la razón–. Y aquí también hay lugares de ensueño. –Volviendo al tema...

–En realidad ya tenemos el sitio. –Jackie sonríe, volviéndose hacia mí.

–¡Excelente! ¿Ya habéis fijado una fecha?

–Todavía no –dice Hazel–. Jackie quería asegurarse de que tenías libre la fecha.

Se me congelan los dedos dentro de la bolsa mientras busco mi carpeta de catálogos.

–Oh, eso es... –Deslizo la carpeta sobre la mesa–. Me siento muy muy halagada de que hayáis querido reuniros conmigo. «Halagada» no es la palabra correcta, estoy superemocionada. Me habéis alegrado el día. –Miro sus caras expectantes–. Solo quiero asegurarme de que estáis pensando en lo mejor para vuestra boda. Aún no conozco todos los detalles (cuán grande, cuán lujosa), pero hay muchas empresas que tienen experiencia en la organización de bodas de todos los tamaños. Whitney Harrison Weddings es una empresa increíble, y yo solía trabajar allí...

–He oído cosas no muy buenas sobre Whitney Harrison, la verdad –dice Jackie, haciendo una mueca.

–Ah, vale. –Intento sonreír amable, pero me estoy devanando los sesos pensando en quién podría haber criticado a Whitney y vivir para contarlo.

–Y, por el contrario –dice Hazel–, tú estás muy bien recomendada.

Abro la boca para aceptar el cumplido, pero nunca se me ha dado bien, así que solo me sale un:

–Sí, ¡genial! –Me aclaro la garganta–. Vamos a hablar de lo que puedo ofreceros, y nos aseguraremos de que es exactamente lo que queréis para vuestro día.

Las dos asienten, como si fueran muñecas cabezonas. Le doy la vuelta al catálogo y abro la primera página. Me tiemblan un poco las manos. Apenas tenía una pizca de esperanza de que esto fuera a salir bien. Ni siquiera sabía si podría lograrlo si les gustaba, pero sabía que quería intentarlo. Esta carpeta es básicamente mi presentación, así que me sumerjo en ella.

—En este sector tan competitivo de las bodas, mi especialidad sois vosotras. Vuestra visión. Vuestra boda. Mi empresa ofrece seis paquetes que se adaptan a vuestro presupuesto —estoy a punto de decir que el dinero probablemente no sea un problema, pero me alejo de esa estúpida idea— y a vuestro estilo. —Paso la página a mi *pièce de résistance*, mi *lookbook*: diez páginas seguidas de las bodas de las que más orgullosa estoy—. Lo que yo ofrezco, y otras agencias más pequeñas no pueden ofrecer, es un diseño experimentado, adaptado a la personalidad y los sueños exactos de cada cliente. Otras agencias de élite contratan a un diseñador con un coste adicional o cobran más por el diseño. Yo no lo hago. Soy un todo en uno.

—Pero deberías. Cobrar más, digo.

Tengo los labios entreabiertos, lista para hablar de tarifas, pero el murmullo de Hazel me detiene. Levanta la vista de mis páginas de diseño.

—Siento interrumpir. Es que... Deberías plantearte cobrar por ello. Esto es... —Señala mi boda favorita, el Willow Ballroom, una explosión de primavera dentro de un almacén reformado—. Esto es excepcional. Mejor que todo mi tablero de Pinterest junto. Está claro que tienes el talento para cobrarlo.

El calor me sube a las mejillas y balbuceo un gracias.

—Tienes razón. Podría añadir una tarifa. Pero es algo que me encanta hacer. Y me diferencia de la competencia.

Hazel murmura. Da un sorbo a su *flat white*.

—Solía maquillarme yo misma para los anuncios de la prensa. Por aquel entonces, mi canal de YouTube era solo de tutoriales de maquillaje, así que llegaba al plató maquillada y el fotógrafo lo permitía. No me di cuenta hasta más tarde de que el maquillador que contrataban seguía cobrando. Y, en determinadas circunstancias, también se llevaba el mérito. –Se rasca un punto detrás de la oreja–. Obviamente sabes lo que haces. No intento decirte cómo llevar tu negocio. Pero de una persona que se gana la vida en el mundo de lo visual a otra... La belleza siempre tiene un precio. Puedes pedir lo que vales.

Se me contrae el pecho y se me eriza la piel. Estoy casi avergonzada, pero también azorada por el cumplido.

–Lo siento. –Hazel se ríe–. Significa que me importa, lo prometo.

–Le importa –dice Jackie, poniendo los ojos en blanco–. Se pone en plan emprendedora contigo.

–No, me encanta –le digo–. Estoy estupefacta, eso es todo. Es algo en lo que merece la pena pensar. –Intento centrarme en mi discurso, que acaba de irse al traste cuando Hazel Renee me ha dicho que valgo más de lo que pido.

Parece verme vacilar un segundo y me dice:

–Háblanos de tus paquetes, ¿quieres?

–¡Claro! –Paso la página–. No hablo de número de invitados. Sí, eso entra en juego más adelante para un montón de precios distintos, pero cuando hablo de servicios, pienso en lo que vosotras necesitáis de mí. Qué tipo de implicación buscáis.

–Total –interrumpe Jackie–. Sáltate los pasos para bebés. Quiero el diseño, quiero la selección de proveedores, quiero que me lleves al altar.

Me río.

Hazel dice:

–Este año voy a estar muy ocupada. Aún no se ha anunciado, pero he sido elegida para el próximo proyecto de Greta Gerwig. Se rodará el mes que viene.

Se me abren los ojos de par en par.

–¡Increíble! Es de aquí.

Jackie asiente.

–Estoy muy feliz por Hay –le da un apretón en el brazo a

Hazel–, pero sé que eso significa que voy a hacer mucho de esto yo sola...

–Sola no –replica Hazel, y me encanta la preocupación que arruga su ceño–. Sabes que estoy disponible para esto.

–Claro, lo sé. Pero las dos decidimos que no queríamos retrasarlo un año. Y eso significa que tengo que tomar las primeras decisiones. –Jackie se dirige a mí–: Por eso te necesito. ¿Respondes a los mensajes de ansiedad las veinticuatro horas del día?

Bromea. Y yo me río. Pero es algo que solía hacer. Y es un hábito con el que tenía que acabar.

Mientras nos tomamos nuestros cafés, pienso que esto va a ser difícil. Me gustan. Mucho. Me palpita el corazón como si estuviéramos en una primera cita excelente, y puedo ver cómo todo esto se desarrollará con claridad en mi mente.

–Creo que podemos trabajar con eso –digo–. ¿Por qué no me contáis qué detalles tenéis resueltos? ¿Cuáles son vuestras prioridades? –Saco el iPad del bolso y abro mis notas. Garabateo Hazel & Jackie y aparece escrito en el centro de la pantalla.

–El jardín de rosas del parque McKinley. Ha sido mi sueño desde que era pequeña.

Jackie se sonroja y Hazel le rodea la cintura con el brazo.

–Es precioso –digo, escribiéndolo y uniendo las palabras a Hazel y Jackie con una pequeña burbuja–. He hecho varias bodas allí, así que conozco bien el sitio. De hecho, vivo muy cerca. Sin embargo, se llena.

–Cierto –dice Hazel–, ya he llamado y nos están guardando un par de fechas. Íbamos a esperar a saber tu agenda.

Parpadeo. Parece que soy una prioridad para ellas, lo cual me deja perpleja. Me arden las mejillas cuando abro la aplicación del calendario y pregunto:

–¿Cuáles son las opciones?

–El 7 de octubre es nuestra primera opción, pero también tenemos el 6 de abril.

–¿Octubre de este año? –exclamo con los ojos clavados en el calendario.

Faltan siete meses. Abril del año que viene es la mejor fecha, claramente. Pero antes de que pueda convencerlas de ello, Hazel apoya los codos en la mesa con una sonrisa soñadora y dice:

–Siempre he querido una boda en otoño.

Y quizá sea porque es Hazel Renee, o porque ya estoy visualizando el artículo, o porque a Jackie le entusiasman los dónuts tanto como a mí (que es lo único que me hace falta saber de una persona), pero no les digo de inmediato que no va a salir bien. Puedo organizar una boda en siete meses. He hecho muchas bodas en menos de un año y aun así han sido increíbles. Y el 7 de octubre está disponible en mi calendario.

He estado demasiado tiempo callada, con la vista clavada en mi agenda y hojeando las grandes bodas que ya tengo programadas para este año. Aparte de dos bodas en septiembre, tendrían toda mi atención después de la agitada temporada.

Al levantar la vista hacia ellas, me encuentro a Jackie mordiéndose el labio y a Hazel intentando leer mi calendario al revés con una expresión tensa.

–Bueno..., puedo hacerlo, pero iríamos muy apretadas.

Jackie chilla y Hazel la besa.

–¡Nos gusta que esté apretado! –Jackie jadea–. ¡Y esto no es algo sexual! ¡Es solo algo que he dicho sin pensar!

Hazel se echa a reír y Jackie intenta disculparse mientras recupera el aliento.

Me río con ellas, veo a Jackie sonrojarse y a Hazel reírse en el hombro de Jackie. Son hipnóticas. Seductoras. Puedo ver los próximos siete meses. Puedo ver la boda. Me veo etiquetada en cada foto. Veo la boda de Hazel apareciendo en la portada de *People*. Tal vez en *Entertainment Weekly*. Veo periodistas llamándome para hablar de mí. Veo a *The Sacramento Bee* cubriendo la sección de bodas. Y justo antes de que sus risas disminuyan y su atención vuelva a mí, veo a Whitney llamando para felicitarme. Me siento como arrastrada por una corriente, una ola que sube cada vez más alto.

–Apuntaré el 7 de octubre –les digo–. Puedo llamar hoy a la Rosaleda y asegurarlo todo. Hay que aclarar algunas cosas sobre el jardín de rosas. No tienen un área de recepción que yo recomendaría. ¿Sabéis lo que queréis para el banquete?

–Todavía no –responden las dos a la vez.

–Hablaremos de ello más tarde, pero no me imagino este convite en el parque. –Mi forma de hablar ha cambiado. Estoy tomando las riendas de esta boda, hablando rápido y dejándome guiar por la adrenalina–. Si os gusta el estilo general de esta boda en el Willow Ballroom –digo, señalando la página aún abierta de mi *lookbook*–, entonces empezaré a pensar en algo así.

Asienten al unísono.

–En segundo lugar, al tratarse de un jardín de rosas histórico, solo permiten trabajar en él a un puñado de floristas.

–¡Sí! El nuestro está autorizado. Trabaja allí todo el tiempo –dice Jackie.

Las siguientes palabras se me atascan en la garganta y por un momento pierdo la capacidad de hablar. La corriente en la que navegaba hace unos segundos se rompe. Una ola me arrastra.

De las cinco floristerías de Sacramento que están autorizadas a trabajar en la Rosaleda, solo una está regentada por un hombre.

Se me contrae el pecho y siento que no puedo respirar. Me obligo a sonreír y digo:

–¿Ya tenéis floristería?

–¡Sí! Lo siento. La floristería y el lugar de celebración son lo único que de verdad es importante...

–¿Habéis firmado algo o podemos comparar un poco? –Mis palabras son cortantes y tienen un tono agudo.

Jackie parpadea. El café de Hazel se detiene en el camino hacia sus labios.

Me recupero.

–Para encontrar al mejor, quiero decir.

–Creo que ya tenemos al mejor. –Jackie se ríe–. Es Blooming. Elliot...

–¡Genial! –Sonrío tanto que siento que se me van a caer los dientes–. ¿Y está asegurado? ¿Habéis hablado de la fecha de octubre con él? –De inmediato, se me dispara el pulso. No pueden haberse reunido con él todavía. Y si lo han hecho, debería haberlas dirigido a una *wedding planner* distinta o negarse, al igual que he estado haciendo durante dos años.

–No, todavía no. Pero es un amigo de la familia –dice Jackie–. Trabajo con su madre en el capitolio.

La sensación literal de una burbuja que estalla me golpea el cerebro.

–Ah, qué bien. –Y antes de que Jackie lo diga, ya sé...

–Laura es la razón por la que vienes tan bien recomendada. Te encargaste de su segunda boda hace dos años.

Las burbujas del champán flotan en mi mente. Un baile lento y una mano cálida en la parte baja de mi espalda. Y tan rápido como llega, desaparece. Y el interior de mi pecho vuelve a estar frío y húmedo.

–Por supuesto. –Mi voz es más ronca de lo habitual–. La senadora Gilbert es una mujer maravillosa. Y fue una clienta modelo, si se me permite decirlo. –La piel se me eriza a medida que el miedo me invade–. ¿Estuviste en la boda de la senadora? –Mis dedos aferran la taza de café.

–No pude asistir –dice Jackie–. En realidad, estaba fuera de la ciudad, en Chicago, ¡donde conocí a Hazel!

–Dios mío, sí. Por favor, contadme todo sobre vosotras –digo, feliz de saber que no estaba allí y agradecida por el cambio de tema–. Hablaremos de proveedores más tarde.

Me pitan los oídos y he perdido la sensibilidad en los pies. Apago el iPad e intento escuchar. Hazel y Jackie hablan por los codos, se ríen sobre quién de las dos sintió algo primero, y yo debería estar tomando notas. Debería estar guardando en mi mente cada fragmento de sus personalidades como si fueran canicas en una bolsa. Debería estar escribiendo el 7 de octubre de 2023 en mi iPad y adjuntándolo a la burbuja de sus nombres.

Pero en lugar de hacer eso, escucho como si fuera un viejo conocido, y dejo que las imágenes de graneros rústicos y manteles de color marfil se escapen de mi cabeza como arena a través de un colador. *Entertainment Weekly* y *People* se alejan con el viento.

Porque no voy a organizar esta boda.

# 3

## Elliot

### Hace cinco años, cuatro meses, tres semanas y cinco días

Odio las flores, joder.

Todos los capullos de rosa se han marchitado y cuelgan del tallo, con los pétalos volviéndose marrones. Las examino una a una en la mesa principal de la carpa exterior, asegurándome de que al menos los principales ángulos de cámara, incluido el de la novia, son correctos.

Papá dice que le pillaré el truco, pero yo no quiero. Las flores son cosa suya, no mía. Le encantan las flores. Tiene un don para ellas. Mientras yo crecía, solía decir: «Las flores son mejores que las personas».

Era un poco raro que dijera eso.

Pero me decía que las flores solo precisan de tres cosas: luz, agua y atención. Cuando tenía quince años y estaba enfadado porque era demasiado alto, anguloso y maleducado, le decía: «Se podría afirmar que las personas necesitan lo mismo».

Se reía de mí. «Uno podría pensar». Se quedaba callado: «Uno podría pensar...».

Y ahora, mientras destrozo rosas delante del personal del *catering*, esperando a que papá vuelva con el resto de los centros de mesa, estoy bastante convencido de que tanto las flores como las personas apestan.

Arreglo la guirnalda lo mejor que puedo, intentando no pensar en lo que quiso decir papá cuando dijo: «Ya le pillarás el truco». Como si algún día fuera a necesitar tener memorizados todos estos hechos aleatorios, anécdotas y genialidades. Debería estar estudiando para mi examen final de Teoría y Crítica del Diseño Arquitectónico, pero el sonido de la tos seca de papá de esta mañana me hace pensar que dará igual. El mes pasado, cuando mamá visitó la tienda, me llamó y me dijo que mi padre parecía necesitar un par de manos más. Pero no dijo por cuánto tiempo. Están divorciados, pero ella sigue pendiente de él, lo cual es bueno, porque no sé de qué otra forma nos habríamos enterado de que tenía un tumor en los pulmones. Desde luego, no por él.

Me paso una mano por el pelo oscuro y vuelvo a echar un vistazo a la mesa principal, sin saber muy bien si estoy mejorando o empeorando las cosas.

Una carcajada atraviesa la carpa, rebota en las mesas y se burla de mí. Miro hacia ella y veo a una chica de pelo castaño con un padrino que lleva pantalones y una camisa de esmoquin, de pie a un lado de las sillas de la ceremonia. Casi gruño y arranco un capullo por la frustración.

Hace solo cinco semanas que hago bodas con papá, pero odio cuando el cortejo nupcial se involucra. Las opiniones brotan como esporas. Observo de reojo cómo la dama de honor se gira para señalar el arco nupcial y el padrino se acerca a su hombro para «verlo desde su perspectiva». Espero el inevitable momento en que él diga: «Tienes razón. Uno de los lados está inclinado hacia la izquierda».

Es entonces cuando veo el iPad en sus manos. Y me doy cuenta de que aún no está peinada ni maquillada. Al menos no peinada y maquillada para una boda. Aunque es difícil saberlo, porque va arreglada. Elegante.

Me estoy fijando en cómo compara la imagen del iPad y el arco, esperando a que se dé la vuelta y «encuentre al responsable de que no esté recto», por eso veo el momento en que él se inclina hacia su cuello, le susurra algo al oído y desliza la mano por su culo.

Ella se aparta de golpe. Veo sus ojos, muy abiertos, y parpadea, mientras desaparece el color de las mejillas. Da un paso atrás.

Él vuelve a dar un paso adelante. Dejo caer la flor que estoy podando cuando él la agarra por la cintura con las dos manos y se inclina hacia sus labios.

Más rápido que un trueno, el puño de ella impacta de lleno en la nariz de él.

—¡Joder! —El padrino retrocede a trompicones, agarrándose la cara entre los dedos cubiertos de sangre roja como el rubí.

Me quedo helado al ver cómo la chica se lleva las manos a la boca, sorprendida. La veo disculparse, arrastrándose y extendiendo una mano hacia delante para ayudar...

—¡Maldita zorra!

Mis dedos se entrelazan.

El padrino susurra con frenesí, con la columna curvada como un gato acorralado en un callejón mientras saca pañuelos de su riñonera e intenta inclinar la cabeza hacia atrás.

Han llamado la atención de todo el equipo. Los coordinadores del lugar de la celebración se apresuran a llegar, pero Whitney Harrison les gana a todos. Es una fuerza a tener en cuenta con sus tacones y su portapapeles. Chasquea los dedos para conseguir hielo y toallas para la nariz que sangra. La chica está de pie junto a su hombro, acobardada.

El padrino escupe acusaciones, haciendo un gesto con la mano. Una vez dentro, Whitney se da la vuelta, agarra a la chica por el codo y tira de ella muy cerca, siseándole en la cara.

Capto tres palabras:

—Sé una profesional.

Sigo inmóvil, observando desde la distancia. Oigo que la gente a mi alrededor sigue colocando la mantelería, mientras continúan con los cotilleos. Vuelvo a centrarme en las rosas, que ocultan pétalos marrones. Saco el carro de la tienda y lo llevo de vuelta a la furgoneta, intentando no ver cómo la chica asiente, se limpia las mejillas y, con la mirada gacha, se pone a ayudar con la mantelería.

Whitney se ajusta el vestido, se peina hacia atrás y esboza una sonrisa. Me mira mientras me dirijo al camión y siento que me sigue.

–Siento mucho lo ocurrido, Elliot. –Su voz es sedosa, pero con un tono afilado–. Completamente inapropiado, y me voy a ocupar de ella.

–Él se le insinuó –le digo–. De forma agresiva.

La sonrisa de Whitney se tensa.

–Es una vergüenza. Por desgracia, es la tercera vez que le digo que tiene que poner distancia entre ella y los clientes. Se implica demasiado. –Mirando por encima del hombro hacia donde la chica está doblando una servilleta con dedos temblorosos, dice–: La invitaron a la despedida de soltera, por el amor de Dios. De todos modos, no creas que apoyo que mi personal flirtee con el cortejo nupcial. Me encargaré de ella.

Algo se me clava en la garganta.

–La mayoría de la gente no pega a alguien con quien está tonteando.

Me dedica una sonrisa dulce y condescendiente.

–La mayoría de la gente ya habría aprendido la lección. –Me da un apretón en el brazo y dice–: Saluda a tu madre de mi parte.

Whitney es una de esas personas que piensa que tiene influencia porque se relaciona con mi madre, una senadora estatal. Como si ella pudiera «hacer una llamadita» en circunstancias excepcionales.

Whitney se mueve con rapidez bordeando la carpa, observando a su rebelde ayudante. Recojo el carro con los siguientes jarrones y dejo que se me despeje la mente. Quizá Whitney tenga razón. Quizá esta chica tiene que aprender la lección por las malas.

Por el rabillo del ojo, veo que a la chica se le cae una servilleta al suelo porque solo tiene una mano para doblarlas. Tiene la derecha sobre el estómago, magullada y maltrecha por haber chocado contra un hueso.

«Las bodas son divertidas, Elliot –oigo decir a mi padre–. No te lo pongas difícil».

Eso es lo que resuena en mi cabeza cuando abandono la carretilla y me dirijo a la barra para coger un puñado de hielo.

Los cubitos me queman la mano desnuda mientras se los llevo. Los demás la ignoran, así que soy el único que puede oírla sorber por la nariz mientras vuelve a colocar la servilleta. Me mira y se aparta una lágrima.

–Hola, Elliot. ¿Tu padre necesita ayuda?

Su voz es suave y firme. No tenía ni idea de que supiera mi nombre. Yo no sé el suyo.

Me da la espalda para guardar las apariencias y sigue doblando servilletas con una mano. No sé qué responder, así que me saco uno de los pañuelos de mi padre del bolsillo.

–¡Elliot!

Me doy la vuelta para ver a mi padre aparcando la otra furgoneta al lado de la carpa, haciéndome señas para que vaya a ayudarlo. Vuelvo a mirar a la chica, que se ha ido a otra mesa. No debe de tener mucho más de veinte años.

Ni siquiera sé qué le diría. ¿Me limitaría a darle un pañuelo lleno de hielo? ¿A decirle que también debería haberle dado un rodillazo en las pelotas? ¿A preguntarle si quiere que vaya a darle una paliza a ese tipo? ¿A Whitney?

Así que, cuando se aleja de mí, vuelvo con mi padre, con el hielo entumeciéndome la mano.

–¿Todo bien? –dice papá, levantándose del asiento del conductor con un jadeo que no me gusta–. ¿Algún problema con las rosas?

–Sí. Tendrás que revisarlas –murmuro.

–¿Para qué es el hielo?

Me miro la mano, enrojecida por el frío.

–Es... ¿Esa chica? ¿La ayudante de Whitney? Se hizo daño en la mano y yo... –Le tiendo el pañuelo y el hielo–. Traeré los centros de mesa. ¿Quieres ir a ver cómo está?

Agarra el pañuelo y luego me mira.

–¿No quieres ir tú?

Me encojo de hombros.

–No se me da bien la gente, ya lo sabes.

Me lanza una sonrisa burlona mientras camina hacia ella.

–¡Tampoco se te dan bien las flores!

Se ríe de su broma mientras le fulmino con la mirada.

Cargo la carretilla, observando por el rabillo del ojo cómo mi padre se acerca a ella. En cuestión de segundos se está riendo, sonriendo por algo que él dice. Le envuelve los nudillos con el pañuelo, y ella vuelve a reír, con un ruido que recuerda al de las flores al abrirse en primavera.

Preparo el resto de los centros de mesa solo, dejando que papá haga la magia que solo él sabe hacer.

# 4

# Ama

## Marzo

Salgo de la cafetería con la promesa de llamar mañana para concertar otra reunión. Tengo sus direcciones de correo electrónico. Se supone que debo enviarles mis proveedores favoritos esta noche.

No lo haré.

Necesito un poco de espacio para averiguar cómo rechazarlo. Necesito averiguar qué tipo de mentira suena mejor. ¿Basta con un «no trabajo con ese proveedor»? ¿O es necesario decir toda la verdad? ¿Saldrá de todos modos cuando Jackie le pregunte a su viejo amigo de la familia qué pasó? ¿Estará Whitney Harrison organizando su boda para entonces?

No consigo aclararme las ideas y casi conduzco directamente a casa antes de recordar que hoy tengo la boda de los Ferguson. Doy media vuelta y me dirijo al centro para comprobar cómo van los preparativos.

Caigo en mi rutina, dejando que mi cerebro se preocupe por la agenda y el *catering* tardío.

También creo que estoy haciendo un buen trabajo. Hasta que Mar me lleva a un lado en la recepción y me dice:

—¿Dónde diablos tienes la cabeza hoy, chica?

Todo me viene de golpe, la cabeza me da vueltas y corro al baño. Me estoy echando agua en las mejillas cuando Mar me encuentra después de terminar el corte de la tarta.

—¿No te ha salido lo de Hazel Renee?

—Sí, me ha salido lo de Hazel Renne. Tienen a Blooming para

las flores. –Siento que se me cierra la garganta. Decirlo me da náuseas.

Mar maldice. Miro hacia arriba y veo su cabeza echada hacia atrás, la mirada clavada en el techo. Miro en la misma dirección para ver si las respuestas están escritas en las bombillas fluorescentes.

Apoyada junto a mí en la pared, Mar se quita los zapatos y se hace más bajita. Por suerte, aquí el hotel tiene moqueta.

–Podrías hacerlo.

–¿Podría? ¿En serio? –Me vuelvo hacia ella, y su vacilación me dice que tampoco lo cree.

Se queda un rato en silencio antes de decir:

–¿Y si solo os comunicáis por correo electrónico? Les explicas que hay un problema, pero que estarías dispuesta a solucionarlo.

Me lo pienso. Es mucho menos profesional. Puede hacerme parecer débil.

–¿De verdad crees que podría organizar una boda sin verle ni una sola vez?

Frunce los labios.

–¿Tal vez no quieran mucho diseño floral?

–Si contratas a Elliot Bloom, quieres mucho diseño floral.

Incluso pronunciar su nombre hace que se me encoja el estómago. Veo dalias blancas y crisantemos detrás de los ojos.

Me vuelvo hacia ella.

–Sal y haz más fotos de la recepción. Estaré bien.

–Podemos hablarlo esta noche. Yo invito.

Desaparece por la puerta del baño y yo miro la hora en mi teléfono.

Tengo cuatro mil notificaciones nuevas.

Cuatro mil doscientas doce para ser exactos.

Abro Instagram para ver qué pasa, y me encuentro con una foto de Hazel y Jackie delante de la cafetería de esta mañana en la parte superior de mi tablón de fotos.

Hoy hemos quedado para tomar un café
con nuestra maravillosa *wedding planner*:
**@WeddingsbyAma**. Echadle un vistazo.

Tengo dos mil seguidores nuevos. Tengo treinta mensajes directos de desconocidos. Tengo notificaciones de que mis pines de Pinterest se han guardado. Tengo dos correos electrónicos de blogueros preguntando qué podemos esperar de la boda de Hazel Renee.

Las notificaciones siguen llegando. Vuelvo tambaleándome a la boda de los Ferguson e intento que todo el mundo siga el programa. Al final de la noche, mi número de seguidores se ha duplicado. Tengo seis correos electrónicos más de periodistas.

Si no estuviera arrepentida ya, lo estaría ahora. Esto es mucha más exposición de la que nunca he manejado, incluso bajo las órdenes de Whitney. Y la exposición significa tantas oportunidades de cometer errores como aciertos. Cada boda tiene sus presiones, pero no muchas tienen la posibilidad de hacerte avanzar o arruinar tu carrera con un pequeño movimiento del péndulo.

Cuando Mar y yo nos acomodamos en el bar del hotel a las once de la noche, echa un vistazo a mi Instagram con ojos cansados. Se masajea la cara.

—Todavía puedes decir que no —dice; casi es una pregunta por la forma en que las vocales se inclinan al final.

Asiento con la cabeza, con la mirada fija en un martini.

—Puedo.

—O puedes seguir adelante. Sé una profesional.

Se me cierran los ojos, tomo aire por la nariz.

«Sé una profesional» es una frase que me persigue. Mar no sabe que ha pisado terreno pantanoso, así que respiro hondo para despejarme.

«Sé una profesional». ¿Es eso lo que me diría Whitney? Quiero llamarla y preguntárselo, pero entonces tendría que contarle lo que pasó en la boda de la senadora Gilbert. Y lo que había estado pasando los seis meses anteriores. Y con quién. Y ella diría «Ama», en ese tono que me decía que la había decepcionado. Sabría que no había aprendido la lección y que había cruzado otra línea.

–Háblame del peor de los casos –le digo.

Mar se incorpora.

–Entras en su tienda. Enseguida rompes a llorar. Hazel Renee lo graba. Es en directo en Instagram con el título: «Mujer se arrepiente de una elección hecha a toda prisa...».

–Sabes que nunca me llamarían «mujer».

–Tienes razón. «La menor de Sacramento podría haberlo tenido todo. Últimas noticias a las once». Creo que ¡*E!* tendría suficiente con los hechos.

Bebemos un poco más y, cuando llego a casa, les envío un correo electrónico a Hazel y Jackie con la lista de proveedores, tal como acordamos. Como si de verdad fuese a hacerlo.

Cuando me despierto el lunes por la mañana, resacosa, Jackie me ha contestado el correo electrónico:

> ¿Podemos ir a ver a Elliot cuanto antes? Quiero la opinión de Hazel sobre las flores antes de que se vaya a rodar.

Me río entre lágrimas. Cuando termino y me lleno de electrolitos, miro el calendario.

Lo extraño es que la boda de Hazel y Jackie encaja a la perfección en mi vida. Hace unos meses, cuando me planteé cómo sería esta temporada de bodas, quería una boda a gran escala en la que trabajar este año. Era, de hecho, mi objetivo a corto plazo. Quería algo con lo que conseguir darme a conocer y que satisficiera mi cuenta bancaria mientras sigo trabajando a menor escala. Quería poder alquilar una oficina propia a finales de año, contratar a un asistente fijo y pagar a otra persona para que se encargara de las redes sociales. Esos eran mis objetivos a largo plazo. Pero no conseguí nada y me dije a mí misma que lo conseguiría la próxima temporada. Hazel y Jackie me ayudarían a conseguirlo.

«Sé una profesional», la voz de Whitney me resuena en el oído. Cada vez que me excedía, ella me recordaba que había llegado a donde estaba con profesionalidad, sin cruzar ningún límite.

Whitney nunca se habría visto en la situación de tener que trabajar con un ex, pero si lo hubiera hecho, habría sabido superarlo. Sería una profesional.

Vuelvo a escribir a Jackie y le pregunto por su agenda de esta semana. Luego le mando un mensaje a Mar diciéndole que necesito que espabile y venga. Llama a mi puerta a mediodía con gafas de sol y una caja de dónuts en la mano. Voy por la mitad del tercero cuando hablamos por primera vez.

–Voy a hacerlo.

Asiente con la cabeza y le da un sorbo a su Gatorade.

–Bien.

–Necesito que le llames hoy para concertar una cita.

El refresco de arándanos le sale por la boca mientras tose. Le tiendo la servilleta que había preparado para este momento. Cuando se recupera, dice:

–¿Tienes intención de hablar con él? ¿O es que tengo un contrato?

–Solo tengo que superar esto. Entonces creo que será más fácil. Me refiero a los negocios.

Mar suspira.

–Dame un Advil, y terminemos con esto.

Una hora después, estamos sentadas en el suelo de mi salón con la caja de dónuts vacía. Mar tiene el guion escrito en una mano mientras marca con el pulgar el número de teléfono que le he dado. Respira hondo antes de pulsar el botón de llamar, y yo me quedo paralizada.

Suena cuatro veces. El tiempo suficiente para que suponga que saldrá el contestador. A mitad del quinto, oigo un clic y espero el viejo mensaje de su padre de hace diez años, invitándonos a dejar nuestro nombre y un número.

Suelto el aire. Se acabó. Ha sido fácil. Puedo esperar a que me devuelvan el correo electrónico.

–¿Sí?

La sola sílaba me pone la piel de gallina. Lo odio por no responder profesionalmente. Lo odio por no decir un «Blooming, ¿en qué puedo ayudarle?» estándar. Lo odio por no contestar nunca.

Pero más que nada, odio no poder moverme. Miro fijamente a Mar mientras arruga las notas en su mano.

–Hola, llamo de parte de WeddingsbyAma. –Apura las palabras como hemos practicado–. Quería organizar una reunión durante esta semana por el encargo de unos nuevos clientes. ¿Puedo hablar de la agenda con usted?

La línea se queda en silencio. Puedo oír los latidos de mi corazón en mis labios mientras presiono mis dedos sobre ellos. Mar comprueba la pantalla para asegurarse de que no ha colgado.

Y entonces...

–Mar. –Lo dice como un saludo. Como un hecho.

Abro la boca. La garganta se me queda seca. Ha dicho dos palabras y me siento como en trance. La estática del teléfono silencia el timbre que tiene su voz en la vida real. La resonancia en su pecho. Mar echa la cabeza hacia atrás y cierra los ojos. Tensa los labios y dice en una voz más alta:

–¡No, soy Kelsey! Llamo para concertar una reunión con un cliente...

–Mar, que se ponga Ama.

Dice mi nombre como si dijese «Emma», tal y como solía hacer. Antes, cuando era nuestra broma. Antes de que me diera cuenta de que era la forma en que deslizaba la vocal por sus labios.

Mar me mira con los ojos muy abiertos, pero no puedo moverme.

–¡Vale! –dice la voz de Kelsey–. Voy a ver si está libre.

Deja caer el teléfono sobre la mesa baja –su mesa baja–, gesticula presa del pánico y murmura:

–¡¿Qué hago?!

No respondo. No puedo responder. Miro el teléfono móvil. Entonces Mar se quita los zapatos y los pasea por la madera, como una artista de Foley de los años veinte. Se aparta del teléfono y dice:

–Ama, una llamada para ti.

Está buscando mis zapatillas, lista para crear los efectos sonoros de dos personas caminando, cuando alcanzo el móvil y digo:

–Hola.

Se queda callado un rato. Creo que le oigo respirar.

–¿A qué hora?

Trago saliva de forma involuntaria. Por un momento no consigo entender qué me pregunta.

–Están libres el jueves después de las cuatro, o el viernes todo el día...

–El jueves a las cuatro.

La línea se corta.

Me acerco el teléfono a la oreja un poco más, esperando más consonantes de las suyas. Con la esperanza de algo más que una frase de cuatro palabras, como hacía antes.

Alejo el teléfono y lo miro fijamente. La pantalla del teléfono de Mar nos muestra a las dos a los trece años, disfrazadas para Halloween.

–¿Estás bien?

Levanto la vista y Mar tiene las manos en las mejillas como en el cuadro de *El grito* de Munch. Sus ojos de cierva buscan los míos.

–El jueves a las cuatro –digo. Me levanto y llevo la caja de dónuts a la basura. Me limpio el azúcar de los dedos–. Voy a ducharme. ¿Quieres ir a cenar luego?

Desaparezco en mi cuarto de baño antes de que pueda contestar. El grifo oculta el sonido de mis sollozos.

# 5

# Elliot

### Hace tres años, ocho meses,
### dos semanas y un día

«Las flores son mejores que las personas».

—Sí, papá, lo son —digo a la tienda vacía.

Estoy en la trastienda, trabajando en un aro que pueda colgar del techo encima del mostrador. Estará hecho con dalias y peonías enroscadas, una sección abajo a la derecha y otra más pequeña arriba a la izquierda. Es una versión en miniatura de lo que algunos piden para detrás del altar.

Papá me habría dicho que me centrara en el mostrador, que no me entretuviera en la parte de atrás. Pero él medía metro setenta y era delicado, amable con todo el mundo. Yo soy todo lo contrario. Nadie viene a Blooming a fastidiarme. Y, además, siempre me ha interesado más lo que hay entre bambalinas.

Todavía hay mucho de él en la tienda: su voz en el buzón de voz, su nombre en el cartel. Pero solo quedan cuatro de sus flores, las que llevé a su funeral cuando pensé que le gustaría que hubiese más flores que gente. Mamá tiene una, y las otras tres siguen en la tienda. Y tenía razón. Solo necesitaban luz, agua y atención. Pero no es tan sencillo. Porque tienes que saber cuánta luz, cuánta agua y cuánta atención. Pero si lo consigues, si consigues descifrar el código, las flores son mucho mejores que las personas. Porque puedes calcular la proporción de luz, agua y atención de una persona, y aun así no ser suficiente.

Para las flores, es bastante.

Me llevó un par de años entenderlo de verdad. Durante mucho tiempo, estuve enfadado por haber tenido que dejar la universidad por las flores, precisamente, pero esta era la tienda de mi abuelo antes de ser de mi padre, así que siempre iba a ser mía, con cáncer de pulmón o sin él, con título de arquitecto o sin él. Pero la luz, el agua y la atención..., eso sí podía hacerlo. Ahora es algo casi instintivo. No creo que tenga la magia de mi padre, pero después de un tiempo, empecé a desarrollar mi propia magia. Como este aro. Un poco de diseño y construcción para darle vida al lugar. Puedo pasar horas haciendo cosas como esta.

Así que justo cuando estoy empezando a atar las peonías y suena la campanita de la entrada de la tienda de mi padre, resoplo.

Aprieto los labios. Me falta tan poco para terminar esto.

—Sí, un segundo.

Una vez aseguradas las flores a la corona, cojo un trapo para las manos y salgo de la trastienda. Una chica pasa los dedos por las flores importadas que hay en el escaparate. Odio cuando la gente toca las cosas.

—Qué. —Pongo las manos sobre el mostrador y me inclino hacia delante sobre ellas.

Se da la vuelta. Me suena, pero parece demasiado joven para ser una de las citas a ciegas de mi madre. Desliza la mirada por los tatuajes de mis brazos, y aún estoy tratando de ubicarla cuando frunce el ceño y se cruza de brazos.

—¿Qué? ¿Así es como recibes a la gente? —dice.

El sonido de su voz lo consigue. Es la chica de Whitney. Ahora me acuerdo de ella. Sus ojos son de color roble oscuro, a juego con su pelo. Lo lleva recogido en uno de esos ridículos moños altos para que no sepas cuánto pelo tiene en realidad, pero el mío es lo bastante largo como para llevarlo recogido, así que no puedo quejarme. Poso la mirada en sus caderas sin poder evitarlo.

—Bienvenida a mi tienda —le digo con sorna—. ¿Necesitas un ramillete para el baile de fin de curso?

Parpadea deprisa.

–¿Un ramillete de graduación? ¡Tengo veintidós años!

Me encojo de hombros.

–Parece que tengas dieciséis. –No los aparenta. Pero apuesto lo que sea a que se va a enfadar.

Se acerca al mostrador con una ceja arqueada, pavoneándose.

–¿Así es como miras a las chicas de dieciséis años?

Me alejo del mostrador con un suspiro. Ha ganado.

–¿En qué puedo ayudarla, señora?

Veo que lo de señora la golpea tan fuerte como lo de que tiene dieciséis, pero se recoloca la bufanda y se acerca.

–Me llamo Ama Torres. Tal vez recuerdes que solía trabajar con Whitney Harrison Weddings. Ahora tengo mi propio negocio...

–Enhorabuena.

Le doy la espalda y me pongo a arrancar los pétalos que me he dejado esta mañana. Mantengo las manos ocupadas y la escucho balbucear.

–Sí, gracias. Eh, me gustaría que trabajásemos juntos. Siempre he sido fan de Blooming, y si puedo convencer a los clientes para que te contraten, me gustaría...

–Whitney tiene descuento desde hace años. –Salgo de detrás del mostrador y me dirijo a la barra de ramos que he montado para que los clientes puedan confeccionarlos ellos mismos, a precios por tallo. Cojo unos ranúnculos amarillos–. Mi padre lo arregló con ella. Es mucho mayor que el de cualquier otra persona, sobre todo, mayor que el de las nuevas *wedding planners*.

–No he venido a buscar un descuento, señor Bloom –casi sisea–. He venido a presentarme.

–Estupendo. Y ya lo has hecho.

Encuentro las petunias y vuelvo al mostrador, donde cojo unas hojas de limón enceradas.

Mi padre solía hacer algo así. Era amable, por supuesto, pero solía regalar un *boutonnière* o un pequeño ramillete a la gente que entraba a hacer un pedido, como si fuese algo de suerte para llevar consigo. Lo he ido ampliando. Lo preparo mientras hablamos. A veces están tan encantados de tener un arreglo gratuito inspirado en ellos que borra los cinco minutos de descortesía que sufrieron.

—Vale —dice, y oigo cómo se exaspera—. Me gustaría empezar de nuevo. Soy Ama.

Mis ojos abandonan el cordel y los pétalos. Me tiende una mano con una sonrisa radiante. Disfruto del hecho de que las mías están pegajosas de savia del tallo y con tierra bajo las uñas cuando agarro sus dedos cuidados. Sus manos son pequeñas. Y me doy cuenta de que no puede medir más de metro y medio, pero lleva tacones para disimularlo. Me estoy distrayendo demasiado con su cuerpo, así que digo:

—¿Emma?

Aprieta los labios. He tocado otro nervio.

—Ama. A-M-A.

Sigo sosteniendo su mano entre la mía cuando digo:

—¿Qué clase de nombre es Ama?

Retira la mano y sus ojos miran al suelo antes de recuperar la confianza.

—Es el diminutivo de algo, es evidente.

Y el hecho de que no me lo diga es exquisito. Intento evitar una sonrisa torcida, pero creo que no lo consigo.

—*Amateur*.

Me mira, luego se da cuenta de que es una suposición, no una acusación. Enseguida se percata de que es ambas cosas. Y entonces frunce el ceño.

Es un proceso divertido de ver.

—No. —Se sube el bolso al hombro—. Mi madre no me puso «Amateur».

—Amabella —conjeturo.

Ladea la cabeza.

—¿Lees mucho a Liane Moriarty?

—Tengo HBO.

Resopla. Y no es burdo ni poco halagador. Empiezo a enroscar de nuevo el cordel alrededor de los tallos.

—¿Por qué te ha dejado ir Whitney? —le pregunto.

Inhala con fuerza.

—Ella no me ha dejado ir. Nos llevamos bien, lo juro.

La miro. La recuerdo en los locales, haciendo de todo. Estaba en las escaleras con el técnico de sonido, doblando servilletas, cambiando palios nupciales de sitio. Detectaba una flor marchita a un kilómetro de distancia y, mientras yo estaba montándolo todo, ella se acercaba y arrancaba las flores estropeadas. Era excelente con el diseño y probablemente el verdadero cerebro del éxito de Whitney. Pero también la recuerdo riéndose con las damas de honor, acercándose más de lo que Whitney, la Reina del Hielo, nunca se atrevió.

Y recuerdo el ruido de su puño al crujir. La forma en que tembló cuando Whitney le clavó las uñas en el brazo.

—Es siempre igual, ¿no? —digo—. Whitney decide quién se queda y quién se va. Whitney te dejó ir.

Deslizo el alfiler a través del *boutonnière*, terminando con una cinta fina. Miro su mente trabajar, tratando de entenderlo.

—Le dije a Whitney que mi sueño era tener mi propio negocio. Y ella me apoyó.

Coloco el *boutonnière* morado y amarillo sobre la mesa, junto a su mano. Ella lo levanta y sus dedos acarician los pétalos. Siento esa pizca de magia de la que hablaba papá: cuando puedes cambiarle el día a alguien regalándole unas flores.

Así que digo algo para arruinarlo.

—La única razón por la que Whitney Harrison te permitiría competir con ella en el mercado es porque sabe que fracasarás. Así que te dejó ir.

Levanta la mirada hacia mí. Veo sus dedos enroscarse alrededor de las flores que están atadas. Y antes de que pueda tirármelas a la cabeza, le digo:

—No voy a ofrecerte un descuento de proveedor durante los primeros seis meses.

Cojo nuestra vieja tarjeta de visita, que aún lleva el nombre de papá, y se la doy antes de recoger el trapo y volver a la trastienda.

Me pregunto si buscará *El lenguaje de las flores* y se dará cuenta de que acabo de decirle: «Eres una inmadura y me molestas. Lárgate».

# 6

# Ama

## Marzo

Con el horario de Hazel siendo el que es, estamos haciendo un montón de cosas en una semana. Vamos a Blooming mañana por la tarde, pero mi estómago ya está hecho un asco hoy, así que me limito a beber té helado en nuestra segunda reunión; esta vez, un almuerzo en el café Bernardo, un restaurante informal en Midtown.

Saco el iPad y digo:

–Bueno, contadme lo que tengáis hasta ahora. Las tallas, los colores, los vestidos...

–Ah. –Hazel se termina su bocado de ensalada–. Yo voy con un traje con pantalón blanco. Jac llevará vestido.

–Me encanta. –Me apoyo en los codos y sonrío–. ¿Ambas caminareis hacia el altar? ¿Solo Jackie?

–Bueno, mi sueño siempre ha sido caminar hacia el altar en la Rosaleda –dice Jackie con una sonrisa–, pero quiero que Hazel también haga su entrada.

–Pero eso a mí no me importa, cariño...

–Lo sé, amor, pero sigo pensando que tu hermano debería llevarte al altar...

Bebo un sorbo de té helado y dejo que discutan. Es genial conocer a la gente desde el principio. Hazel es tranquila y está dispuesta a todo, y Jackie, aunque quiere estar en todo, solo tiene una exigencia concreta: la Rosaleda. Hazel es feliz cuando Jackie lo es. Otro tipo de organizador se habría centrado en Hazel, la celebridad. Pero ahora que he visto esto, voy a ir un paso por delante.

–¿Puedo preguntar por la proposición? Me encanta oír la historia.

A Jackie le brillan los ojos y se aparta el pelo de la cara.

–Fue en casa de mis padres. Llevé a Hazel a casa por Navidad, pero ya había hablado con mi padre.

Jackie le sonríe, y veo sus ojos llorosos.

–Lo que yo no sabía –dice Hazel– es que Jackie también llevaba un puto anillo en la maleta.

Expiro cuando Jackie le da un codazo a Hazel.

–Así que tuve que esperar allí como una idiota delante de sus padres cuando ella salió disparada de su silla y corrió escaleras arriba sin decir ni sí ni no. Pensé que se había puesto enferma solo de pensarlo.

Se ríen y se dan un beso tierno.

Las historias de proposición de matrimonio son las mejores, y esta es una de las buenas. No hay nada malo en una propuesta en un estadio de fútbol si siento que la novia es tan fanática de los deportes como el novio. Y las historias más sencillas de «¿Quieres que nos casemos?» que ocurren sin anillo también pueden decir mucho. A veces es que no lo han pensado, pero también puede que sean más espontáneos que otras parejas.

Algunas personas saben si un matrimonio durará cuando ven la cara del novio al ver a la novia llegar al altar; otras lo saben nada más conocer a la pareja; yo lo sé cuando oigo la historia de la pedida de mano.

¿Y Jackie y Hazel? Son algo real.

No creo que los compromisos a largo plazo como el matrimonio funcionen, pero sí creo en el amor. Puede ser fugaz y poco fiable, rara vez duradero, pero creo que existe. Sé que mi madre ha estado enamorada de muchos de sus maridos, pero el matrimonio era la forma más rápida de matarlo. Yo he estado enamorada una vez, y también terminó.

Bebo un poco de té para ayudarme a tragar el nudo en la garganta que se me forma con ese pensamiento. Frente a mí, Jackie entrelaza sus dedos con los de Hazel encima de la mesa.

No me corresponde a mí esperar que Jackie y Hazel estén juntas para siempre, pero puedo alegrarme de que lo estén ahora. Creo que están enamoradas y que ese amor durará mucho tiempo. Fin de la historia. Siempre que me encuentro con este tipo de parejas, pongo más de mí en el diseño, y esas bodas acaban siendo mi mejor trabajo.

Consigo más de sus detalles durante el almuerzo, tomo notas:

· Jackie caminará hacia el altar; Hazel POR DECIDIR
· Jackie vestido; Hazel traje
· Ambos encargados a Elle Stone (amiga de Hazel)
· Colores: POR DECIDIR (H quiere colores otoñales apagados y dramáticos; J quiere rosa)
· Banda en directo en la recepción
· Violonchelista en la ceremonia (Xander Thorne), amigo de Hazel
· **Propuestas de acción de Ama**
  – Lugar de celebración de la recepción
  – Conocer a Elle Stone
  – Contactar con Xander Thorne; no pases por representante: afitzmusic@aol.com

Cuando termino mis notas y las guardo en la carpeta «Hazel y Jackie», digo:

–No hemos hablado de la lista de invitados. Dadme una aproximación mientras miro lugares para la recepción.

Jackie mira a Hazel.

–Bueno, creo que podría ser un poco menos de cien. Pero Hazel está preocupada por la lista de su publicista.

–Tengo el presentimiento de que «La boda de Hazel Renee» en realidad no va a ser mi boda –dice Hazel con una mueca. Asiento con la cabeza, pensando que la publicista de Hazel puede ser el equivalente de la suegra en este caso–. Creo que doscientos.

Intento no abrir mucho los ojos. Cien más por la suegra es mucho. Añado «100-200» a las notas y lo guardo.

–Bueno. Supongo que ha llegado la hora de hablar de dinero. ¿Cuál es el presupuesto?

Hazel se sienta hacia delante.

–Me gustaría pensar en ello como una cifra de la que no pasarnos.

–Por mí genial. De todas formas, ¡suele ser algo que dejo claro!

–Tomo nota–. ¿Y os gustaría que yo elaborara un presupuesto sabiendo el límite? –Cuando Hazel asiente, pregunto la cifra.

–Doscientos cincuenta mil.

Por suerte, el lápiz digital no se me resbala de la mano, para rodar por el suelo, haciendo tropezar a un camarero al que se le cae la bandeja de las bebidas. Pero en mi mente ocurre todo eso. Y es mi carrera la que se arremolina en el suelo con los cócteles mimosa.

Nunca he trabajado con un presupuesto tan elevado, salvo con Whitney. Estoy en parte emocionada y en parte asustada. Números así suelen venir acompañados de proveedores que están fuera de mi alcance, lugares con los que no tengo relación y grandes expectativas. Debería haber recabado esta información antes de aceptar, pero el deseo de Jackie de que fuera en la Rosaleda no indicaba ese presupuesto.

–¿No es suficiente? –pregunta Jackie en voz baja, malinterpretando mi silencio.

–No, es mucho –le digo–. Es... mucho. No he visto ese tipo de presupuesto desde que trabajaba con Whitney, así que estoy intentando procesarlo.

Pienso en la promesa que le hice a Whitney cuando dimití: que nunca me entrometería en su mercado. La forma en que agitó la mano como si ni siquiera fuera algo que le preocupara. El abrazo que me dio. Firme, cariñoso, con aroma a vainilla.

Pero ¿qué debo hacer ahora? ¿Retirarme? ¿Enviarlas a Whitney, que puede manejar este tamaño, que conoce a esta clase de vendedores?

No. De ninguna manera. Esta boda es una oportunidad que no se me volverá a presentar.

Sé que puedo hacerlo. Soy la elección correcta para Hazel y Jackie. Y estoy deseando demostrarlo.

Tengo la mañana libre antes de la cita del jueves en Blooming, así que en lugar de quedarme mirando las paredes y sudando, decido pasar por la oficina de WHW. Hace unos meses que no voy y me gustaría hablar con Whitney sobre la lista de deseos de Hazel y Jackie.

Con mi característica caja de dónuts entre las manos, abro de un tirón la puerta del edificio de ladrillo, situado en East Sacramento, el centro para la gente rica. En la recepción hay una chica nueva a la que no conozco, pero enseguida la gente sale de sus despachos para darme un abrazo y agarrar un dónut.

Me costó marcharme. No es que quisiera dejar de trabajar con Whitney, pero sabía que si seguía allí, me quedaría para siempre. Y los clientes de Whitney no son mi tipo de gente. Las bodas económicas que he hecho en los últimos dos años han sido más satisfactorias que las de seis cifras que hacía aquí. Ver cómo se ilumina la cara de la novia cuando le digo lo que podemos lograr, incluso con poco dinero. Eso es lo más importante.

Whitney tiene un despacho en una esquina (no es que importe cuando no estás en el centro de la ciudad) en la parte de atrás, y mientras mis viejos amigos se comen los dónuts que le he comprado al señor Kwon, llamo a la puerta y espero su «¿Sí?».

Entro con una sonrisa y me siento transportada a mi primera entrevista en esta oficina, recién salida del instituto. Mi madre tuvo una boda organizada por Whitney Harrison el fin de semana de mi graduación y, después de lanzar al aire mi birrete, corrí a su recepción y vi a Whitney por primera vez. Era una presencia intimidante: alta y rubia, y decepcionaba a todo el mundo. La vi agarrar de la muñeca a un camarero que iba a servir los primeros entrantes diez minutos antes de lo previsto y, con un apretón que crujía los huesos y una sonrisa dulce como la miel, lo guio de vuelta a la cocina. Fue fantástico. Más tarde, me enteré de que su ayudante la había dejado plantada ese día, por lo que ella se encargó de la boda. Ni siquiera esperé a que el anuncio de la oferta de trabajo apareciera en su página web; me presenté el lunes con un *lookbook* de las cuatro últimas bodas de mi madre, todas ellas diseñadas por mí. Con mirada calculadora, me ofreció el salario mínimo por atender el teléfono. Dos semanas después, me ascendió a asistente; al cabo de tres meses, era la coordinadora de diseño y producción. Mientras mis compañeras empezaban la universidad, yo ya me ganaba la vida, haciendo exactamente lo que quería.

Whitney está igual que siempre. Lleva el pelo recogido en una espesa cola de caballo rubia. Le están empezando a salir arrugas alrededor de los ojos, pero sé que hace mucho que debería haberse puesto bótox. Tiene los labios fruncidos cuando levanta la vista para ver quién la ha molestado y, en cuanto se da cuenta de que soy yo, sus dientes me sonríen con un brillo nacarado.

—Ama, ¡qué alegría! —Se levanta de un salto y se alisa el vestido y me abraza—. ¿Qué celebramos?

Su suave perfume me envuelve, y respiro hondo antes de decir:

—Pensaba que ya había llegado tarde.

Me acomodo en la silla frente a su escritorio y nos ponemos al día. Tiene cuatro bodas este fin de semana. Yo tengo una, pero ella quiere oírlo todo.

—¿Cómo está tu madre? —me pregunta, cruza las piernas y sonríe.

—Está bien. Se casó el mes pasado.

—¿Cuántos maridos lleva ya? —Se ríe, y siento que tengo que hacer lo mismo—. ¿Alguien ha comprobado el récord mundial?

Se me encienden las mejillas. No es la primera vez que oigo ese chiste y no será la última. Mi madre nunca se ha avergonzado de sus matrimonios, pero después del décimo, empecé a darme cuenta de que otras personas lo encontraban muy divertido. De niña, no pensaba que hubiera nada malo en ello. No sabía que la gente hablaba a sus espaldas ni que era el blanco de las bromas de sus allegados. Ahora me río con ellos para que no vean lo mal que me sienta.

Cambio rápidamente de tema.

—Necesito un consejo profesional.

—¡Claro! —Mueve la muñeca y su pulsera tintinea—. ¿Qué pasa?

—Conseguí la boda de Hazel Renee.

Lo único que puedo hacer para no vomitar es quitármelo de encima lo antes posible. Aunque todavía es posible que vomite. Es pronto.

Alza las cejas.

—¿Ah, sí? —Sonríe, pero una pequeña carcajada brota de su pecho—. ¿Cómo demonios lo has hecho?

—Me encontraron. —Me encojo de hombros—. Intenté convencerlas para que no...

—Ama, no. —Niega con la cabeza—. Estás perfectamente cualificada. Les hablaste de tus servicios, de tu estilo, de tu escala, y aun así te quisieron.

Me muerdo el interior de la mejilla.

—Cierto. Empiezo a pensar que su nivel es... mayor de lo que parece. O tal vez no me expliqué bien. No lo sé. Y quería ser sincera contigo, porque dije que no invadiría ni tu lista ni tus clientes.

Agita la mano para restarle importancia.

—Bueno, eso no es algo que esté totalmente bajo tu control. Ya lo sé. —Me mira y una sonrisa se dibuja en sus labios sin alcanzar sus ojos—. Estoy orgullosa de ti. Es una oportunidad maravillosa. ¿Cuándo es la boda?

Hago una mueca.

—El 7 de octubre.

Ella me mira boquiabierta.

—¿De este año? Eso es muy pronto.

Asiento con la cabeza, mordiéndome el labio.

—Es pronto, pero puedo hacerlo. Estoy segura. Solo esperaba que pudieras indicarme la dirección correcta de los proveedores que aún pueden estar libres.

La comisura de sus labios se tensa.

—Por supuesto. Pero... déjame que te aconseje que tengas cuidado, Ama.

Respiro hondo, sé exactamente adónde quiere llegar.

–Hazel tiene tu edad, ¿no? –Cuando asiento, continúa–. El aspecto de celebridad puede ser difícil. Puede ser seductor. Así que recuerda que debes mantener las distancias. Podría transmitir cualquier paso en falso a sus seguidores.

Ella dice «paso en falso» como si se tratara de un anillo de boda perdido o de olvidarse de contratar a un DJ, pero yo sé lo que quiere decir en realidad. Llevaba una semana en mi puesto de coordinadora de diseño y producción cuando envié un mensaje de texto a una novia para preguntarle por qué nunca traía su tablero de Pinterest. Había estado husmeando y había encontrado sus páginas en las redes sociales. Los pines que había guardado no se parecían en nada a los que habíamos elegido. Verónica, la novia, me respondió que no creía que nada de eso fuera viable con su presupuesto. Al día siguiente, había ideado todo un plan de acción para el nuevo diseño de la boda y se lo presenté a Whitney delante de la pareja. Veronica estaba eufórica. Whitney sonrió, asintió y se mordió la lengua hasta que la pareja se marchó, y entonces me apartó de la boda de Veronica.

Me espetó: «¿Tienes idea de lo que supone llamar a la empresa de alquiler, al *catering* y a la floristería cuatro meses después para decirles que vas a cambiar el diseño? Claro que no, porque soy yo la que tiene que hacerlo».

En ese momento, pensé que lo que más le molestaba era el plazo y la relación con los proveedores. Pero tres meses después, asistí a la despedida de soltera de una de nuestras clientas y, cuando Whitney se enteró, también me apartó de esa boda.

Intenté ser mejor. Intenté rechazar invitaciones a despedidas de soltera, pero para Whitney era una tirita que tapaba el verdadero problema: yo les gustaba. Les gustaba lo suficiente como para querer estar cerca de mí y hablar del diseño de su boda en privado. Empecé a centrarme no en cómo evitar que me invitaran, sino en cómo no ser descubierta. Yo era la mejor diseñadora que tenía Whitney y, para seguir siéndolo, tenía que llegar a conocer a la pareja y su estilo. Cuando consideró que había mejorado en mis límites, Whitney me ascendió a directora de diseño, un puesto enorme para una veinteañera. Y un mes después de eso, sucedió lo peor. Le di un puñetazo a un padrino de boda por ponerme la mano en el culo y sugerirme que se la chupara. Mientras lloraba y me disculpaba, con el puño hinchado y la ropa demasiado apretada sobre una piel que ya no parecía mía, Whitney me apartó a un lado y me dijo: «Me sorprende que sea la primera vez, la verdad».

Whitney se ocupó. Lo solucionó todo con la pareja y consiguió que el padrino se limpiase y fuese al altar. Le convenció para que no presentara cargos, algo en lo que ni siquiera había pensado. Cuando empezó la recepción, me acercó a su lado, me puso una bolsa de hielo en los nudillos y me susurró en voz baja:

«Aprenderás, cariño. Me encargué de todo. He hecho que quedase olvidado».

Ahora la miro a los ojos y me obligo a sonreír. En días como este, aún desearía tenerla encargándose de todo.

—Por supuesto —le digo—. Estoy aprendiendo a poner límites.

Asiente, y no estoy segura de que me crea, pero da una palmada en el escritorio y alcanza el ratón.

—¿El 7 de octubre? Te diré qué proveedores míos están ya ocupados ese día.

Respiro hondo, armándome de valor, y acerco la silla para mirar su calendario, como en los viejos tiempos.

# 7

# Ama

## Marzo

Hace dos años que no piso Blooming. Dos años, dos meses, una semana y cuatro días, para ser más exactos. Intenté calcular las horas y los minutos mientras me rizaba el pelo, pero fue demasiado.

Y me quemé la muñeca.

Me he cortado el pelo desde la última vez que me vio, y es una estupidez preguntarse si se dará cuenta cuando estoy deseando que no se fije en mí, que tal vez pueda esconderme detrás de una orquídea muy alta durante toda la reunión y dejar que Jackie tome la iniciativa. Pero sigo dándole vueltas.

No voy a llevar dónuts, porque con él, nunca ha sido la cosa más «adorable».

Aparco al final de la calle en vez de en el aparcamiento para tres coches que hay junto a la tienda. Mi Apple Watch quería que llamara al 911 hace seis minutos por mi ritmo cardíaco, así que estoy meditando de forma activa, imaginándome arroyos que se deslizan despacio por las rocas. Espero a que lleguen Jackie y Hazel, con la intensa concentración de un sabueso de caza, que se sacude con rapidez cada vez que un coche con dos mujeres dentro reduce la velocidad. Me parpadea la luz de revisión del motor, pero, como de costumbre, la ignoro.

Esta es la primera vez que vamos a estar en la misma habitación, respirando el mismo aire, en más de dos años. Me he esforzado por evitar Blooming todos los días de esos dos años, y puedo dar por hecho que él tampoco me ha visto. Empecé a trabajar con otros floristas, como es lógico, aunque eso supuso un duro golpe para mi estilo y mi creatividad. Incluso hubo algunas bodas en las que tuve que prescindir de él después de..., bueno, después. La mayoría de los días soy capaz de no pensar en él. Con el tiempo me fue resultando más fácil, pero ahora me doy cuenta de lo difícil que va a ser.

Un pequeño y bonito Prius pone el intermitente para entrar en el aparcamiento, y tan pronto como confirmo que es Jackie la que está al volante, cojo mi bolso y me bajo del coche. Están cerrando sus puertas cuando me acerco a ellas. Creo que nos abrazamos. Estoy a punto de desmayarme, así que los detalles... se vuelven borrosos. Charlamos hasta llegar a la puerta principal. Alargo la mano para agarrar el picaporte.

−¡Hola!

El ladrido me congela como a una estatua. Las tres miramos a la derecha, y ahí está él, con un trapo entre las manos, camiseta negra con tres botones en la parte del cuello, vaqueros negros. Sale del edificio del que acabamos de salir, por la puerta lateral que da a la trastienda. Vuelve a tener el pelo largo. Lleva la mitad recogido, retirado de la cara. Una vez le dije que aquello era como un moño y me mandó callar el resto del día.

Siento que me tiemblan las rodillas. Mis latidos vuelven a entrar en modo «¿Hay un intruso en tu casa?».

Espero a que me señale y diga: «Ella no puede entrar» o «Se cancela la reunión».

Pero ni siquiera me mira. Se limita a hacer un gesto con la cabeza para que entremos por donde señala y desaparece.

Jackie pone los ojos en blanco y le dice a Hazel:

−Siempre es así. Su marca es la mala educación.

Me habría hecho gracia si no hubiera sentido un repentino dolor en el pecho. Jackie conoce a Elliot. Más que simplemente «el hijo de la jefa». Olvidemos todo lo relacionado con la orientación sexual, hay una persona en su vida que lo conoce lo suficiente como para hacer esa broma, y yo no sabía que existía hasta esta semana.

Jackie y Hazel se dan la mano y caminan hacia la puerta lateral, y yo las sigo como un perro al que llevan a bañarse, acobardada y temblorosa. Sujeto la puerta una vez que han entrado, y cuando oigo decir a Hazel «¡Vaya!» levanto la vista y me detengo en el umbral.

La trastienda ha cambiado. Donde había cajas y cosas rotas que arreglar, ahora hay dos mesas de trabajo, de casi dos metros y medio de largo con encimeras de mármol. Donde había pintura verde oliva desconchada y clavos oxidados, ahora hay paredes blancas con arcos nupciales colgando del techo alto, coronas montadas, una pared de tres metros cubierta de rosas (tal vez artificiales) que forman la palabra «Blooming». Donde había una bombilla desnuda en el techo, ahora hay neones y luces LED que emiten una luz violeta claro desde arriba.

Me brillan los ojos por todo lo que tengo que asimilar, y recuerdo...

*—Si quieres personalizar instalaciones, va a hacerte falta un estudio, Elliot.*

*Puso los ojos en blanco.*

*—He hecho un par de cosas. No voy a reconvertir el taller solo para complacer a los clientes de clase alta de Whitney. Mi padre nunca habría querido eso.*

*Me encogí de hombros.*

*—¿Por qué no las dos cosas? ¿Y la trastienda?*

Tengo que apoyar la mano en el marco de la puerta antes de caerme. Nunca en mi vida me he sentido insegura sobre los talones, pero mis piernas no quieren cooperar.

—Cierra la puerta —me dice su voz ronca desde el otro lado de la estancia.

Está de pie junto a una mesa más pequeña situada en la esquina, que es más bien un banco de trabajo. Es el único rincón desordenado en toda la sala. Es el único rincón Elliot en toda la sala.

—Elliot —dice Jackie—, esta es mi prometida, Hazel.

Dejo que la puerta se cierre tras de mí y observo desde una distancia de diez metros cómo Hazel le estrecha la mano. Murmura algo que debe de ser «Encantado de conocerte».

Hazel señala la pared de rosas.

—Esto es increíble. Todo tu taller lo es, de verdad.

Él asiente, nunca es de los que dan las gracias.

—Esta fue la tienda de mi padre durante cuarenta años. Se dedicaba a hacer ramos y piezas pequeñas para bodas, pero cuando yo me hice cargo, empecé a experimentar con construcciones e instalaciones. Ahora Blooming ofrece ambas cosas.

Son las frases más largas que le he oído decir nunca. Y me doy cuenta de que es un guion que intenta fingir que no se ha aprendido de memoria. La familiaridad que siento a su alrededor me produce una descarga eléctrica y tengo que apartarme. Me pongo de cara a la pared y examino la forma en que ha dispuesto las coronas de flores para la primavera.

Oigo cómo le dan la fecha de la boda. Oigo a Hazel empezar a describir un par de artículos de su lista de deseos. Oigo el zumbido bajo de su aprobación.

Debería estar allí, en medio de todo esto. Estoy diseñando esta boda, y eso incluye colaborar en los arreglos florales. Con la excusa de mirar las macetas de flores que tiene sobre la mesa, me acerco justo cuando me pregunta:

—¿Dónde es la recepción?

—Estoy trabajando en eso esta semana —le digo. Mi voz suena entrecortada. Cuando lo miro, se está arremangando y mira a Jackie—. Una vez que lo sepa, puedo enviarte un correo electrónico con la hora de la visita.

—¿Cena de ensayo? —dice.

—Todavía no hay detalles, pero me encantarían unos centros de mesa para eso —dice Jackie esperanzada, juntando las manos.

Él se limita a asentir. Alcanza el tallo de una cala fucsia con los dedos y la arranca de un arreglo mientras dice:

—La Rosaleda del parque McKinley. ¿Nos ceñimos a las rosas para la ceremonia? ¿O quizá os gustaría ver más variedad?

Jackie y Hazel se miran y luego me miran a mí.

–Creo que lo de la variedad suena bien –digo, confiando en su intuición.

No responde. No asiente. No indica que he hablado o que siquiera existo. Trago saliva con fuerza y lo veo acercarse a los crisantemos de color naranja apagado de la otra mesa. El corazón me da un vuelco, ya sé lo que está haciendo. Estoy nerviosa y recuerdo mi primer *boutonnière*. Ranúnculos y petunias, inmadurez y resentimiento. Sacudo la cabeza para liberarme del recuerdo mientras Jackie dice:

–Esto es genial.

Miro por encima del hombro y veo lo que está mirando. Apoyada contra la pared hay una gran caja transparente, dividida en cuatro cuadrantes repletos de flores. Tiene unos treinta centímetros de profundidad, me llega a la cintura y está cubierta por una plancha de plexiglás transparente. Podría colgarse de la pared a modo de ventana falsa.

Elliot murmura y deja las flores sobre la mesa. Doy un paso atrás para darle un gran margen cuando se acerca a la caja de la ventana. Sujeta un enchufe que yo no había visto antes, lo conecta a una toma de corriente y, antes de que yo pueda maravillarme de lo bonitas que se ven las luces de cuento de hadas dentro de esa jardinera, la deja plana en el suelo y se sube encima.

No es hasta que le tiende la mano a Jackie para que se una a él cuando nos damos cuenta...

–¿Esto es...? –Los ojos de Hazel se abren de par en par–. ¿Esto es una pista de baile?

Jackie se queda boquiabierta y se une a él sobre el plexiglás.

–Es una décima parte de una pista de baile –aclara.

Se baja y le hace un gesto a Hazel para que ocupe su lugar en el suelo. Cuando Hazel lo mira con recelo, Jackie susurra:

–No pasa nada. Es arquitecto.

Elliot no la corrige. Ella se sube y él apaga las luces del taller para que tengan la sensación de estar en una recepción de noche con las luces debajo.

Sinceramente, me he quedado sin palabras. Lo cual está bien, porque de todas formas no querría saber nada de mí. He visto pistas de baile con luces LED antes, pero esta es una pista hecha de flores y luz. Es mágica, y solo es una losa de tres por tres. Hazel y Jackie me miran con cara de «Quiero un cuento de hadas» y yo digo:

—Inclúyelo en el presupuesto.

Las luces se encienden y, mientras charlan con él, continúa con las calas y los crisantemos, agarrando una hierba de la pampa y un poco de boj. Asiente mientras hablan, enrolla el cordel y se hace con una cuerda desgastada para atarlo. Cuando coloca el ramo sobre la mesa delante de Hazel y Jackie, estas dejan de hablar y se quedan mirándolo.

—De regalo. —Se dirige hacia la puerta que da a la tienda principal—. Envíame un correo electrónico —le dice a nadie. A mí.

Jackie agarra el ramo y pasa los dedos por los pétalos.

—Vaya. Esto...

—Rosas como tú quieres, colores otoñales como yo quiero —dice Hazel. Se vuelve hacia mí—. ¿Le has contado que estuvimos discutiendo sobre los colores?

Niego con la cabeza.

—No. Él solo... lo sabe. —Me cuelgo el bolso al hombro y hago un gesto hacia la salida—. ¿Vamos?

Hazel saca una foto de su estudio antes de irnos y dice:

—¿Puedes preguntarle si puedo publicarla?

Prefiero comer cristal.

—Claro.

Cuando se cierra la puerta y nos dirigimos a nuestros coches, me doy cuenta de que he sobrevivido. No me ha mirado ni una vez. No me ha dirigido la palabra. Pero he sobrevivido.

—Dios mío, si no me gustaran las chicas... —dice Hazel de forma sugerente.

—¿O estuvieses prometida? —Jackie le pellizca el costado.

—Está muy bueno.

Miro fijamente al frente.

–Su madre dice que no sale con nadie. Qué triste, ¿verdad? –Jackie mira por encima del hombro hacia la tienda y baja la voz como si él pudiera estar escuchando–. Dice que su última novia le rompió el corazón.

Me tropiezo con nada, miro hacia atrás como si fuera a aparecer una piedra enorme, y Hazel dice:

–¿Cuándo fue eso?

Se me forma un nudo en el estómago, pero la senadora Gilbert no sabía nada de lo nuestro, creo. ¿Cómo es posible que...?

–Me parece que fue el otoño pasado. Era una chica de la oficina; Kate –dice Jackie.

El retortijón que siento en el estómago se vuelve violento. Miro hacia la tienda. ¿Hay otra chica que le rompió el corazón? ¿Después de mí? Han pasado dos años, así que supongo que tiene sentido que haya salido con alguien. He salido con un par de personas, pero nadie que pudiera significar algo. Él fue la primera persona a la que dejé acercarse tanto, la primera por la que rompí todas mis reglas, y no tenía interés alguno en volver a hacerlo.

No sé qué es peor. La idea de que siguió adelante, o la esperanza de que no lo hiciera.

–¿Ama?

Me giro hacia Hazel y sonrío.

–¿Sí? ¿Qué?

–¿Tenemos que hacer algo más hoy? Estaré fuera dos semanas.

–¡No! Vamos genial. Esa pista de baile es increíble. Creo que será una pieza central perfecta.

Nos despedimos, y camino la media manzana hasta mi coche mientras miro por encima del hombro como una idiota. Con la esperanza de que alguien me esté observando.

# 8

## Elliot

### Hace tres años, seis meses
### y seis días

No uso las redes sociales. Podría intentar explicar cómo están pudriendo a mi generación, o que basar tu autoestima en tu capacidad para hacer una foto de tus huevos es inútil. Pero la verdad es que nunca aprendí a usarlas.

Y me niego a hacerlo mal. Si voy a dedicar entre una y ocho horas de mi día a una nueva afición, no voy a hacer el ridículo.

Mi padre quería que la tienda tuviese una cuenta de Instagram. Mi primo la creó hace unos años, pero a papá se le daba fatal subir contenido. Ponía todo en mayúsculas en las descripciones y en la esquina de la foto de unas dalias había bolsas de fertilizante. Tiene unos cien seguidores y recibe unos seis «me gusta» por publicación.

Ese mismo primo, Ben, trabaja en la tienda los días en los que preparo bodas, y le pedí algunos consejos. Monté un candelabro de flores rectangular suspendido del techo de la trastienda con una cadenita. Lo llené de paniculata y flores de color rosa de un astilbe. Ni siquiera me avergüenzo: es una nube rosa esponjosa y creo que ha quedado genial. Ben pensó lo mismo y me ayudó a subirlo con los hashtags adecuados.

Doscientos «me gusta», setenta nuevos seguidores.

Odio las redes sociales. Estoy en la cama, mirando otras publicaciones de diseñadores florales de todo el mundo. No me importa que tengan mil veces más seguidores o «me gusta»; es que se los merecen. La inspiración y la envidia me recorren la piel.

Uno de ellos tiene una pared de rosas con los nombres de los novios. Una pared. De rosas. ¿Cuánto pagan estas parejas por esta mierda? Pero incluso mientras niego con la cabeza, tengo ganas de esbozar el diseño. ¿Sobre qué tipo de estructura está montada la espuma de flores? ¿Tiene que ser algo que se monte el mismo día, o de verdad es sostenible?

Otro chaval de lo más gamberro hace ramos de flores con la temática de *Alicia en el País de las Maravillas*, y va desnudo bajo un delantal de jardinería. Tiene veinte millones de seguidores. Su ramo de Sombrerero Loco me está volviendo loco porque está claro que ha teñido las peonías. Estoy a punto de convertirme en uno de esos troleadores de internet de los que he oído hablar, dispuesto a publicar «¿*spray* negro en las peonías, hermano?» cuando llega un nuevo «me gusta» y un nuevo seguidor.

A **@AmazingAma** le ha gustado tu foto.

**@AmazingAma** ha empezado a seguirte.

Desvío la mirada hacia donde estoy escribiendo, intentando decidir si quiero una coma después de «peonías», cuando me doy cuenta de quién puede ser.

Salgo del perfil del tío desnudo y hago clic en mis notificaciones justo a tiempo para ver:

**@WeddingsbyAma** ha empezado a seguirte.

Hago clic en el primer perfil y veo sus enormes ojos mirando fijamente a la cámara bajo el ala de un sombrero. La cuenta es privada. Mi pulgar se posa sobre el botón «seguir», pero decido no hacerlo.

Cuentas privadas. La versión de Instagram de las citas en línea, las solicitudes de seguimiento rechazadas de una en una.

El aviso de una notificación en la parte superior de la aplicación baja. **@WeddingsbyAma** me ha enviado un mensaje.

Me siento en la cama, con la extraña sensación de no estar

en ropa interior para esto. Pero miro la hora y es ella la que me manda un mensaje directo a las once y media de la noche.

Hago clic en el mensaje, y es un enlace a mi propio *post* del candelabro y un mensaje de ella:

**AMA:** Esto es una puta pasada.

Trago saliva. Sé que lo es. Pero se supone que no tienes que decir eso. Sigo pensando en su molesta forma de hablar y en el olor de su perfume que impregnaba las flores incluso después de que se hubiera ido.

Decido no decir nada en lugar de volver a ser grosero. O en lugar de verme obligado a escribir un «gracias». Voy a su perfil y miro las publicaciones. Ha estado trabajando con Relles Florist de Midtown. Son buenos. Mi padre solía cenar con el señor Relles, y toda su familia fue a su funeral.

Aparece un nuevo mensaje.

**AMA:** ¿Se puede hacer para una mesa
principal de tres metros y medio?

Miro fijamente la pantalla, y pienso en las bandejas que tengo. Una bandeja mide un metro. No haría cuatro bandejas porque eclipsaría la propia mesa. Puedo juntar tres bandejas, incluso unirlas para que haya más estabilidad...

**AMA:** ¿Para el próximo fin de semana?

Frunzo el ceño al ver el mensaje que me llega. Es jueves. Nueve días para un pedido especial no es algo insólito. Pero no por Instagram. A las 23:38 h.

En mi cabeza, esbozo una respuesta (mi primo dice que pueden ver cómo escribes), y al cabo de unos diez minutos la descarto. Me limito a responder:

**ELLIOT:** Llama mañana a la tienda y hablamos.

Son las nueve de la mañana, y todavía estoy intentando encender el ordenador cuando la puerta se abre. Lleva el mismo sombrero negro de ala que en su foto de perfil, y una amplia sonrisa en los labios. Con el pelo suelto, ahora puedo ver que le llega hasta la mitad de la espalda. Parece una bruja.

—¡Buenos días!

Me sorprendo mirándola mientras se acerca al mostrador y le respondo con un gruñido, volviéndome hacia la caja registradora. Deja caer una caja rosa entre nosotros. La fulmino con la mirada.

—¡Dónuts! De J Street Donuts.

—Un nombre muy original.

Le brillan los ojos.

—Bueno, Elliot Bloom de Blooming, no todos tenemos esa suerte.

Abre la tapa, y le echo un vistazo a la media docena de dónuts.

—No tomo azúcar.

Me mira como si acabara de quemar su casa.

—Dios, ¿en serio? Eso no puede ser.

—Lo es. No tomo.

—¿Nunca? —Se apoya en el mostrador—. ¿Y refrescos? —Cuando niego con la cabeza, parpadea como si le estuviera dando un ataque—. Yo como un dónut casi todos los días.

La miro de arriba abajo, buscando señales de que dice la verdad. La curva de sus caderas me llama la atención, como la última vez, pero vuelvo a centrarme con rapidez.

—Te dije que llamaras.

—¿Para qué perder el tiempo? —dice, y saca un dónut de la caja, se lo mete entre los labios pintados y agarra el iPad de un tirón.

La observo masticar, sacando la lengua para atrapar el azúcar. Pienso en Madison Bailey cuando, en el instituto, le decía a cualquier idiota que quisiera escucharla que siempre hay que comer delante de un chico. «Le hará pensar en tu boca».

Maldita Madison. Entonces no la creí.

—Vale —dice, tragando, y también me fijo en ese movimiento. Pasa los dedos con rapidez sobre el iPad—. La boda es el próximo sábado. La mesa principal mide tres metros y medio de largo, y el techo unos seis de alto. Creo que la lámpara de araña está a unos dos metros o dos y medio. ¿Puedes venir al sitio de la boda hoy o mañana para medirlo y confirmarlo?

Sus ojos se dirigen hacia mí. La pantalla del ordenador se vuelve negra, y la tarea queda completamente olvidada. Sacudo el ratón y finjo mirar la agenda.

—Cualquier día a mediodía. A esa hora mi primo puede ocuparse de la tienda.

—Estupendo. Hoy, por favor —me dice. Me indica la ubicación y luego añade—: ¿Puedo ver la pieza? ¿Sigue aquí?

Me dirijo a la trastienda y me giro para abrirle la puerta. Ella agarra un dónut de chocolate de su caja y me sigue.

La única bombilla que hay en la trastienda parpadea. Utilicé una lámpara de trabajo para la foto original. Casi parecía bien montada, con la pintura verde rústica en la pared detrás del candelabro suspendido.

Se mueve hacia él, estirando la mano para tocar la paniculata, pasa por debajo y mira las bandejas. En realidad es pequeña. Solo que lleva zapatos de tacón alto.

—En rosa, ¿verdad? —digo, pasándome el delantal por la cabeza.

—Sí, perfecto.

—¿Va a venir el cliente para confirmar?

—Yo soy la clienta —dice distraída, da un paso atrás para ver dónde conecta con el techo.

Siento que algo en el pecho se me desploma. Como un pájaro muerto por un disparo.

—Enhorabuena —murmuro, observándola mientras da un mordisco al dónut. Observando su boca.

–Eh. –Se vuelve hacia mí–. Lo siento. –Al acabar, traga–. Yo no. Mi madre. Se va a casar; yo me encargo del diseño.

Desvío la mirada hacia el desorden de la trastienda, ignorando la adrenalina que me recorre, así como el alivio. Me aclaro la garganta y continúo.

–Las bandejas miden un metro. Creo que haré tres para que no eclipsen. Y luego las flores asomarán por los extremos y darán más volumen.

Asiente y me mira con una sonrisa divertida.

–Puedes decir frases de más de tres palabras. Genial.

Pongo los ojos en blanco y me acerco para mostrarle cómo voy a unir las bandejas. Veo que se fija en el tatuaje que tengo en el antebrazo izquierdo.

–¿Qué flor es esa?

Doblo el codo hacia atrás.

–Es una orquídea zapatito de dama. Está en peligro de extinción.

Se queda mirando el tatuaje, los pétalos blancos y el centro rosa rojizo.

–¿Es tu favorita?

Dejo caer el brazo y busco la otra manga para bajármela.

–No, no tengo ninguna favorita.

Su mirada se desvía hacia mi brazo derecho mientras lo cubro hasta la muñeca, pero deja estar el tema.

–¿Tienes más para hacer un centro de mesa también? Solo a modo estético, para que combine arriba y abajo.

–¿Todavía no tienes los centros de mesa?

–Sí los tengo. Pero preferiría que fuese así.

Entro en la tienda y me dirijo a la barra de tallos en busca de las plumas de astilbe y la paniculata.

–¿Qué flores son las otras? –le pregunto–. Puedo combinarlas y rellenar el centro.

–Dalias blancas.

Me sorprende verla a mi lado.

Me sigue a la trastienda, cojo una palangana baja de una estantería y empiezo a colocar las ramitas en abanico. Noto cómo observa el movimiento de mis manos. El centro está desnudo, y opto por unas velas blancas y gruesas.

—Puedo llenar el centro con dalias o entrelazarlas.

—¿Qué crees que es mejor?

Me mira expectante y siento como si esto fuese una especie de examen.

Empiezo a entrelazarlas con la paniculata. Con suerte, integrar las dalias ayudará a que estos centros de mesa combinen con el otro diseño floral.

—¿Te cae bien el tipo? —le pregunto.

No contesta y levanto la vista.

—¿El tipo? —pregunta.

—El nuevo marido de tu madre.

—Ah. —Resopla y agita una mano con indiferencia—. Eso da igual.

Cero puntos por ahí.

—Vale.

—Lo siento, me refiero a que nunca está casada por mucho tiempo. Así que si me gusta o no es algo sin importancia. Pasaré el verano con él y sus hijos, tal vez el día del trabajo, y luego, lo más probable es que no vuelva a verlo nunca más.

Hay una ligera mueca de desilusión en su boca.

—Eso suena duro —aventuro.

Me mira a los ojos.

—A veces.

—¿Tu padre sigue por aquí? —No contesta de inmediato y siento cómo se me pone la piel de gallina—. Lo siento, no tienes que...

—No pasa nada. —Sonríe y dice—: Está en Connecticut. Con su nueva familia. ¡Más hermanastros para mí! —Se ríe, como si hubiese una broma ahí, pero no la pillo—. Solía volar cada dos Navidades, pero hace ya unos años que no lo hago. Me regaló su coche por mi decimosexto cumpleaños y empezamos a llamarnos solo en vacaciones.

Levanto la vista hacia ella. Tiene la mirada clavada en el centro de mesa que estoy haciendo, pero su expresión no tiene nada de triste ni de avergonzada. Es un hecho. No puedo disculparme por los hechos. Cambia de tema enseguida y señala las flores mientras termino.

—Tiene muy buena pinta. Si no fueras tan gilipollas, ya te habría encargado diez.

—Ah, ¿no te gustó tu *boutonnière*? —pregunto con un aire inocente, crispando los labios.

Me limpio la mano con un trapo y la conduzco al mostrador.

Ella me sigue.

—Te refieres a los ranúnculos por la inmadurez, las petunias por el resentimiento y... ¿cuál era la otra planta que usaste?

—Hiedra venenosa.

Cojo una hoja para pedidos del cajón y la miro de reojo. Me está mirando como un pez. Cuando se da cuenta de que estoy bromeando, veo que se muerde el interior de la mejilla para evitar sonreír.

Garabateo el pedido en mi cuaderno.

—Cobramos un diez por ciento más en los pedidos urgentes. —Asiente con la cabeza—. Y hay una tarifa por GC.

Parpadea y luego murmura para aceptar. Baja la mirada hacia su teléfono móvil, pero veo cómo sus ojos se enfocan, tratando de averiguar qué es un GC.

Es lo único que hizo mi padre que me convenció de que éramos parientes. A veces cobraba una tarifa GC. Un grano en el culo. Solo eran diez dólares, así que solía donarlos a la biblioteca o al instituto.

Escribo el nombre del pedido en la parte superior. *Ama Torres*. Mientras garabateo la fecha, digo:

—Amalgama.

Deja de teclear, probablemente buscando GC, y me mira.

—¿Crees que mi madre me puso Amalgama?

Me encojo de hombros.

–Hay tan pocas palabras con A-M-A en el mundo. ¿Amaranto?

–Te olvidas convenientemente de Amada. ¿Qué es Amaranto?

–No lo he olvidado; lo he ignorado. El amaranto es una planta. Deja caer flores rosas que a veces uso para hacer ramos.

Las comisuras de sus labios se tensan y murmura.

–No.

Sus ojos miran hacia otro lado con rapidez.

Me inclino hacia delante sobre el mostrador para poder ver los pequeños detalles de su expresión que me dicen que estoy demasiado cerca de la verdad.

Mi mirada se desvía hacia el escaparate: la flor que la sorprendí manoseando la primera vez que entró en mi tienda. La «Perla Roja» que traje de Sudamérica. El segundo capullo acaba de abrirse hoy, rojo carmesí.

Me muevo alrededor del mostrador y saco mis minitijeras del bolsillo trasero. Paso las yemas de los dedos por los pétalos oscuros y los estambres me dicen adiós.

–Amaryllis –digo, hablando en voz baja en medio del silencio de la tienda. Levanto los ojos hacia ella, y está apretando los labios, rubor en las mejillas, una mancha en el cuello tan vibrante como la Perla Roja Amaryllis–. ¿A tu madre le gustan los musicales, o...?

Sus ojos vuelven a brillar.

–¿Cómo es que alguien como tú conoce a un personaje sin importancia de *Vivir de ilusión*?

–¿Cuántas veces tengo que decírtelo? Tengo HBO. –Deslizo las tijeras por el tallo del brote más antiguo y corto. Vuelvo despacio al mostrador, cojo un manojo de paniculata de mi delantal y digo–: Amaryllis era una niña mala que fue muy grosera con un niño que ceceaba. Y como niño que ceceaba... –Sus ojos se abren de par en par, como si le hubiera ofrecido dónuts para un año–. Juré vengarme de Amaryllis cobrándole veinte dólares por la entrega.

Lucha por no sonreír. Cojo una cinta rosa, ato la amarilis y la paniculata con un giro rápido, y lo coloco junto a su copia del pedido.

–Nos vemos a mediodía –digo, antes de desaparecer en la parte de atrás para limpiar.

Cuando llego al club de campo, se lo ha puesto en la blusa, por encima de los pechos. Me cuesta horrores no bajar la mirada.

# 9

# Ama
## Marzo

Es difícil centrarse en otras bodas cuando tengo la de Hazel y Jackie encima. El sábado por la mañana, en la ceremonia de los Gutiérrez-Montoya, esbocé los diseños de la sala de recepción mientras los novios enseñaban a los camareros la coreografía de *Be Our Guest*, que la pareja exigió que se interpretara a la salida de los entrantes. Tenía allí a dos de mis exhermanastros de planta, vestidos como los camareros y aprendiéndose el baile por cincuenta pavos.

Los maridos de mi madre que más me gustan son los que tienen hijos y necesitan experiencia laboral.

Pero nada de lo que esbozo me gusta. No me parecen Elliot.

Aunque parezca mentira, lo que más odio de volver a trabajar con Elliot Bloom es la posibilidad creativa que siempre me hacía sentir. Podía enviarme una foto de una pieza a medio terminar, y cambiaría todo el diseño de la boda. Porque tenía que quedármela. Elliot tiene una habilidad para crear algo de la nada que es muy adictiva.

Puedes decirle: «Quiero una torre Eiffel de dos metros hecha de flores», y al día siguiente te envía el diseño y el presupuesto.

Es lunes y ya llevo seis bocetos de una sala de recepción que no existe, basada solo en la pista de baile de flores. Tengo tres diseños de interior y tres de exterior. Estoy ignorando por completo las otras bodas que tengo por delante en los próximos siete meses porque no puedo dejar de pensar en esa posibilidad.

Me levanto de la mesa de mi dormitorio, que he convertido en despacho, doy un respingo y voy a darle de comer a la gata.

Lady Cat-ryn de Purrgh mueve la cola hacia mí e ignora su comida. Quiere los restos de *sushi* que olfateó en la caja de comida para llevar de hace unos días. Mar me llevó a cenar el viernes para hablar de la reunión con Elliot. Le mentí y le dije que había ido mejor de lo esperado. Me preguntó por qué mentía y le respondí pidiendo otra ronda de bebidas.

A pesar de la enorme reducción de sueldo que le supondría, voy a rogarle a Mar que trabaje como mi ayudante para la boda de Jackie y Hazel, porque por muy maravillosa fotógrafa que sea, Hazel va a contar con todo un equipo de personas que ya hayan trabajado juntas antes. Mar suele trabajar sola. Conoció a su último novio a través de la fotografía, y lo tenía como asistente para los eventos que la contrataban. Desde que rompieron en otoño, ha estado trabajando sola y entrevista a ayudantes del programa de fotografía de la universidad, pero ninguno de ellos está preparado para la magnitud de esta boda.

Suspiro y miro el reloj. Si quiero avanzar algo con los proveedores, aún me quedan tres horas de trabajo. Mi empresa de alquiler favorita con la que trabajé a las órdenes de Whitney es la primera opción para otra pareja que tengo. No suelo trabajar con Everlast Event Rentals porque sus precios no se ajustan a los presupuestos de mis clientes, pero Ashley y Davin quieren derrochar. También quiero contratarlos para Jackie y Hazel.

Marco y espero que Vickie siga trabajando allí. Cuando por fin se pone al teléfono, hablamos un rato de sus hijos, de su madre y de la mía. No habíamos hablado desde que dejé WHW, y es agradable hablar con ella.

—Vale, tengo dos bodas para las que quiero contar con Everlast —le digo.

—Dispara. —Oigo el tintineo de sus largas uñas sobre el teclado—. Tenemos mucho trabajo para los próximos seis meses, así que espero que llegues pronto.

—Yo también lo espero. Tengo a los Dawson el 2 de diciembre. Están buscando un paquete estándar y un kit para la mesa principal.

–Sí. Podemos hacerlo. Tenemos mucho ese día.

–Genial. Apúntame y llevaré a la pareja en algún momento de esta semana. Y luego tengo una boda muy grande en octubre. Para tu información, probablemente la cubrirán los medios.

–Vaaaale, tomaré nota. Nada de platos astillados.

Me río.

–El 7 de octubre. Nos hará falta un paquete completo, pero aún no estoy segura de los detalles. Puedo traértelos esta semana.

–Mmm –Vickie hace una pausa–. El 7 de octubre es un día muy concurrido. Ama, no estoy segura de que podamos hacerlo.

Se me para el corazón.

–¿De verdad? ¿Qué me estoy perdiendo? ¿Por qué es tan popular ese día?

–Parece que ya tenemos siete u ocho ese día. Van a acabar con nosotros.

No puedo parar de pensar. ¿Y si esto afecta a todos los proveedores? ¿Y si ya voy con retraso en las reservas porque es el cumpleaños de alguien como Timothée Chalamet y todos los chalamaníacos quieren casarse ese día?

–Yo..., vaya. Tengo que consultar esto con mis otros proveedores también. Pero, Vickie, no bromeaba sobre el perfil alto. ¿Hay alguna posibilidad de mover las cosas? ¿O...?

Ella suspira.

–Bueno, se lo plantearía al dueño, pero cuatro de esas bodas son de Whitney. Tú, más que nadie, sabes que no puedo cancelar una boda Whitney.

Parpadeo hacia la pared, con la boca abierta.

–¿Cuatro bodas Whitney? ¿El 7 de octubre?

–Sí. ¿Tienes algo más que quieras apuntar en el calendario ya? ¿Por si acaso?

Niego con la cabeza, pero ella no me ve.

–No, muchas gracias, Vickie. Resérvame el 2 de diciembre, y te llamaré para concertar una reunión lo antes posible.

Cuando cuelgo, ya estoy buscando mi bolso y tanteando para

sacar el iPad. Abro la aplicación de notas y busco la lista que hice en la oficina de Whitney. La lista que me dio de proveedores que no iba a utilizar el 7 de octubre.

Everlast está arriba del todo.

Han pasado cuatro días desde que estuve en la oficina de Whitney. Es muy posible que su agenda se haya llenado en ese tiempo. Pero también es sospechoso.

Me hago crujir el cuello, deshaciéndome de ese pensamiento. Eso no tendría ningún sentido. No después de la forma en que me trató el jueves. Estaba feliz de verme, encantada de ayudarme. Ahora me preocupa haberle dado mal la fecha; que Whitney no esté utilizando a todos los proveedores de la lista un día distinto.

Busco el número de la pastelería Freeport a toda prisa. No he hablado nada de pasteles con Jackie y Hazel, pero tengo que hacer estas consultas cuanto antes.

Llamo a seis pastelerías. Todas tienen bodas el 7 de octubre. Dos de ellas no saben quién soy porque nunca trabajé con ellas bajo la dirección de Whitney, y las otras no me dirían si fue Whitney Harrison Weddings quien las contrató, aunque se lo preguntara.

No es el fin del mundo. Aún pueden celebrar otra boda el 7 de octubre, pero la escala puede ser un problema.

Le envío un mensaje a Jackie para que me diga qué tienen en mente en cuanto a pasteles. No me contesta hasta después de que cuatro de las seis panaderías hayan cerrado por hoy, pero no importa. Dice:

**JACKIE:** ¡Ni idea todavía! ¿¿En qué estás pensando??

Bueno, estoy pensando que habéis cometido un error enorme al contratarme y que a este paso puede que tengamos que ir a una pastelería de San Francisco, y no tengo contactos allí.

Lady Cat-ryn salta sobre mi hombro y me araña la piel mientras el sol se pone, un recordatorio perfecto de que no puedo quedarme aquí sentada todo el día. Saco el *sushi*, lo pongo en un plato y se lo dejo en el suelo mientras cojo mi chaqueta y salgo a dar un paseo.

Me meto las manos en los bolsillos, miro las copas de los árboles y pienso. Quizá pueda llamar a Whitney para pedirle ayuda. Quizá pueda preguntarle si hablaría con esas pastelerías por mí, o tal vez que me diese algunos nombres de sitios de San Francisco con los que haya trabajado. Pero eso me parece de ser débil. Y...

Y poco profesional.

Debería ser capaz de hacer esto por mí misma, pero la verdad es que parece que he abarcado demasiado.

Mis pies me llevan a dar la vuelta a la manzana y a pasar por delante de la librería que hay junto al parque. Luego me dirijo a la Rosaleda. Está empezando a anochecer, pero me quedo en la acera mirando el lugar donde suele ir el arco durante las bodas. La gente desquiciada que puede correr un par de kilómetros después de un largo día de trabajo ya está fuera, recorriendo el sendero de tierra que rodea el parque. Casi me atropella uno cuando entro en el jardín y me tumbo en la hierba, imaginándome a Hazel y Jackie casándose aquí dentro de poco menos de siete meses.

El jardín de rosas no es tan grande. Es bonito si te gustan las rosas. ¿Y a quién no le gustan? Excepto a los floristas enfadados que llevan flores en peligro de extinción tatuadas por todo el cuerpo, pero estoy divagando. La Rosaleda... Bueno, en realidad no casa con Jackie y Hazel. Jackie y Hazel casan más con bodegas. Graneros rústicos. Viejas fábricas con flores que brotan de cubos de leche.

Odio no tener todavía un lugar para la recepción, porque siento que es como si quisiera que el lugar de la recepción compense lo que le falta a la Rosaleda. Pero tal vez no sé lo que Jackie quiere de esto. ¿Por qué la Rosaleda?

Solía hacerle estas preguntas a Whitney, y ella me decía que intentara no dejarme llevar. Pero Whitney no entiende que para diseñar la boda de alguien, tienes que saber por qué. Tienes que saber cómo se conocieron. Tienes que saber la historia de la proposición, y lo unida que está la madre de la novia a ella, y por qué se hizo vegana, y por qué no come dónuts.

Tienes que saber estas cosas o, si no, podrías estar diseñando la boda de cualquiera. Y a Whitney no le gustaba cuando cruzaba esa línea. Pero Whitney no era la que sacaba ideas como si fueran oro a partir de paja.

Oigo a Elliot en mi cabeza. Algo que me dijo hace dos años y medio, que enterré y le dije que lo dejara estar.

Tal vez Whitney sí me haya hecho una lista negra de sus proveedores para el 7 de octubre. No sé por qué lo haría, pero tal vez lo haya hecho. Y quizá eso signifique que ya no tengo que ser su tipo de profesional. Saco el móvil y llamo a Jackie.

–¡Hola, Ama!

En serio, su entusiasmo es tan adorable. De verdad cree que puedo sacarme una boda de la manga. Y tal vez pueda, joder.

–Estoy en la Rosaleda. ¿Estás libre?

Jackie se reúne conmigo en quince minutos. Las farolas empiezan a encenderse alrededor del parque y los perros del vecindario están dando sus paseos vespertinos. Cuando se acerca, Jackie da saltitos de emoción, como si estuviera a punto de lanzar un hechizo y todos sus deseos fueran a hacerse realidad.

Se sienta a mi lado en la hierba. Le pregunto:

–¿Por qué la Rosaleda?

–Cielos. –Se queda pensativa–. Solía practicar fútbol ahí. –Señala al otro lado del parque–. Y a veces había bodas los fines de semana. Siento que siempre quise casarme aquí.

Asiento con la cabeza y me enrosco el collar entre los dedos.

–Así que sientes nostalgia. Ser joven y soñar.

–Sí. Oh, Dios. –Sus ojos se abren de par en par–. ¿Eso no es bueno? ¿No es una razón lo suficientemente buena?

–¡Para! –Me río y le doy un codazo–. Claro que es suficiente. Es lo que soñabas. Solo intento visualizar a Jackie y Hazel en la Rosaleda como lo hacía la Jackie de doce años.

Me levanto y la ayudo a ponerse en pie. Seguimos el camino que hemos visto recorrer a muchas novias a través de los rosales. Enmarcamos la fiesta de la boda a cada lado de la entrada principal. Sigo sin ver esto. Creo que empieza a notar mi vacilación.

–¿Qué pasa? –Está haciendo una mueca.

–Creo que Hazel y tú sois especiales. No solo importantes, sino entrañables y divertidas. Así que quiero utilizar la Rosaleda de la misma forma, y es difícil. Por no mencionar –hago un barrido con la mano en el terreno– que es imposible que quepan aquí doscientas personas.

Es algo que llevaba tiempo rondándome la cabeza. Aunque los permisos de la Rosaleda son para doscientas personas, en realidad solo caben cien antes de que se pierdan las vistas. Me giro para contemplar todo el parque y la concurrida calle adyacente. Ese era el otro problema. Siempre suena un claxon de coche en medio del vídeo de la boda cuando estás en la Rosaleda.

Y ahí es cuando me doy cuenta. Nunca he tenido tanto dinero para jugar con la Rosaleda. No he tenido este tipo de presupuesto en más de tres años. Cuando tienes dinero, la imaginación no tiene límites.

–¿Y si instalamos el altar allí? –Señalo el lado opuesto del jardín, donde suelen sentarse los invitados.

–Vale... –Jackie se pone a mi lado–. ¿Dónde estarán los demás?

–¿Y si...? –Tomo aire. Sé que esto es una locura–. ¿Y si alquilamos toda esta sección del parque? Bloqueamos la calle. Contratamos seguridad para el perímetro. –La miro y tiene las cejas alzadas sobre la línea del pelo–. Queréis un espectáculo. Pues paremos la ciudad.

Veo el momento en que se da cuenta de que puedo hacer lo que estoy sugiriendo. Parpadea con rapidez contra la luz del sol que se desvanece y dice:

–Eso... eso es increíble. No habría que preocuparse por los asientos.

Ahora las ideas me asaltan a toda velocidad. Giro hacia una de las casas que bordean la calle.

–¿Esa de dos pisos? Es un Airbnb. Podemos alquilarla el fin de semana y alojar allí a los invitados a la boda. Entonces, cuando llegue el momento de llamar a Hazel al altar, ella irá por ahí –señalo el camino que bordea el jardín–, escondida, y tú vendrás directamente desde la casa, cruzarás la calle que hemos bloqueado e irás hasta el altar. Las dos caminaréis por el pasillo desde lados opuestos, para encontraros en el centro.

Se lleva los dedos a los labios, observando el camino que he trazado.

–¿Puedes hacerlo de verdad? ¿Puedes bloquear la calle?

–Lo he hecho antes. Hará falta dinero, pero lo tenemos. No quiero ser gros...

–Sé más grosera. –Resopla–. ¿Y la recepción?

–Sigo pensando que eso será en otro sitio. Creo que pararemos el tránsito de esa calle lateral y haremos entrar a los invitados. Podríamos... –Me interrumpo. Quizá voy demasiado rápido, pero Jackie está pendiente de cada una de mis palabras–. Podríamos hacer algo del mismo estilo. Una boda *pop-up*, pero con permiso, claro. Hay muchos edificios abandonados en Midtown. Y antes de que digas «qué asco»... –digo, pero ella rebota sobre sus talones.

–Hay uno al lado de Weatherstone, la cafetería donde nos conocimos. Solía ser mi estudio de danza cuando hacía *ballet*.

Levanto un dedo.

–Vale, volvemos a lo de que eras bailarina y futbolista, pero, antes de nada, si me estás diciendo que hay un estudio de danza abandonado al lado de Weatherstone, creo que mañana llamaré al Ayuntamiento para asegurarme de que no ha sido declarado en ruinas. ¿Es el edificio de la izquierda?

–¡Sí! Un estudio donde solían ensayar para *El cascanueces*, así que puede encajar con la lista de invitados. Techos altos y todo. Solíamos colarnos hasta la azotea, y creo que tenía al menos tres pisos de altura.

Me lo guardo. ¿La posibilidad de una boda en una azotea en el Midtown de Sacramento? Es el sueño de cualquier *wedding planner*.

Contengo una sonrisa mientras miro hacia arriba y hacia abajo de la calle.

–¿Sabes? Técnicamente se puede ir andando, pero... podríamos hacer algo muy bonito con el tema del transporte hasta el banquete, sobre todo porque esta calle estará cerrada.

–¿Me vas a poner un coche de caballos en mi boda, Ama? –Jackie chilla, y yo la agarro de los brazos y la sacudo.

–¡No puedo creer que me hayas robado lo que iba a decir! ¡Es tan emocionante! ¡Qué fuerte!

Se ríe y me abraza. Pienso a toda velocidad en todos los permisos que necesito, pero por encima de todo está la certeza de que cualquier cosa que se me ocurra... puede hacerse. Tengo a Elliot Bloom trabajando en ello.

Por fin tengo ganas de llevar a cabo este diseño. Estoy deseando que sea mañana.

# 10

## Elliot

### Hace tres años, cinco meses, una semana y un día

Estoy enganchado al móvil. Algún día tendremos grupos de apoyo para esto; las espaldas curvadas como cruasanes, los pulgares crispados por la necesidad de deslizar el dedo y todos ciegos por la luz azul.

He publicado una foto de un arco floral deconstruido hace diez minutos, y ya estoy comprobando en Twitter si Instagram se ha caído. Al cabo de cinco minutos, por fin recibo varios «me gusta». Pero como mi autoestima está ahora intrínsecamente ligada a esta foto, estoy pensando en borrarla, y después a mí mismo.

Suena el teléfono de la tienda y doy gracias a Dios por tener otra cosa en la que pensar.

—Hola —murmuro.

—¿Es en serio? Borra eso.

Reconozco la voz.

—¿Emma Torres?

—Sabes que es Am..., olvídalo. Es la cosa más horrible que he visto nunca. Hay una bolsa de tierra para macetas en la esquina de la foto.

Saco a tientas el móvil del bolsillo y abro Instagram. Maldita sea. No soy mejor que mi padre.

—Sí, supongo que no es tan buena.

Mi pulgar toca con melancolía el icono de borrar.

—Bueno, lo que quiero decir es que el arco es precioso. ¿Son hortensias?

Veo desaparecer la foto con sus cuatro «me gusta», y algo en mi pecho baila por su cumplido.

–Sí. Hortensias y rosas blancas. Es algo básico. Y ya se ha hecho antes.

–No por ti. –Se ríe burlona, como si hubiera algo que me estoy perdiendo–. ¿Qué haces esta tarde?

El baile de mi pecho se detiene y soy un flan. Abro la boca para decir que nada, pero justo antes de hacerlo me detengo.

–La tienda... –Me aclaro la garganta–. Abrimos hasta las cinco, pero después...

Lo dejo en el aire, incómodo, pero ella responde.

–Genial. Pasaré sobre las dos. ¡No hagas nada con ese arco!

La línea se corta. Me da vergüenza haberle sugerido verla fuera del horario laboral. Seguro que trae a una pareja para que vea la pieza. Voy a la parte de atrás y empiezo a mover las cosas, a recoger los sacos de tierra y volver a meterla en los armarios. Por desgracia, huelo como si hubiera estado trabajando, así que a mediodía cierro la tienda durante diez minutos, corro al gimnasio abierto veinticuatro horas del que soy socio y me doy la ducha más corta de mi vida. Tengo una camisa de repuesto en el maletero del coche. Está arrugada, pero no huele como si acabara de pasarme cuatro horas haciendo un arco floral deconstruido solo para que Instagram y Ama Torres me rechacen en menos de una hora.

A las dos en punto, la puerta se abre de golpe y hago como si no la estuviera esperando. Me giro para saludarla con mi habitual ceño fruncido, pero me encuentro con la chica más guapa que he visto en mi vida. Es alta, de piernas largas, pelo oscuro y ojos grandes. Es el tipo de chica a cuyos pies caen rendidos los chicos, pero yo decidí hace tiempo que eso no es para mí. No me gusta caer rendido a los pies de nadie.

Ama entra por la puerta detrás de ella y, aunque lleva botas de tacón, es gracioso lo bajita que es al lado de esta chica. Me mira junto a los lirios y, aunque frunzo el ceño al ver la caja rosa que lleva en la mano, sus mejillas se dibujan en bonitos círculos mientras me sonríe. Lleva el pelo suelto y se pasa una mano por él, despeinándolo para que caiga en mechones sueltos.

Siento que se me curvan los dedos.

—¡Hola! —dice Ama, alegre—. ¡Esta es Mar! Mar, este es Elliot Bloom. El dueño de Blooming.

Mar da un paso adelante con una sonrisa recatada en sus labios carnosos y me estrecha la mano. Justo cuando estoy a punto de preguntarle si esta vez es ella la que se casa, Ama dice:

—Creo que también deberías hacer una foto del mostrador. —Pasa la mano por el aire como si pintara un paisaje.

Mar asiente y mete la mano en una bolsa que lleva colgada del hombro.

—Sin duda. Podemos hacer un par de montajes. —Saca una cámara.

Estoy confuso mientras Ama se acerca al mostrador, deja caer la caja de dónuts y agarra uno de chocolate antes de desaparecer en la parte de atrás. Oigo un «Oh Dios mío, vaya» de una boca llena de dónut, mientras Mar empieza a colocar un objetivo y a moverse por las hileras de ramos de flores.

Abro y cierro la boca. Sigo a Ama a la parte de atrás, donde está dejando caer migas de dónuts al suelo.

—No comas aquí detrás. Se llenará de bichos.

—Sí, es precioso —dice, da otro mordisco y me ignora—. Mar tendrá que traer el equipo que tiene en su coche, pero esto va a ser genial. Quizá lo pongamos en el aparcamiento. ¿Hay una valla ahí atrás? Se me ha olvidado. —Empieza a dirigirse hacia la puerta lateral.

—¿Qué está pasando? ¿Quién es Mar?

Se vuelve hacia mí con una enorme sonrisa.

—¡Mi hermana! Bueno, exhermanastra. Es fotógrafa.

Sale por la puerta lateral como si todas mis preguntas hubieran sido respondidas con éxito. La puerta se cierra tras ella mientras parlotea consigo misma sobre el aparcamiento, y cuando intenta volver a abrirla, por poco no me muevo para hacerlo yo. Llama a la puerta con suavidad, siguiendo uno de esos patrones de las fanfarrias, y pongo los ojos en blanco.

La abro y ella me empuja sin darme las gracias mientras llama a Mar para que se acerque a echar un vistazo.

Me quedo de pie en un rincón mientras las dos se mueven de un lado para otro, reorganizando las macetas, moviendo el papeleo del mostrador y trayendo luces y pantallas. No me necesitan hasta que llega el momento de mover el arco. Ama intenta agarrar uno de los lados y yo niego con la cabeza, levantándolo yo solo. Me abre la puerta, y es la primera vez que me alegro de haber perdido todo ese tiempo duchándome cuando paso junto a ella. Huele a azúcar.

Mar se acerca para mostrarme algunas de las tomas del arco, y estoy de acuerdo, tiene mejor aspecto. Profesional. Veo que Mar me mira a la cara para ver qué opino, y sus ojos se clavan en mi boca, en mi cuello. Se acerca y me aparto.

–¡Eh! –Ama aparece delante de nosotros–. Vamos a poner a Elliot en el mostrador, delante del cartel de BLOOMING.

Frunzo el ceño.

–¿Por qué?

–¡Puedes ponerlo en la página web! O en Instagram –dice mientras vuelve a entrar. Luego, en voz baja, añade–: Dios, la cantidad de seguidores que conseguirías...

Miro al suelo con el gesto molesto mientras mantengo la puerta abierta para Mar, tratando de entender lo que quiere decir.

–No voy a colgar una foto mía con una flor en Instagram –grito tras Ama.

Ya está en el mostrador, robándome una orquídea para ponerla junto a la caja registradora.

–Venga, vamos, te dejo que cruces los brazos y me fulmines con la mirada –dice, y dejo caer los brazos–. Elliot, te sorprendería saber cuánta gente quiere ver al hombre detrás de estos impresionantes arreglos. Y hoy tienes muy buen aspecto.

Lo último que dice es tan repentino y rápido que apenas tengo un segundo para percatarme antes de que me arrastre hasta colocarme detrás del mostrador, bajo el viejo cartel de madera que pintó mi padre. Mis extremidades cuelgan con torpeza y, de repente, vuelvo a estar en el colegio, obligado a salir detrás en todas las fotos y a sonreír de forma poco natural.

Ama se coloca al otro lado del mostrador e inclina la cabeza hacia mí.

—Apóyate en el mostrador.

Me muestra cómo, presionando las palmas de las manos contra la parte superior y apoyando su peso en él. Está ridícula, parece un ratoncillo enfadado. Pero cuando lo hago, ella levanta la mano y tira de parte de mi pelo hacia delante con los dedos. Me mira fijamente la onda de pelo negro mientras sus dedos intentan retorcerla, y no puedo creer lo cerca que está. Hasta el segundo clic no me doy cuenta de que Mar ya está haciendo fotos. Aparto la mirada de la expresión de concentración de Ama y veo un movimiento en los labios de Mar que no me gusta.

—Súbete las mangas.

Vuelvo a mirar a Ama. Ella hace mímica, como si yo no hablara su mismo idioma.

—¿Por qué?

—Para que se vean los tatuajes.

Dudo.

—Los llevo tapados para que los clientes más conservadores no tengan prejuicios contra mí.

Ama resopla.

—Créeme, nos dirigimos a un grupo demográfico totalmente nuevo. —Habla con picardía, como si tuvieran un secreto que no quiere que yo sepa.

Detrás de ella, Mar se ríe ante la pantalla de la cámara mientras hace un repaso.

Me subo las mangas y Ama baja los ojos y se fija en la flor de mi brazo derecho.

—¿Esta cuál es? —me pregunta.

Ya me estoy irritando, así que le digo:

–Búscala.

Me dedica una sonrisa brillante, con las mejillas redondeadas y los dientes blancos, con los que después se muerde el labio inferior y oigo otro chasquido.

Miro a Mar, que sigue apoyada en el mostrador, y Ama se pone al lado de Mar.

–No voy a sonreír –digo.

–No se me ocurriría pedírtelo –dice Mar con una sonrisa fingida.

Mar toma algunas fotografías. Charlan sobre iluminación. Ama va a trastear con las persianas de las ventanas. Estoy deseando que suene el teléfono o que entre un cliente. Mar le enseña a Ama una de las fotos y las dos se ríen y cuchichean.

Joder. He vuelto al instituto.

–¿Hemos terminado?

Me miran, quizá sorprendidas por mi tono. Mar es la primera en recuperarse.

–¡Sí! Te las enviaré por correo electrónico. Ahora debería irme corriendo a Rite Aid.

–Ah, vale. ¿Quieres que te acompañe?

Ama agarra mi tarjeta de visita del mostrador y deja que Mar escriba la dirección de correo electrónico.

–No, no –dice Mar, y las comisuras de sus labios se curvan hacia arriba–. ¿Por qué no ayudas a Elliot a elegir cuál publicar hoy?

Me vuelvo a bajar las mangas y ayudo a Mar a recoger su equipo de iluminación en silencio mientras las dos charlan. Cuando vuelvo de llevar las luces al coche de Mar, Ama está sentada en mi mostrador, mirando fotos en su móvil. Tiene una pierna cruzada sobre la otra, como si eso fuera mejor que no hacerlo. El vestido le llega hasta el muslo.

–Baja del mostrador –digo borde, pero ella se limita a saltar y aterriza como un gato sin apartar la cara del móvil.

–Os las he mandado a los dos –dice Mar–. Ama, vuelvo en diez o quince minutos.

–¿Qué te debo? –le digo a Mar.

Ella inclina la cabeza hacia mí y parpadea.

–Ah, no. Ha sido divertido. Basta con que Ama me etiquete en las publicaciones como autora de la fotografía.

Y entonces se marcha.

Y solo quedamos Ama y yo.

–Vale, aquí hay suficiente para dos semanas de publicaciones diarias.

Me vuelvo hacia ella. Está apoyada en el mostrador, con las piernas cruzadas por los tobillos.

–Pero no puedo mantener esa constancia.

Agita en el aire su mano libre, sin dejar de mirar las fotos.

–Solo hay que poner en marcha una galería, conseguir seguidores. El resto vendrá solo. Me gustaría publicar primero el arco deconstruido para enviárselo a algunos clientes.

Asiento. Sigo de pie en la puerta. Con lo cómoda que está, parece como si yo fuera el cliente y ella la dueña de la tienda. A falta de algo mejor que hacer, me dirijo a la trastienda para asegurarme de que todo está en orden.

Mientras estoy reordenando las cosas que han cambiado de sitio, su voz me llama desde la puerta:

–Vale, entra en tu correo electrónico.

Suspiro, saco el móvil y abro el correo de Mariana Jaswal.

–Descarga todo el álbum y te ayudaré a publicar.

–Sé cómo publicar en Instagram –le digo.

Ella resopla burlona. Sigue siendo adorable. Lo odio.

–En realidad, no.

Descargo las fotos, abro Instagram y le doy mi móvil. Lo que de inmediato me parece un error. Me enseña qué filtros usar, qué *hashtags* y cómo dar crédito a Mar, pero nada de eso importa porque procede a programar diez publicaciones más de la misma manera. Veo por encima de su hombro mi foto en el mostrador.

–Esa no.

Me mira por primera vez en casi diez minutos.

–¿Por qué no?

Estoy lo bastante cerca para ver el lugar exacto en el que el marrón oscuro de su iris se encuentra con sus pupilas negras.

–Es ridículo –digo, e intento recuperar mi móvil.

Ella lo aparta de golpe.

–Tú sí que eres ridículo. Eh, ¿y esta flor? –Señala el móvil, donde está expuesto mi antebrazo derecho.

–Es una *Franklinia*. Árbol de Franklin, en honor a Benjamin Franklin.

Sin pensarlo, me llevo la mano a la manga para bajarla, pero ya está bajada.

–¿Eres un *fanboy* de Benjamin Franklin? ¿O...?

La miro.

–¿Qué cojones es un *fanboy* de Benjamin Franklin?

Se encoge de hombros.

–¡Dímelo tú! ¿Sales con una cometa en medio de tormentas eléctricas? ¿Trabajas solo con billetes de cien dólares...?

–El árbol de Franklin –la detengo– está extinguido en estado salvaje.

Veo que le brillan los ojos.

–Entonces, ¿te tatúas flores que nunca verás?

Abro la boca para contradecirla antes de que sus palabras se hagan realidad, antes de oír con qué facilidad lo ha explicado. Trago saliva, sin afirmar ni negar.

–¿Cuántos tienes?

–¿De qué? –Tengo la voz rasgada.

–Tatuajes.

–Seis. –La veo recorrerme con la mirada, buscando indicios de dónde están. La sangre que ha estado tiñendo mi cara se agolpa y me aclaro la garganta–. ¿Tú tienes alguno?

Niega con la cabeza. Sus labios se curvan en una sonrisa dulce y, de cerca, sus ojos son increíblemente grandes.

–Pero quiero uno. ¿Dónde debería hacérmelo?

Siento los latidos de mi corazón en la punta de los dedos. La concentración me impide escudriñar su cuerpo como ella ha hecho con el mío. Tengo un nudo en la garganta cuando respondo:

—¿Qué quieres?

Sus pestañas se agitan tan rápido que creo que me lo he imaginado. Siento que está más cerca, pero no la he visto moverse.

—Tal vez alguien podría convencerme de hacerme una flor.

—Habla en voz baja. Las vocales redondas y lentas.

—Ya eres una flor. —Me arrepiento en cuanto sale por mi boca. No es suave. No es *sexy*.

Pero curva hacia arriba la boca y su expresión florece.

—Soy una flor —asiente, con los dientes relucientes. Saca la lengua y debe de saberlo. Madison Bailey debe de haberle dicho que lo hiciera. Tiene que saber que le estoy mirando la boca, que estoy medio empalmado solo con esta conversación. Que estoy haciendo todo lo posible para no acercarme. El timbre de la puerta de la tienda cruje como el hielo sobre mi cuerpo.

—¿Ama? —Mar ha vuelto.

Se aleja de mí (quizá sí estaba más cerca) y me paso una mano por el pelo, tirando con fuerza de las raíces para centrarme.

—Sí, ¡estamos programando las publicaciones! —responde. Termina de poner un pie de foto en la imagen mía en el mostrador, pulsa Programar, y me devuelve el móvil. Está caliente—. Acuérdate de lo que te digo: de todas, esa foto será la que tendrá más alcance.

Frunzo el ceño y ella me devuelve la sonrisa.

—Le enviaré a mis clientes la foto del arco deconstruido y espero que quieran pasar pronto. —Se aleja hacia la puerta y se despide con la mano—. ¡Ya te llamaré!

El oxígeno vuelve a la habitación y oigo a las dos susurrar mientras suena de nuevo el timbre de la entrada y la puerta se cierra tras ellas. El móvil se ilumina entre mis manos. La foto que ha publicado ya tiene cien «me gusta». Tengo veinte seguidores nuevos.

Me paso el resto del día trasteando por la tienda y, entre pedidos por teléfono y alguna visita, miro todas las fotos adjuntas al correo electrónico de Mar.

Ha incluido esa en la que Ama está jugueteando con mi pelo. Su cuerpo está estirado hasta alcanzar mi cabeza, con la cintura un poco inclinada sobre el borde del mostrador. El vestido le llega hasta la parte superior de los muslos y se ajusta a la perfección a la curva de su culo. Lleva las uñas pintadas de negro, algo en lo que yo no había reparado, pero que hace juego con el color de mi pelo cuando pasa los dedos por él.

Estoy tan absorto en ella que hasta la tercera vez que miro la foto no me veo a mí mismo, mirándole la cara, fascinado. Hambriento.

Y Ama también está en copia en el correo con todas estas fotos. Gruño y dejo caer la cabeza entre las manos.

Joder.

# 11

# Ama

## Abril

Ahora que Jackie y yo hemos hablado, los diseños fluyen como el agua. Con la idea de una boda de lujo en un edificio abandonado, de repente, la inspiración está clara. Va a ser lujo industrial, con un montón de diseño floral.

La semana que viene, cuando Hazel pueda venir para echar un vistazo a las ideas de la Rosaleda y a la ubicación del estudio de *ballet*, nos pondremos manos a la obra. Ya estoy en contacto con mi amigo de la oficina municipal para ver hasta qué punto es una locura cortar el tráfico de la calle que rodea el parque. Dice que es bastante extravagante, pero que se puede hacer.

Hoy me dirijo a una degustación de tartas para una boda distinta, pero espero poder convencer al propietario para que considere una quinta boda el 7 de octubre. La pareja son Michelle y Mitch. Él le propuso matrimonio una noche de borrachera en Las Vegas, pero lo que me encanta de ellos es que esa noche corrieron por el MGM Grand diciéndole a todo el que quisiera escucharles que no podían casarse esa noche: Mitch insistió en que el padre de Michelle tenía que llevarla al altar. Llegaron incluso a preguntar a los trabajadores en qué dirección estaba la capilla para poder evitarla.

Sí, lo harán bien. Fui yo quien sugirió que se fueran de luna de miel a Las Vegas en plan broma, pero acabaron enamorándose de la idea y tiraron los folletos de Hawái.

Mentiría si dijera que el día de la degustación de la tarta no fue mi día favorito. Con lo golosa que soy, es sin duda la razón por la que me convertí en *wedding planner*. Michelle y Mitch eligieron la tarta de crema de almendra de tres pisos, y yo lo arreglé con la dueña.

–Betty, ¿puedo preguntarte otra vez sobre el 7 de octubre? –digo en voz baja–. Sé que estás desbordada con..., creo que dijiste..., ¿cuatro bodas Whitney ese día?

–Mmm, no todas son de Whitney, pero lo siento, Ama. Va a estar muy complicado.

Me obligo a sonreír y a darle las gracias, pero acabo de confirmar que Whitney o bien me ha dado la disponibilidad del día equivocado, o bien me ha arrebatado a propósito fechas con todos los proveedores de lujo. No sé qué hacer con esa información. Si intenta cancelar estas citas con sus proveedores más adelante, se consumirá a sí misma.

Cuando termino con Michelle y Mitch, veo que tengo un nuevo mensaje en el grupo que tengo con Hazel y Jackie.

**HAZEL:** Ama ¿te acuerdas del *brunch* en casa de los padres de Jackie el día antes de la boda?
Deberíamos llevar flores allí también, ¿no?

Me siento en el coche a la puerta de la pastelería y veo pasar los coches mientras elijo: correo electrónico o llamada.

Soy una cobarde, así que correo electrónico.

Elliot:

La semana que viene Hazel estará en la ciudad para preparar la boda. ¿Podemos vernos en la tienda para empezar a concretar las flores y los colores?

Además, van a celebrar un *brunch* en casa de sus padres el día de antes (viernes 6 de octubre). Les gustaría incluirlo como un evento de la boda con diseño completo.

En resumen:
· Ceremonia
· Recepción
· Cena de ensayo

· *Brunch*
· Posible diseño en el transporte
· Posible Airbnb/hotel

Programaré todas estas visitas lo antes posible. Para la próxima semana, Jackie y Hazel están disponibles. Si necesitas algo de mí, no dudes en pedírmelo.

Saludos,
**Ama Torres**

Solo con mirar la lista de ubicaciones me mareo. No es por la cantidad de trabajo; esa es la parte divertida. Es el saber que no habrá un espacio libre de Elliot durante los próximos seis meses. Cuando llega la respuesta, solo dice:

Martes a las 10:00 h.

Uno pensaría que después de superar la última reunión, estaría mejor preparada para el martes.

Mientras me preparaba, casi me pongo brillo de labios en las pestañas.

Una vez que ubico la máscara de pestañas, las cosas van cuesta abajo y sin frenos. Ya estoy en el coche cuando me doy cuenta de que no le he dado de comer a Lady Cat-ryn. Cuando vuelvo a entrar para darle una lata, ya ha tirado mi jarrón de flores frescas de la encimera al suelo.

Me mira con un arrogante desdén felino, moviendo la cola. Niego con la cabeza, abro de un tirón la tapa de un Fancy Feast y lo dejo en la encimera. Ya se las apañará.

Después de limpiar el desastre lo mejor que puedo y volver a mi coche, todas las luces de aviso se encienden, más de las que se encienden normalmente. Al parecer, tengo los neumáticos deshinchados, hay que cambiar el aceite y me queda poco líquido limpiaparabrisas. Lo único a mi favor es que la aguja indica medio depósito de gasolina, pero incluso eso es cuestionable con el indicador de combustible bajo mirándome de frente. Mientras el motor patina, me planteo cómo de malo sería conducir quince manzanas en un coche que claramente está pidiendo la muerte a gritos.

Miro al cielo. Está bastante despejado. Cojo mi bolsa y espero poder llegar en los quince minutos que tengo, pero quizá eso sería una bendición. Nunca llego tarde, pero la idea de llegar pronto y estar a solas con Elliot merece la pena ante la posibilidad de llegar tarde.

La primavera en Sacramento es preciosa, aunque traiga con ella un montón de alergias. Por algo nos llaman la Ciudad de los Árboles. Ramas naranjas, verdes y rojas brotan en cada manzana, al igual que su polen. Camino por la concurrida J Street con tacones de diez centímetros, haciendo caso omiso de las miradas extrañas de los paseadores de perros y de las dos bocinas que suenan por motivos ajenos al tráfico.

Elliot solía burlarse de mí por los tacones. Cuando por fin me vio sin ellos, admitió que sí, que soy bajita, y sí, que intimido más con ellos puestos. Por supuesto, en aquel momento llevaba unos calcetines peludos con motivos de ranas, así que solo podía ir hacia arriba.

Faltan dos minutos para las diez y estoy a tres manzanas. Les envío un mensaje a Hazel y Jackie diciéndoles que llegaré enseguida y luego pulso el botón del paso de peatones. Me molesta el sudor que se me acumula en el centro de la espalda o en las axilas. Y también que mi cuero cabelludo esté húmedo, deshaciendo todo el trabajo que invertí en estas ondas playeras. Cuando por fin llego a Blooming, le doy gracias al destino por, al menos, no tener brillo de labios en las pestañas.

Estoy acalorada. Y jadeo. Si no confiara en mi *spray* fijador Hazel Renee, seguramente estaría comprobándome el maquillaje antes de agarrar el picaporte, pero allá voy.

Suena el timbre por encima de mí y espero poder colarme mientras los tres discuten sobre colores y centros de mesa, pero la tienda está en silencio. Miro hacia el mostrador y allí está él, inclinado sobre el mostrador, con la mirada clavada en el periódico de hoy e ignorándome.

El corazón me late a trompicones. ¿Me he equivocado de día? ¿Me he equivocado con el horario de verano? Saco el móvil y veo el mensaje de Jackie:

**JACKIE:** ¡Nosotras también llegamos tarde! ¡No te preocupes! Llegaremos en 10 minutos.

Eso fue hace cuatro minutos. Tengo seis minutos. Seis minutos que podría haber pasado en Rite Aid o vagando por el callejón como un perro callejero. Pero ahora... ahora tengo seis minutos a solas con Elliot.

—No tardarán en llegar —digo.

Pasa una página del periódico y me ignora. Me planteo esperar fuera, pero respiro hondo y me alejo de la entrada, miro las flores expuestas en el escaparate. Tiene lirios en macetas y coronas de primavera (lo más vendido), pero también ramos grandes en jarrones altos. Girasoles y caléndulas naranjas, cortaderas blancas y rosas de color rosa palo, crisantemos de color rojo carmesí y calas rojizas. Se ha superado. Bastan para que cualquier persona se detenga y decida entrar a comprar flores.

Lo miro a través de un ramo de hortensias. Sigue concentrado en el periódico. Vuelve a llevar el pelo recogido y veo lo largo que lo tiene. Los años no le han pasado factura. Ahora tiene veintinueve años, pero siempre los ha aparentado. Siempre ha estado al borde de algo. Siempre a un paso del cambio, de la definición. Cuando tenía veintidós años, creía que los veintiséis eran una edad adulta. A un paso de necesitar tu propio seguro médico. Es probable que ya sepas lo que es la col rizada. Pero ahora, con casi veintiséis años, lo miro y me pregunto si le hice perder un año de su vida. Ya podría haber sentado la cabeza. Podría tener hijos.

Siento un pinchazo detrás de los ojos y tengo que apartar la mirada. Me muerdo el interior de la mejilla para centrar el dolor. Pienso en la amiga de Jackie... ¿Kate? Y casi espero que haya habido alguien después de mí, alguien que lo haya roto de otra manera. Porque yo no merezco tres años de la vida de alguien.

Aparte de algunos ligues, no he tenido citas serias después de él, pero eso es otro tema. Yo no salgo con nadie en serio. Podría haber tenido rollos de una noche si hubiera querido. Él no podría. No sería capaz. Puedo quedar con chicos en Bumble o quedar con uno de los amigos de Mar para tomar algo una noche y que las cosas no vayan muy lejos. Algo informal. Elliot no es así.

Si hay una cosa que Elliot Bloom no es, es informal.

Reviso el móvil. Han pasado seis minutos. Mientras espero ver un Prius entrando en el aparcamiento, vuelvo a mirarle. Está sentado con los brazos cruzados, con la vista fija en el mostrador. Si le hablara, me pregunto si seguiría ignorándome. Quizá si se tratase de trabajo, tendría que responder.

—¿Tienes alguna pregunta o duda sobre las localizaciones? —Mi voz se oye débil en la tienda silenciosa.

Tensa la mandíbula y entrecierra los ojos mientras niega una vez con la cabeza.

Supongo que podría haberlo hecho peor. Podría haber intentado disculparme por lo ocurrido en la boda de su madre. «Siento que tus palabras tuvieran en mí el mismo efecto que un enjambre de abejas. ¿Acaso fue terriblemente difícil desmontar la recepción de tu madre sin mí? Qué profesional».

La puerta se abre, y me ahorro las locuras que me vienen a la cabeza.

—¡Sentimos llegar un poco tarde! —dice Jackie con una sonrisa enorme.

Hazel está justo detrás de ella con una taza de café entre las manos, y creo que podría ponerme a gritar, pero supongo que es algo que tengo que tener en cuenta para el futuro.

Hazel me abraza con fuerza y todo queda perdonado.

—Estoy muy emocionada por lo de esta semana —dice, subiéndose las gafas sobre la cabeza–. Jackie me ha estado diciendo que eres un genio, pero no por qué. Quiere que me sorprenda.

Me río nerviosa.

–Bueno, tengo algunas ideas, pero si no encajan, ¡pasaremos a otra cosa!

Por encima del hombro de Hazel, Jackie charla con Elliot, deja caer una carpeta sobre el mostrador y le da un apretón en el brazo para saludarle. Él le devuelve el saludo con una sonrisa que más bien parece una mueca.

Jackie se vuelve hacia Hazel y hacia mí al otro lado de la estancia y dice:

–¿Hay dónuts? Ama, me muero por uno.

–¡No! Dios, lo siento. Se me ha estropeado el coche, así que hoy he tenido que venir andando. –Me paso una mano por el pelo liso para despeinarlo–. Pero la tienda está al final de la calle. Podemos pasar después –digo guiñándole un ojo.

–¿Qué le pasa a tu coche?

Su voz atraviesa la habitación como un tiburón en un banco de pececillos. Está hojeando la carpeta que ha traído Jackie, con la mirada baja.

Se me seca la garganta cuando respondo:

–Se han encendido todas las luces de aviso. No pasa nada. Seguramente se ha activado un sensor. –Pongo los ojos en blanco mirando a Hazel, como si dijera: «Coches, ¿qué voy a contarte?».

–No haría eso si lo llevaras a una revisión cada veinte mil kilómetros como una persona normal.

Me está hablando. Reprendiéndome, para ser precisos, pero, por lo menos, es comunicación verbal. Jackie debe de haber malinterpretado mi expresión de asombro porque le da un empujón en el hombro y dice:

–Si eres un experto, tal vez deberías ofrecerte a echar un vistazo.

Eso es horrible. Es literalmente la guinda del pastel de mi día de mierda. Tengo la boca abierta para sugerir cualquier otra posibilidad cuando de repente se encoge de hombros y dice:

–Claro.

Su mirada sigue clavada en la carpeta de Jackie (un *collage* de ideas sobre flores, ahora puedo verlo) y no la aparta de las fotos.

–Bueno… –digo en voz baja–. Elliot tiene que atender la tienda, y nosotras tenemos que sentarnos a estudiar el lugar de la boda después.

–Podemos hacerlo todo –sugiere Hazel de forma inocente–. Podemos llevarte a casa para echar un vistazo a tu coche antes de comer.

Jackie asiente con energía. Elliot pasa una página. Entro en un pequeño coma.

–Claro. Sí. Vamos viéndolo, ¿vale?

Tal vez todos nos olvidemos convenientemente de esta conversación en una hora.

Jackie empieza a hablar con Elliot de las cosas que quiere y en las que necesita su inspiración. Quiere coherencia en el diseño, pero también que brillen las personalidades de ambas.

–¿Es una tontería que queramos un ramo diferente para cada una? –Jackie hace una mueca.

–Cariño, ya te lo dije –dice Hazel, agarrándola de la mano–. Puedo llevarlo de color rosa. Puedo llevar las flores que quieras.

–Solo quiero sentir que vamos juntas –susurra Jackie–. Quiero que tú quieras los colores y las flores que a mí me gustan.

Estoy pensando en cómo capturarlas a las dos en algo tan grande como el diseño floral cuando Elliot dice:

–Quieres que tu boda refleje vuestra unión. Está Hazel, está Jackie y luego están Hazel y Jackie. Pueden ser las tres cosas.

Jackie gira su cuerpo hacia él, como una flor en busca de la luz del sol.

Elliot mira a Hazel y dice:

–¿Qué tipo de cosas te gustan? ¿Qué ramos o centros de mesa te han llamado la atención?

–Colores otoñales apagados. Tonos fríos. Pero al mismo tiempo, tropicales. Me encantan las hojas grandes y las flores exóticas. Tal vez flores difíciles de encontrar.

–Podemos pedir flores de otros países. Eso no es problema. ¿Qué tipo de flores tropicales? –pregunta, moviéndose por el mostrador hacia las flores más exóticas de la pared del fondo–. Tenemos orquídeas *dendrobium* y lirios cala. Quedan muy bien en ramos. Hibiscos. Hay *amaryllis* –hace un gesto de desinterés con la mano en mi dirección y siento que la sangre deja de circular– y anturios.

Siento que Hazel y Jackie se vuelven hacia mí, más de lo que puedo ver. De hecho, ya no veo nada. Escuchar el siseo sibilante y las «l» arrulladoras de su boca ha vuelto a dejarme sin sentido.

–¡Ah, vaya! ¿Ama es el diminutivo de Amaryllis? –pregunta Jackie.

Sonrío y asiento, como si fuera una cabeza sin cuerpo.

–Es tan poco común. Me encanta. ¿A tus padres les encantaba la flor?

–Eh, a mi madre. Y por otras cosas –murmuro, apartándome el pelo por detrás de la oreja–. En la mitología, Amaryllis se enamoraba de un hombre que amaba las flores...

Creo que aquí es donde me moriré. Creo que me tumbaré y esperaré a morir. Puede usarme como fertilizante para las flores. No puedo mirarlo, pero Hazel me sonríe con un brillo romanticón en los ojos.

–¿Cuál es el mito? –pregunta.

–Bueno... –dudo–. Todos los días se ponía frente a su casa y se clavaba una flecha dorada en el corazón. Al trigésimo día, una flor carmesí brotó de su pecho. Y por fin se fijó en ella.

–Oh, qué bonito –dice Jackie–. Me encantan los griegos. Todo ese amor no correspondido y el sacrificio.

–¿Sacrificio? –Resuena una voz profunda. Sus manos trabajan en un ramo sin que nos demos cuenta–. Él no la quería, así que ella se talló a sí misma en algo que a él le gustaba, algo que él quería.

Ahora siento esa flecha dorada, tallando, tallando.

–Claro que te identificarías con el hombre –se burla Jackie. Se supone que para aligerar el ambiente.

Obligo a mis labios a levantarse hacia arriba en las comisuras. La piel se me desprende bajo la afilada flecha clavada en mi pecho. Alcanza una hoja grande, sacando los anturios de un jarrón.

—¿Cómo es la *amaryllis*? —dice Hazel, volviéndose hacia donde Elliot señaló las calas.

—Ya no las tengo en la tienda.

La flecha toca hueso.

La deja colgar con torpeza, así que le digo:

—¿Estás jugando con los anturios?

—Los anturios están disponibles en varios colores. Tienen un toque tropical que puede ser muy elegante. Pueden ser un centro de mesa, pueden ser una pieza principal, pero, sobre todo —ata el ramo y se lo entrega a Jackie—, pueden ser una pieza discreta de un ramo más grande.

Veo brillar los ojos de Jackie. Hay rosas de color rosa agrupadas entre el manojo de anturios. Tienen un pétalo singular con forma de hoja y aspecto ceroso y un estambre solitario que brota del centro. Los anturios de Jackie son blancos con toques de rosa que se filtran en los bordes.

—No los tengo aquí en la tienda, habría que encargarlos, pero los anturios vienen en verde —le dice a Hazel—. Pueden ser el complemento de tu ramo o el centro del mismo. También los hay en burdeos, para algo más dramático.

Los labios de Hazel se crispan al oír lo del drama.

—Me... me interesaría hablar más de eso. —Sus ojos se deslizan hacia mí, y siento que vislumbro la verdad. Hazel quiere drama. Quiere elegancia y declaración de intenciones. Pero Jackie no es así, así que se lo ha estado guardando.

Elliot saca el móvil del bolsillo y abre Instagram. Les muestra a las dos algunos ramos de anturios que ha hecho y otros con la etiqueta #anthurium.

El burdeos y el rosa bailan en mi cabeza cuando empiezan a hablar de cómo se pueden construir los centros de mesa alrededor de los anturios. Veo los rosas de Jackie en el interior de las sillas de la ceremonia y los rojos vino de Hazel en el exterior. Veo rosa y burdeos en todas las mesas.

Para cuando salimos de Blooming, estoy tan ensimismada en las ideas de diseño que tengo en la cabeza, tan concentrada en ignorar al mastodonte de florista que hay a un metro a mi derecha, que no oigo a Jackie de inmediato.

—He dicho que si te llevamos. Por lo de tu coche.

Dudo solo un segundo, pensando en Whitney y en lo poco profesional que es que tus clientes te hagan de chófer. Si tienes que ir a algún sitio con ellos, tienes que ser tú quien conduce. Pero para cuando mi cerebro vuelve a funcionar, Hazel está agarrando del codo a Jackie, metiéndole ideas brillantes en la cabeza con los ojos.

—¿No iba Elliot a echarle un vistazo a su coche? Igual nos vemos allí. Elliot, tú puedes llevar a Ama más rápido, ¿verdad?

—No, eh, no. —Las palabras salen de mí—. No. Puedo... Elliot no debería dejar el taller. Puedo llevar el coche mañana.

—Pero es muy peligroso —dice Jackie, haciéndose a la idea—. Elliot, ¿tienes un minuto?

—Elliot no es que sea muy de coches, la verdad —murmuro—. Es florista, no mecánico.

Le veo cruzar los brazos en mi visión periférica, y entonces hay un filo en su voz:

—Puedo echarle un vistazo. Sea de coches o no.

—¡Genial! —Hazel se agarra a la puerta—. ¡Ama, mándale un mensaje a Jackie con tu dirección y estaremos allí enseguida!

—¡Puedo... puedo ir con vosotras! —Mi voz suena desesperada—. A Elliot no le hace falta una chica en su coche —digo entre risas y haciendo un gesto raro con la mano.

—¡No te preocupes! —dice Jackie, que ya se ha metido de lleno en el plan—. Hazel y yo te compraremos dónuts a cambio.

Y entonces la puerta principal se cierra. Y desearía haber conducido esa trampa mortal hasta aquí. Que explotara en una señal de *stop* hubiera sido mejor que esto. Para evitar mirarlo, le envío a Jackie mi dirección. Seguir instrucciones es fácil.

Recoge algunas cosas y agarra el cartel de VUELVO EN 15 MI-
NUTOS que su padre pintó a mano, y yo le sigo hasta la puerta. Camino hacia su furgoneta, porque conozco su furgoneta. Igual que sé que la manilla de la puerta se atasca y hay que
zarandearla. Igual que sé que las ventanillas se empañan con
cada gemido y que el cuero de los asientos no es cómodo cuando te arrodillas en él.

Me subo, entro y me pongo el cinturón antes de que abra la
puerta. Oigo sus pasos pesados acercándose. El tirón de la
puerta del conductor. El ruido de su cuerpo.

Sale del aparcamiento y se mete en la carretera, y yo me quedo mirando el salpicadero. Ojalá tuviera algo ridículo, como
una bailarina de hula, algo en lo que pudiera concentrarme en
lugar de en los latidos de mi corazón o en su respiración fuerte.

—¿Se lo has contado? —pregunta, girando con facilidad hacia mi calle.

Mira al frente. Es lo primero que me dice.

—No. Son... intuitivas, quizá. —Me miro las rodillas, enfadada
porque no me mira—. Tendrás que ser más maleducado conmigo para que lo entiendan.

Pone el intermitente con desdén.

—Tomo nota.

Observo a una pareja mayor cruzar por el paso de peatones.
Empiezan a difuminarse ante mis ojos y me muerdo el labio,
desviando la mirada hacia la derecha para que no me vea. Me
cuesta mucho mantener la respiración uniforme.

Se detiene frente a mi casa y sale de la furgoneta antes de que
el motor esté apagado del todo. Busco las llaves en el bolso,
pulso el botón de desbloqueo y salgo despacio mientras él levanta el capó. Dejo las llaves a su lado y me siento en el escalón del porche.

Que Elliot me arregle el coche es algo normal entre nosotros. No es una persona a la que le gusten los coches, pero tiene razón: podría, no sé, cambiar el aceite o aprender algo sobre motores y no estaría metida en este lío. Es el coche de mi

padre. Lo único que me ha regalado, aparte de juguetes y caramelos cuando era pequeña. Mi madre se ha ofrecido varias veces a comprarme uno nuevo, pero no puedo deshacerme de este coche. Y creo que si lo llevo al taller, no lo volveré a ver.

Pero han pasado años desde la última vez que este coche tuvo una puesta a punto de Elliot Bloom. Nadie se ha burlado de mí por el clavo en el neumático durante dos años. Nadie ha salido a hurtadillas de mi casa un sábado por la mañana, me ha arrastrado hasta el motor abierto y me ha gritado por los niveles de aceite. Nadie ha comentado nada sobre la cantidad inexistente de líquido limpiaparabrisas que tengo.

Ahora me siento como este coche. Mientras Elliot da vueltas, enciende el motor, empuja el asiento un palmo hacia atrás y niega con la cabeza en dirección a mi pequeño Camry, siento que tal vez hace tiempo que nada ha estado funcionando bien.

Cuando llega el Prius, Elliot está cerrando el capó. Sonrío mientras Jackie me felicita por la casa y el jardín. Me ofrece la caja rosa y olisqueo un dónut de tarta de chocolate, desesperada por tener algo que hacer.

–¿Puedo pasar al baño? –pregunta Hazel.

Vuelvo a pensar en Whitney. Lo inapropiado que es todo esto. Asiento y le quito las llaves a Elliot.

–Al final del pasillo a la izquierda. Si hay toallas en el suelo, finge que tengo una compañera de piso horrible.

Se ríe y abre la puerta principal con la llave que he sacado del llavero para ella. Un demonio peludo le pasa entre las piernas en cuanto abre la puerta y, antes de que pueda comprobar si hay coches en la calle, Lady Cat-ryn está restregando la cabeza entre las espinillas de Elliot.

Hazel se disculpa y yo le hago un gesto para disuadirla. El aire me abandona por completo cuando Elliot se agacha para rascarle la cabeza, y decide aparentar que la gata no es una amenaza. La cojo en brazos y empieza a arañarme.

–¡Dios mío, es preciosa! –dice Jackie.

–No está mal... Pero no merece la pena con los problemas

que da. –Lady Cat-ryn se revuelve entre mis brazos, forcejeando conmigo, y yo la agarro por detrás del cuello y la dejo colgar como una muñeca.

–Tienes que llevarlo a que le echen un vistazo –dice Elliot, y después de un segundo me doy cuenta de que está hablando del coche, no de Lady Cat-ryn–. Hay que cambiarle el aceite, el líquido de la dirección asistida está bajo y hay un clavo... en la rueda izquierda de atrás. –Le cuesta decir lo último. Porque ambos sabemos que es el mismo clavo que tenía hace dos años.

–Gracias.

Hay tensión, y no solo porque Lady Cat-ryn pese cinco kilos y la tenga alejada de mi cuerpo al estilo Rey León.

Se gira hacia su furgoneta.

–Esta semana te mandaré fotos de esos anturios –dice por encima del hombro.

Hazel sale de casa justo cuando la furgoneta de Elliot se aleja. Cojo otro dónut de la caja que sujeta Jackie.

–¿Cuántas veces habéis trabajado juntos Elliot y tú? –pregunta Hazel con aire inocente.

Trago saliva.

–Un par de veces. Es genial.

Lady Cat-ryn sisea, y los labios de Hazel y Jackie se curvan en sonrisas secretas idénticas.

# 12

# Ama

## Abril

Con Hazel en la ciudad, terminamos rápido con nuestra lista de cosas por hacer. Quiero tener muchas cosas resueltas antes de que la ajetreada temporada de bodas esté en pleno apogeo. Después de la cita en Blooming, vamos a la Rosaleda para hablar de mis ideas de cerrar la calle y alquilar el Airbnb frente al parque. Hazel asiente a mi lado, pero su mirada no deja de deslizarse hacia la Rosaleda.

Cuando Jackie camina por el parque para ver la zona que utilizaríamos para sentar a los invitados, le digo a Hazel:

–¿En qué estás pensando?

Ella respira hondo.

–El jardín es precioso. Es muy Jackie.

Haciéndose eco del comentario de Elliot sobre los ramos dramáticos, digo:

–Quizá podamos añadir un poco de dramatismo.

Me lanza una mirada de soslayo y compartimos una sonrisa mientras Jackie vuelve a nuestro lado.

Al día siguiente, mi amigo de la oficina de permisos municipales me ha conseguido una visita al antiguo estudio de *ballet*. Cuando digo que tengo un amigo en la oficina de permisos de la ciudad, no es tan glamuroso como parece. Se llama Hal. Él tiene las llaves y yo los dónuts.

Les he dicho a Hazel y a Jackie que nos reuniéramos a las diez, pero media hora antes estoy en Weatherstone tomando un *espresso* y una infusión fría. Tengo una bolsa de dónuts en una mano y, en cuanto abro la oxidada puerta principal del antiguo estudio de *ballet*, me doy cuenta de que debería haberlos dejado en el coche.

Algo se escabulle.

Me siento en el coche durante diez minutos, tomándome un chocolate al estilo *old-fashioned* para calmarme.

Jackie no dijo cuánto tiempo llevaba cerrado el estudio de *ballet*, pero cuando lo pienso, he estado yendo a Weatherstone durante casi diez años, y nunca he visto tutús o puntas.

Quizá sea un error. Crear un salón de recepciones de la nada es un trabajo descomunal. Por no hablar de la electricidad y la fontanería, el *catering*, el equipo de sonido, el generador de reserva, hay que traerlo todo. Es construir un salón de recepciones nuevo.

Respiro hondo, meto los dónuts en la bolsa y vuelvo a abrir la puerta principal. La abro para que sepan que estoy dentro.

Ahora que estoy preparada para los roedores y las cucarachas, es más fácil quedarme quieta y mirar alrededor.

Y la verdad es que no está mal.

No hay indicios de que nadie haya estado de okupa. No hay basura ni puntas de *ballet* olvidadas de algún niño como símbolo de las artes moribundas. Hal me dijo que alguien lo alquiló hace cinco años, pero que nunca hizo nada con él. El contrato terminó hace unos meses, pero está claro que en ese tiempo lo limpiaron al menos una vez. No espero que las luces funcionen, pero de todos modos le doy al interruptor en vano.

A lo largo de la pared lateral, hay seis o siete ventanas cubiertas con una cortina aterciopelada que pretende parecerse a un gran telón de teatro. Empiezo a descorrerlas, y la luz y el polvo se esparcen por la habitación en forma de bruma. Recorro con la mirada las altas paredes. Hay marcas donde solían estar los espejos y las barras de *ballet*, y por encima hay bailarines pintados a lo largo de la pared: un hombre fornido ejecutando un salto en *split*; una chica con un tutú blanco a medio piqué, una mujer con un sencillo maillot y una falda de ensayo de pie en cuarta posición, con los dedos estirados con delicadeza.

Tiene su encanto. Sonrío ante las siluetas de todos ellos, preguntándome a quién podría llamar para limpiarlas y restaurarlas.

Hay una habitación al fondo y me dirijo hacia ella, abriendo las cortinas y dejando entrar la luz a medida que avanzo. La puerta está entreabierta y enciendo la linterna del móvil para asegurarme de que no molesto. Es una sala de baile más pequeña; aun así, seguramente tenga casi veintiocho metros cuadrados.

Recuerdo que Jackie mencionó una azotea y voy a buscar la forma de subir, con la esperanza de que haya escaleras normales y no una escalera de incendios. Cuando abro la puerta de lo que creía que era un armario, me encuentro con unas escaleras, menos mal. Sin embargo, el local tiene que cumplir los requisitos de la ADA para obtener permisos, lo que supone un problema. De momento, me concentro en subir para ver si esto es siquiera una opción. Sin encontrar escalones desvencijados ni suelos rotos, me dirijo a la puerta de arriba y la abro de un tirón.

El viento me acaricia el rostro. El sol brilla como si hubiera encontrado el nirvana. Se me dibuja una enorme sonrisa en la boca cuando veo una azotea industrial lisa con medias paredes de ladrillo en los límites, preparada y lista para una fiesta. Aquí no hay nada, pero puedo verlo todo. La pista de baile de flores con luces LED en el centro, brillando mientras cae el crepúsculo sobre la fiesta. Una barra a la derecha. Mesas altas esparcidas. Setos de boj bordeando el perímetro. Y algún tipo de magia que Elliot pueda crear. ¿Quizá altura añadida?

Y, además, el horizonte de Sacramento está justo ahí. Abro la puerta y compruebo todos los ángulos, asegurándome de que no hay nada antiestético. Lo único que veo es mi ciudad natal. La ciudad natal de Jackie.

Este es el tipo de local que la gente mataría por tener.

Veo un Prius en la calle y bajo. Mientras sus pasos se acercan a la puerta, le doy vueltas a las ideas.

—Vaya —dice Jackie y cruza el umbral con Hazel detrás—. Esto es muchííísimo peor de lo que pensaba. –Mira el suelo y las ventanas sucias–. Siento mucho haberlo sugerido.

–Me encanta –digo, y me mira como si tuviese una rata en el hombro. Cosa que podría ser–. Mira, escuchad.

Hazel entra con cautela, como si el suelo pudiera ceder. Me coloco a su lado en la entrada, agitando las manos y dibujando un cuadro.

–Aquí podemos crear algo. –Señalo hacia donde solía estar el pequeño vestíbulo–. Una especie de zona de bienvenida. Una separación entre este espacio y el salón principal. ¿Quizá un fotomatón, pero más sofisticado? Elliot podría hacer una pared de rosas en la que ponga «Jackie y Hazel» y la fecha de la boda. Un cartel aquí recordándoles a todos los *hashtags*. –Ni siquiera tengo que preguntarle a él qué puede hacerse. Tenemos dinero para gastar.

Veo sus ojos siguiendo mis manos mientras hilo una historia, sin mirar el polvo ni los posibles excrementos de alimañas.

–Así que el recorrido a través de la puerta es por aquí –extiendo las manos hacia delante–, alrededor de la pared de flores, y hacia el comedor. –Llevo a Jackie al centro de la sala de *ballet* y Hazel nos sigue–. Podemos utilizar todo el espacio para poner mesas redondas y así darle más amplitud. Montamos una barra en una de las esquinas. El servicio de *catering* en la sala pequeña de ahí atrás.

Hazel levanta una ceja dubitativa hacia mí.

–¿Y lo desmontamos todo antes de bailar? La verdad es que eso no me gusta nada.

–A mí tampoco –digo con una amplia sonrisa. Les hago un gesto para que me sigan y las conduzco con cuidado escaleras arriba.

–No puede ser. –Jackie se ríe mientras sube a la azotea–. No puede ser. ¿De verdad puedes hacerlo?

–Aún no lo sé, la verdad. Pero me gustaría intentarlo. –Veo a Hazel moverse hacia cada una de las esquinas. No puedo leerle la cara–. Aquí en el centro estará la pista de baile de

Elliot, que lucirá increíble por la noche. Una segunda barra por allí.

Jackie asiente y mira a su alrededor, pero es más bien un gesto espasmódico y de nerviosismo. Hazel se vuelve y me sonríe.

—Me encanta este lugar —dice.

Respiro el aire primaveral y continúo.

—Tengo que advertiros de que construir un espacio de la nada puede salir caro. Fontanería, alcantarillado, comprobar si hay moho, cambiar el cableado de la electricidad, que cumpla la ley ADA. La comida ahora será cien por cien de *catering* externo, lo que nunca está mal, pero no es un todo incluido como podrían ofrecerte otros locales.

Les explico todas las advertencias y la letra pequeña, pero Hazel está dando vueltas por la azotea, apenas me escucha.

—Volvamos a mirar abajo —dice.

Toma la mano de Jackie y veo que relaja los hombros.

Una vez que estamos de nuevo en el estudio de danza, señalo las vigas expuestas, la altura, las paredes de ladrillo. Este espacio puede haber sido un estudio de danza, pero nunca se construyó para eso.

—¿Crees que Elliot podría hacer algo bonito con estos techos? —pregunta Jackie.

—Desde luego. Tiene unos candelabros suspendidos preciosos. Se podrían poner flores aquí arriba y abajo en la pista de baile de la azotea.

—¿Cuándo puede venir a verlo? —dice Hazel—. Me encantaría empezar a ver cómo cobra forma todo esto.

—Claro, puedo traerlo la próxima vez que vengamos de visita...

—Podría venir hoy, ¿no crees? —interviene Jackie—. Quiero decir, ya que estamos aquí. Ya que tenemos la llave.

Tartamudeo un poco antes de decir:

—Lo de última hora puede estar complicado por la tienda. Pero puedo proponérselo.

Asienten, contrariadas, y no me queda más remedio que sacar el móvil. Después del desastre de ayer, odio tener que vol-

117

ver a molestarlo. Quiero mandarle un mensaje en vez de llamar al teléfono de la tienda, pero eso sería admitir que nunca he borrado su número. Y la verdad es que no quiero volver a ver los últimos mensajes que me envió.

Pulso el botón para marcar y escucho el tono. Contesta rápido. Demasiado rápido. ¿Como si ya estuviera en el mostrador y estuviera ocupado?

–¿Sí?

–Hola, soy Ama Torres. Estoy aquí en un posible local con Jackie y Hazel, y querían saber si tenías algo de tiempo libre para venir. –Mi voz suena demasiado aguda, y mis dedos rodean el teléfono como si fueran garras–. Entiendo si es muy precipitado.

La línea está en silencio. Rezo para que sea un no sencillo. Sin rodeos.

–No puedo ir a todos los sitios potenciales. Saben que soy florista, no diseñador, ¿verdad?

Resoplo como si me hubieran dado un puñetazo en el estómago. Dios, esto es mucho peor que si me colgase. Me siento como si tuviera diecinueve años otra vez, y Whitney me estuviera regañando por ser demasiado pasiva en el montaje. «¿Estás al mando o no?».

–Claro. Supongo que querrás que te incluya más adelante, en un momento más adecuado. Cuando hayamos terminado, te enviaré los diseños iniciales y a partir de ahí trabajaremos por correo electrónico.

Me arde la cara. Oigo a Jackie y Hazel hablar detrás de mí sobre las mesas, la distribución y todas las cosas de las que me encargo. Espero a que se corte la comunicación, pero no lo oigo. Está revolviendo papeles. Quizá cuelgue yo primero.

–¿Cuál es la dirección?

La vergüenza de los últimos dos minutos me ha taponado los oídos o algo por el estilo. Lo primero que pienso es que tiene un cliente en el mostrador y necesita su dirección para la entrega.

–¿Emma?

Cierro los ojos con fuerza. Sé que no quería decirlo así. Sé que es su forma de hablar. Pero me clava agujas en el pecho, lo perfora todo.

–Es en la Veintiuno, al lado de Weatherstone.

–Estaré allí en diez minutos. No podré quedarme mucho.

Asiento hasta que me doy cuenta de que no puede verme. Le digo:

–Genial. –Pero la línea ya está cortada. Por Hazel y Jackie, añado–: Hasta pronto. Chao. –Me vuelvo hacia ellas con una sonrisa que acabo de esbozar–. Diez minutos.

Hazel y Jackie están contentas, y eso es lo único que importa. Hazel pregunta si quiero un café, y antes de darme cuenta, estoy sola en un edificio abandonado, mientras mis clientas deambulan por Weatherstone.

Aprovecho para centrarme. En parte tiene razón. Si se tratara de cualquier otro cliente que no fuesen Jackie y Hazel, les habría dicho que no molestamos a los proveedores antes de tener un lugar asegurado. Si fuera cualquier otro proveedor, no habría llamado. Y la idea de que Hazel quiera la opinión de Elliot sobre el diseño general en lugar de solo los aspectos florales es preocupante. Debería controlar más estas reuniones, pero he estado demasiado poco implicada en las únicas a las que ha asistido, las de la tienda de Elliot.

Camino por la pista de *ballet*, hago fotos de todo y me pongo a organizar las ideas. Me pierdo en mi propia imaginación sobre el diseño cuando una sombra oscurece el umbral de la puerta. Entra sin decir nada, observando el alcance del trabajo que hay que hacer. Estoy de pie en un oscuro salón de baile, conteniendo la respiración, esperando a que se burle de mi idea, a que se mofe de mí por pensar que puedo crear un salón de recepciones de la nada.

Le veo inclinar la cabeza hacia el techo. No dice nada, pero se saca una cinta métrica del bolsillo trasero.

Respiro aliviada. Está pensando y eso es lo único que necesito.

Encuentro mi voz y me explico:

–Hay una azotea. No estoy muy segura de si puede servir, pero la idea sería cenar aquí abajo y bailar arriba.

–¿Qué empresa has contratado? –Apenas levanta la voz, pero todavía puedo oír el ruido de las consonantes en el suelo de madera.

–Todavía no tengo. Everlast tiene otras cuatro bodas ese día, así que puede que tenga que trabajar con una empresa de fuera de la ciudad y transportarlo.

–¿Whitney tiene cuatro bodas el 7 de octubre? –Se mofa–. ¿Le diste la fecha?

Odio que se haya fijado en lo que temo con tanta exactitud, pero al menos me está hablando.

–Ella no tiene que adaptarse a mi calendario...

–Pero tú tienes que adaptarte al suyo.

Está estirando la cinta métrica por la larga pared de la derecha, tomando notas en un trozo de papel.

–Es Whitney Harrison –argumento.

Me mira por primera vez. La primera vez en dos años. Quiero alborotarme el pelo, la chaqueta, el maquillaje. Me ve de verdad.

–Y tú tienes la boda de Hazel Renee –dice.

Una sensación ligera y suave me envuelve el pecho. Es como un cumplido. Es como un recordatorio de que yo también soy increíble.

Pero entonces lo vuelvo a oír, como una frase entera, como una causa y un efecto.

«Ella es Whitney Harrison, y tú tienes la boda de Hazel Renee».

Vuelvo a tener sospechas de si Whitney lo ha hecho a propósito, tal y como él insinúa.

Deja de mirarme y echa un vistazo a sus notas.

–¿Y los de Michelangelo?

–Están en la lista negra.

Las palabras me salen antes de que pueda detenerlas, y le veo negar con la cabeza con desdén.

Están en la lista negra. Por culpa de Whitney. Trabajan en

*baby showers*, graduaciones y fiestas de quinceañeras, apenas rozan el mundo de las bodas porque Whitney Harrison es la dueña del mundo de las bodas.

–Es una idea increíble –digo–. Les llamaré hoy. Gracias.

No dice de nada, como una persona normal. Pero nunca lo ha hecho.

Jackie y Hazel entran por la puerta y siento que puedo respirar. Le saludan y vuelvo a la carga con mi discurso. Me concentro en proyectar confianza, en exponer mi visión antes de que Hazel pueda dirigirse a Elliot y pedirle la suya. Observo su rostro en busca de resistencia, esperando a que se le frunza el labio, lo que significa que no le gusta. Pero no es así.

Veo una intensidad familiar tras sus ojos cuando subimos a la azotea. Está midiendo los metros cuadrados y comprobando la altura de las paredes laterales mientras yo hablo. Pero conozco esa mirada. Está inspirado.

Me interrumpe una vez.

–La pista de baile. Se levantará unos treinta centímetros del suelo. Puedo hacerla lo más fina posible, pero se perderá la profundidad de la pieza. Si es de más de veinte centímetros, entonces vamos a necesitar un escalón a su alrededor, para pasar la inspección.

–¿Podemos levantar el suelo en todas partes? –pregunta Hazel, como si levantar el suelo fuera algo que se hace todos los días.

–Supongo... supongo que Elliot y yo podemos estudiar la posibilidad de crear un suelo artificial integral para la azotea.

–¿Qué le parece, señor arquitecto? –pregunta Jackie, dándole un codazo en el brazo a Elliot.

Espero a que él la corrija, a que diga que nunca terminó la carrera. Siempre ha sido muy susceptible con eso. Pero se limita a ajustarse el reloj.

Y yo suelto:

–¿Te sacaste el título?

Me mira por segunda vez en el día antes de apartar rápidamente la mirada.

–Sí –me dice Jackie–. El año pasado, ¿no? Y la licencia. Ahora es arquitecto colegiado.

Hazel dice algo..., algo sobre lo bueno que será para nuestros fines. Pero por un momento no oigo más que un ruido sordo.

*Me relajé en la silla, mirándole fijamente a través de una mesa puesta para dos.*

*–Creo que podrías volver, si quisieras. Tienen un montón de opciones online para estudiar. Depende de ti, pero... tú mismo lo has dicho: tu padre quería que te sacaras la carrera. ¿Y quién sabe? Tal vez te daría cierta ventaja cuando, inevitablemente, abras una sala de exposición.*

*Le guiñé un ojo con picardía y sus ojos se posaron en mis labios cuando me llevé la copa hacia ellos.*

–Sí, puede hacerse. –Su voz atraviesa mis recuerdos. Parpadeo y le está diciendo a Hazel cuáles son las opciones. Parpadeo y ya ha terminado la carrera. Siento un dolor punzante en el estómago, como una vieja herida que nunca ha cicatrizado del todo, pero vuelvo a centrarme.

–No será barato –añado.

–Bueno, háblalo conmigo. Quizá podamos ajustar el presupuesto –dice Hazel. Jackie se vuelve hacia Hazel y susurra tan bajo que apenas puedo oírlo por encima de la brisa–. ¿Te parece bien? Podemos ir a otros sitios.

–Otros sitios no serán tu antiguo estudio de danza en tu ciudad natal –dice Hazel, y la besa con cariño.

Noto que empiezan a sudarme las axilas. Siempre es increíble cuando a la pareja le gusta tanto algo que quiere hacer un hueco en el presupuesto para ello, pero nunca quieres que se arrepientan de haberte dado tanto dinero para que jugaras con él. Tiene que ser espectacular.

Cuando volvemos a bajar, le digo a Elliot:

–Queríamos saber qué piensas del techo.

Observo cómo inclina la cabeza hacia atrás y recorre las vigas con la mirada.

—¿Quieres un país de las maravillas floral al completo? ¿Arriba en el suelo, abajo en el techo? —pregunta.

Es sorprendente lo bien que terminamos los pensamientos del otro. El estómago me duele al sentir la nostalgia de todo esto.

—Estaba pensando en candelabros suspendidos, pero dime lo que ves —digo.

—Ya tenemos las rosas de color rosa en el diseño. Podemos hacer candelabros suspendidos. Añadir paniculata. Que parezca una nube, como lo fue la de tu madre.

Lo dice como si nada. Como si no hubiera sido el principio. Como si fuera un simple trabajo para él, no la primera vez que estuve en la trastienda, o la primera vez que le pregunté por sus tatuajes.

Hazel me mira con avidez, sin apartar los ojos del techo. Jackie dice:

—¿Elliot se encargó de la boda de tu madre? Qué bonito.

—Sí, una de ellas. —Me aclaro la garganta—. ¿Cuál es tu otra idea? ¿Si no son candelabros suspendidos?

Señala las vigas altas que suben por las paredes de ladrillo.

—Estructuras. En forma de árbol. Grandes columnas que hagan mirar hacia arriba, con grandes piezas en la parte superior. Quizá no quieras ceder espacio, pero también existe la opción de alquilar cortinas blancas o piezas de carpa de Michelangelo.

—Una carpa exterior falsa —digo, mirando la sala—. Con luces encima, podría parecer un cielo nocturno.

—Creo que me voy a desmayar. —Jackie se ríe—. Estáis describiendo cosas tan bonitas. Siento que necesito verlo.

—Claro —digo cogiéndola del brazo—. Dejaremos que Elliot se ponga manos a la obra, pero haré una maqueta de algunos diseños y se los enviaré, luego él les añadirá el diseño floral. Es un esbozo, pero así podemos verlo todo junto.

Le miro para asegurarme de que nuestro antiguo método sigue funcionando. Dirige la mirada hacia el techo y se rasca el cuello con los dedos.

Es entonces cuando la veo. La tinta. Se me para el corazón. No sé si viene de su pecho o de su hombro, pero hay un tatuaje asomándose por su cuello.

Uno nuevo.

Apenas le echo un vistazo y tengo que apartar la mirada. Mi cabeza va a mil por hora mientras Jackie le dice algo.

Me duele saber que hay un tatuaje que no puedo mirar ni tocar. Que nunca podré preguntarle qué flor extinguida vive en su piel.

Me trago ese dolor, dándoles la razón en que es hora de irse. Me siento vacía. Ojalá nunca lo hubiera sabido.

Busco en el bolso la llave para cerrar y me tocan el codo. Mi cabeza se inclina hacia un lado y son los dedos de Elliot los que me detienen. Deja que Hazel y Jackie salgan a la luz del sol y vuelve a inclinar la cabeza hacia el techo. Espero, pendiente de él. De lo que tenga que decirme en privado.

—Tendrás que hacer algo con los murciélagos –dice.

Miro fijamente hacia donde él está mirando. Y sí. Son murciélagos. Respiro hondo y le doy las gracias.

Será mejor que me olvide de los tatuajes y de los dedos ligeros como plumas en el codo.

Tengo mucho trabajo que hacer.

# 13

# Elliot

## Hace tres años, cuatro meses, dos semanas y dos días

Puede que se haya superado a sí misma. He hecho un buen número de bodas y eventos en el Old Sugar Mill, pero ninguna como esta.

Ha alquilado carpas y seda que parecen aumentar la altura de la sala en lugar de limitarla. Hay lámparas escondidas en alguna parte que proyectan suficiente luz sobre el techo para atraer la mirada hacia arriba. Ha elegido mesas rústicas en lugar de redondas, y yo solo estoy aquí para añadir un poco de magia.

Estoy arrastrando la carretilla hasta el lugar de la recepción cuando por fin la veo. Lleva un auricular en una oreja y está distribuyendo un montón de tarjetas con nombres en la mesa. Me saluda con la mano, pero no se acerca a saludarme.

Lo cual está bien.

Da igual.

Estamos trabajando.

Llevo la carretilla de mano de vuelta al aparcamiento para cargar más flores. Me detengo en la bifurcación del camino, donde hay una cesta de flores junto a un cartel que indica el camino a los invitados, cuando ella aparece de la nada, moviéndose con rapidez.

–¡Ah, qué bien! ¿Puedes agarrar el tablón y colocarlo? Está pegado a la pared. –Señala y corre.

Antes de que pueda decir que no, se ha ido. Suspiro, tiro de la cesta con un brazo y agarro la parte superior del tablero con el otro. Cuando le doy la vuelta, el nombre de la boda y la fecha están dibujados con tiza, junto con los *hashtags* de las redes sociales. Lo levanto y lo dejo en el camino, con la cesta delante. Estoy retocando el arreglo cuando oigo el ruido de sus tacones al volver del aparcamiento.

–¡Genial! ¿Lo mueves a la derecha del camino?

La fulmino con la mirada por encima del hombro, pero para cuando sus cortas piernas me han alcanzado, lo he arrastrado todo al otro lado.

–Fantástico. ¿Puedes venir un momento? Necesito a alguien alto.

Y vuelve a desaparecer.

–¿A alguien alto? –La sigo.

–¡Sí! ¡Dos segundos! –Gira en círculo para responder, pero continúa su camino hacia el interior.

–Ama, ¡necesitas un ayudante! –Agita la mano sobre su cabeza como si me hubiera oído–. A ser posible uno alto –murmuro.

La sigo de vuelta al interior y la alcanzo enseguida. Por el camino, agarra una servilleta mal doblada de la mesa, sin perder el ritmo, se la entrega al equipo de montaje indicándole el número exacto del asiento del que la ha cogido.

–Whitney estaría orgullosa –digo con un tono un poco burlón.

Ella no lo capta.

–¿De verdad? ¿Eso crees? –Me mira y me dice–: Estás muy guapo.

Y así, mi concentración y mi confianza mueren. Me paso una mano por el pelo, nervioso. Es solo una camisa de cuadros y mis mejores vaqueros, pero el hecho de que se haya dado cuenta de algo significa que es demasiado. Sabía que no tenía que construir nada aquí, solo llevar la carretilla de un lado a otro para descargar los centros de mesa.

–Vale –dice Ama, señalando hacia arriba, hacia el dosel–. Se ha caído y se ha desenchufado este hilo luces.

–Ama... Ni siquiera yo puedo llegar hasta ahí. Está como a tres metros de altura.

Ella asiente con brusquedad.

–Vale. Bien. Entonces tal vez puedas levantarme y yo...

—Largo de aquí. —Le hago señas para que se vaya—. Buscaré una escalera.

—Gracias, gracias, gracias —dice. Me da un apretón en el brazo y, antes de que pueda preguntarme qué hace tan cerca de mi cara, me roza la mandíbula con los labios.

Se va antes de que pueda ver el calor que se extiende por mi cuello. Me paso los nudillos por el lugar, esperando que ya no haya carmín, y veo cómo se lleva dos servilletas más mientras se dirige a la zona de la ceremonia.

Para cuando encuentro una escalera, arreglo el enchufe y la llevo de vuelta al armario, ella me pisa los talones.

—Dios, Elliot. La he cagado.

La miro por encima del hombro mientras vuelvo a meter la escalera en el armario.

—¿La has cagado?

—No hay suficientes. —Está agotada, con los ojos como platos y la voz chillona—. Los centros de mesa.

Miro más allá de ella y veo el filo de las mesas.

—¿No puedes espaciarlos?

—Están demasiado espaciados. —Se pasa la mano por el pelo e intento no volver a ver cómo le cae sobre la cara—. No es por las flores. De verdad. Es la decoración de alquiler. Los globos y las luces. Hacen falta tres más por mesa.

Cierro la puerta del armario y me muevo para ver mejor la zona de la recepción. Es algo que solo vería si ella me lo hubiera señalado. Y lo ha hecho. Y ahora es lo único que veo.

—No quería sobrecargar las mesas, ya que esto es mucho más minimalista. Dejar que la sala brillara —dice—. Pero ahora pienso que debería haber optado por decoración floral. ¿Tienes algún jarrón de reserva en el camión? ¿Para poder usar algunos de los arreglos y distribuirlos un poco?

—Cuando son de cristal, traigo jarrones de sobra, pero estos son cubos, así que...

Se muerde el labio y mira la estancia con disgusto.

—¿Puedes volver a la tienda y preparar algo?

–¿Preparar algo? –repito con sarcasmo–. ¿La boda no empieza en una hora? Hasta la tienda ya tardo media hora.

–La ceremonia durará unos cuarenta y cinco minutos. –Tiene los ojos muy abiertos y suplicantes–. Por favor, Elliot. Esto es tan embarazoso. Pensé que lo había clavado. De verdad. Llevo tres años soñando con el diseño de este sitio...

–Vale, vale.

Cojo la carretilla y la llevo al aparcamiento. Me grita gracias y me pide disculpas, y una parte enfermiza de mi cerebro se pregunta si volverá a darme un beso en la cara cuando termine.

El Old Sugar Mill está en una estrecha carretera que bordea el río de Sacramento, así que no hay mucho margen de maniobra para el exceso de velocidad. Vuelvo a la tienda con algunas ideas dándome vueltas en la cabeza. Arrastro una caja hacia abajo con el resto de los cubos y cojo otra caja que tiene versiones más pequeñas. Ella tenía un buen instinto en cuanto al minimalismo, así que creo que poner versiones más pequeñas a lo largo de los espacios vacíos complementa bien la idea original.

Durante veinte minutos, mis manos trabajan de manera automática, arrancando rosas blancas y tallos de eucalipto de todas partes. Cuando vuelvo a cargar la furgoneta, solo faltan diez minutos para que empiece la boda.

Al volver, oigo a alguien leyendo «El amor es paciencia, el amor es amabilidad» por el micrófono del jardín de atrás mientras cargo la carretilla. La rueda oxidada no está hecha para colarse en una boda que ya ha empezado, así que avanzo despacio hacia la puerta lateral de la recepción. Una vez dentro, Ama me ve desde su sitio frente a las puertas acristaladas, pendiente de la ceremonia. Se cuela dentro y se acerca a mí a toda velocidad mientras arrastro la carretilla hasta la primera mesa.

–Versiones más pequeñas. No saturarán...

–Son perfectas. Dios, parece que siempre había tenido un plan. Me quita dos y cruza al otro extremo de la mesa.

–Tenías un plan. Era bueno –le digo.

Me sonríe.

–¿Las pones en una factura aparte? Puede que tenga que pagarlas yo.

Estoy a punto de hacer el muy caballeroso gesto de no cobrarle, pero veo que sus dedos arrancan un pétalo de una de las rosas. Luego dos más.

–Esta está muerta –dice, arrancando toda la flor y el tallo del manojo.

–No está muerta. Tiene una enfermedad fúngica...

–¿Quieres que deje las enfermas?

–Estoy diciendo que son sobras.

–Y estoy haciendo que no parezcan sobras –dice con naturalidad. Sus ojos se dirigen a la ceremonia en el césped y su mano se acerca al auricular que lleva en la oreja–. Recibido –dice–. Estaré allí en treinta segundos. –Se gira hacia mí–. ¿Puedes repartirlos? ¿Los más pequeños en el centro y los más grandes en los extremos?

Abre la puerta de un empujón y se va. Me muevo entre las mesas, dándome un respiro. Cuando vuelve a asomar la cabeza, estoy a punto de terminar, pero me dice:

–¿Tienes dos pilas doble A?

Parpadeo.

–No.

–¿Puedes preguntarle al personal? El mando a distancia para proyectar las diapositivas no funciona. Usé todas mis AA la semana pasada y olvidé reponerlas.

Frunzo el ceño y le digo:

–Ama, necesitas un ayudante.

–¡Hoy tengo dos! –dice, alegre, como si eso resolviera mi problema, y vuelve a cerrar la puerta.

Echo los hombros hacia atrás y me dirijo a la sala de restauración, mientras pregunto a todos los trabajadores si llevan encima o guardan en el coche algo con pilas. Al final, la encargada del local se apiada de mí y abre la pequeña linterna que lleva en el bolso. Me pone las pilas usadas en la mano y me reúno con Ama en la puerta con ellas.

–Vale, ¿eso es todo? –pregunto con todo el sarcasmo que puedo, pero ella se limita a sonreír y a darme las gracias.

Cuando me cierra la puerta, corro para arrastrar la carretilla por el lateral del edificio, haciendo todo el ruido que me da la gana. Llego al jardín trasero justo cuando los invitados se ponen en pie para caminar hacia el pasillo y apenas espero a que la última persona desaparezca antes de empezar a desmontar la decoración floral de la ceremonia. Una parte se reutiliza y otra se dona.

Una vez cargada la furgoneta, me detengo en el aparcamiento. Debería subirme y volver a la tienda para limpiar. Por la tarde me llegan algunos pedidos de flores para el sábado por la noche, pero en general la cosa está tranquila. Nada de pedidos por teléfono si no son días laborables. Solo me perdería la comida de los proveedores, por muy buena que sea, pero alejarme de las peticiones insensatas de Ama y de su boca teñida de burdeos me parece una prioridad mayor.

Estoy cerrando la puerta trasera cuando mi teléfono vibra. Es un mensaje de Ama.

**AMA:** He guardado algunos canapés para nosotros.

Podría irme ahora mismo. Debería irme.

Pero en lugar de eso, le mando un mensaje a Ben para preguntarle si puede acercarse a la tienda. Vuelvo a la puerta lateral y camino a través de la bodega, ahora abarrotada, mientras los invitados van corriendo a beberse todo el vino gratis que puedan.

Ella está al otro lado de la puerta de la cocina y tiene una servilleta con unas cuantas cosas que parecen quiches. Sus ojos se iluminan cuando me ve, y quizá merezca la pena. Me como el aperitivo y tarareo sorprendido mientras ella habla con alguien por el auricular.

–Qué bueno, ¿verdad? Hay más. Iré a por ellos.

Todavía estoy comiendo cuando desaparece, trato de averiguar si soy su acompañante en esta boda.

Me quedo en la cocina y miro por la ventana hacia el salón principal. Es precioso. Una vez que la feliz pareja ha entrado en la recepción, Ama vuelve hacia mí, haciéndome un gesto con la cabeza para que la siga por un pasillo. Lleva una bolsa grande.

—¿Crees que ha quedado bien? —me dice, abriendo la puerta de una sala donde guardan el vino. Es enorme y está vacía, excepto por los barriles apilados en pirámides contra la pared.

—Sí. Tenías razón sobre los centros de mesa. ¿Qué... qué es esto?

—Tengo que colocar velas votivas —saca de su bolso una bolsa de velas del tamaño de Walmart y un montón de bolsas de papel— en estas bolsas de papel. Algo así como un farolillo. Cuando se ponga el sol, las pondré fuera.

—¿Por qué no tienes un ayudante para estas cosas?

Abre la bolsa de velas votivas sobre la superficie plana de un barril.

—Están supervisando el *catering*. Y son mis hermanastros más jóvenes, así que no me fío del todo de ellos en lo que respecta al fuego.

Noto que estoy agotado, como si me hubieran chupado toda la energía. Y, por alguna razón, me siento increíblemente estúpido. Aunque me contrataron para estar aquí, como su proveedor, no estoy actuando como su proveedor.

—No puedo ayudar con eso. —Tengo la voz ronca.

Me mira fijamente.

—Vale. Tienes que volver, ¿eh?

Sigue moviendo las manos con rapidez para abrir bolsas e inclinar mechas, y me irrita que no pueda detenerse un segundo y oír cómo me cabreo con ella.

—Necesitas otro ayudante. Tal vez uno alto. Porque yo no puedo aparecer los sábados y ayudarte a gestionar las cosas.

—No, claro. ¡Desde luego!

Sonríe alegre, y eso me cabrea más.

—Y cóbrame las clases de publicidad y *marketing* que me disteis Mar y tú el mes pasado. Agradezco las fotos nuevas que conseguí para la web y para Instagram, pero no puedo permitirme que vengas y te apoderes de mi tienda así como así.

Mis palabras son cortantes, y al fin deja las velas.

—Vale...

—Y deja de traer putos dónuts a mi tienda. —Le apunto con el dedo a la cara—. No me los como. Son asquerosos. Y dejas la caja cada vez...

—¡A lo mejor deberías probar uno para saber si son asquerosos! —Se pone las manos en la cadera.

—Son poco profesionales, Ama. No los quiero en mi tienda.

Algo hace clic en su mirada. Se le tensa la mandíbula.

—Pues ya no los tendrás ni a ellos ni a mí en tu tienda —dice acalorada—. Hay muchas floristerías...

—Oh, por favor —espeto—. ¿Crees que harán todo lo posible en Relles con tu actitud? ¿Hacer recados de vuelta a la tienda y dejar que te cueles en sus mensajes directos a las once de la noche?

Se ríe, y hay una chispa de dureza en sus ojos oscuros.

—Si no quieres que te mande mensajes cuando estás en la cama, Elliot, puedes responder por la mañana. —Entrecierro los ojos, pero me corta—. Lo que haces no es tan especial. Puedo encargar arcos para bodas y candelabros suspendidos en San Francisco con mucho menos escándalo.

—¿Escándalo? ¿Yo soy el escandaloso? Tú eres la escandalosa.

—¡Yo no soy escandalosa!

—¡Estás armando un escándalo ahora mismo!

Da un paso alrededor del barril, me apunta con el dedo como he hecho yo antes y quiero agarrarla.

—Tú eres el que está armando un escándalo por unas velas votivas. Vete ya. Envíame una puta factura por todo el tiempo que has perdido hoy.

Estoy a punto de dar media vuelta y largarme, pero en vez de eso me encuentro dando un paso hacia ella.

—Búscate un puto ayudante. No le pidas a cualquier idiota ante el que puedas batir las pestañas que te ayude con la escalera —ella jadea, indignada— o que te rediseñe las mesas del convite.

—Oh, vaya, vaya. Añade el daño emocional a tu factura. Te pagaré cien dólares por haberte puesto a buscar pilas hoy. Y oye —gruñe. La sangre me late en los oídos—. Un consejo profesional. No le regales una flor sudamericana rara a todas las chicas que «batan las pestañas» ante ti. Vas a arruinarte.

Tengo la respiración agitada. Estoy tan cerca de ella que podría besarla si diera un paso adelante...

Y supongo que está pensando exactamente lo mismo, porque me agarra por los hombros y yo la agarro por la cintura. Me rodea el cuello con dos brazos y se aprieta contra mí.

La presión de sus labios sobre los míos me enciende el pecho y mis dedos se enroscan en su pelo como si fuera un salvavidas. Tropezamos hacia atrás y mis hombros chocan con la pared de ladrillo. Me oigo gemir.

Tira de mi cabeza hacia la suya con avidez, acercándose y manteniéndome contra los ladrillos. Sus labios echan aire contra los míos entre besos bruscos, y quiero detenerme y preguntarle: «¿Quién de los dos ha hecho esto?». Pero tiene los dedos en mi pelo y su lengua se desliza en mi boca, y la cabeza me da vueltas.

Oigo un sonido suave en su garganta, un maullido, un gemido, y le inclino la cabeza hacia atrás con la mano para besarla con más intensidad. Vuelve a ocurrir cuando deslizo el otro brazo por su cintura, nuestras lenguas bailan y nos mordisqueamos los labios.

Cuando se detiene, noto su aliento cálido golpeándome en la boca y, al abrir los ojos, me preparo para lo peor: su expresión de pánico o incluso que se ría de mí. Pero antes de que abra los ojos, posa la boca en mi mandíbula, justo donde me ha dado un beso hoy.

Mi polla se estremece y sé que ella lo nota. Con lo cerca que está, puede sentirlo todo.

Cuando me muerde, me brota un gemido de la garganta y le

rodeo la espalda con los brazos, acercándola más de lo imposible. Empieza a succionarme el cuello, justo por encima de la clavícula, y puede que me desmaye.

–Ama...

Me enrosca los dedos en los hombros y un gemido sale de su garganta. Le recorro la columna vertebral con las manos, cada vez más abajo, y cuando su trasero se curva a la perfección desde la parte baja de su espalda, mis caderas se lanzan hacia ella sin permiso. Jadea contra mi cuello y no tarda en volver a unir nuestras bocas.

No me atrevo a bajar las manos hasta su culo, su culo espectacular, un culo que no tiene ni idea que deseo de todas las formas posibles. Le devuelvo el beso sin mucha delicadeza, completamente abrumado por su cuerpo sobre el mío, su boca sobre la mía, su lengua por todas partes. Sus dientes se vuelven más bruscos, la boca más insistente. Apenas puedo respirar.

Sus manos abandonan mis hombros y empiezan a subirme la camisa, levantándola hasta que me toca el estómago.

Estoy empalmadísimo. Bajo las manos y aprieto con mis dedos su trasero, y entonces siento que podría deshacerme en sílabas y gemidos para el resto de mi vida.

Noto sus manos moviéndose alrededor de la cintura. Y luego el ruido seco de mi cinturón abriéndose.

La agarro por las caderas y la empujo hacia atrás. Separa la boca de la mía y me giro hacia un lado con rapidez.

–Vale, vale, vale –murmuro–. Bien, vale.

–¿Qué pasa?

Está sin aliento. Y me gustaría poder verle la cara, ver si le brillan los ojos, si está sonrojada, ver qué aspecto tienen sus labios después de que los haya besado. Pero si la miro, me correré. Si tengo las manos sobre su cuerpo un segundo más, estaré acabado.

Así que digo la primera estupidez que se me pasa por la cabeza.

–¿Estás a cargo de esta boda o qué?

Intento recuperar el aliento cuando la oigo burlarse.

–¿Cómo dices?

–¿No tienes que volver?

Joder, tengo la polla dura. Presionándome contra la cremallera. El cinturón desabrochado se burla de mí.

–¿Estás de broma? –Su voz es aguda. Enfadada.

Cierro los ojos y me giro hacia ella, apoyándome en la pared.

–Lo siento. Es que... voy a correrme.

Vuelvo a estar en primero, enterándome por Madison Bailey y una habitación llena de sus amigas de que el juego de la botella no es nada impresionante. Joder, tengo que superar lo de Madison.

Se mueve y en parte espero que se marche. Siento su calor antes de verla.

–De eso se trata. –Su aliento me calienta el cuello.

La miro y es peor. Está sonrojada, eléctrica, hermosa. Ni siquiera se le ha corrido el pintalabios, pero hay algo en su boca que deja claro que la he besado.

Despacio, sube las manos hasta mi botón y mi cremallera.

–Va a ser muy rápido –le advierto.

Sonríe.

–Bien. Porque tengo una boda a la que volver...

Inclina la cabeza hacia arriba para besarme de nuevo, y mi cremallera se desliza hacia abajo en medio del silencio. Tengo la respiración acelerada y agitada, pero la beso despacio, quizá algo descuidado. Me mete la mano en los vaqueros y me quedo sin aire.

–Oh –susurra.

Apenas puedo abrir los ojos con la suave presión de sus dedos sobre mis calzoncillos, pero ahora me entra el pánico.

–¿Qué? ¿Pasa algo?

Tiene la mirada clavada en mi barbilla, pero está desenfocada. Sus labios forman un hermoso «oh», y si no temiese que estuviera a punto de decirme que me pasa algo en la polla, volvería a besarla. Mueve los dedos a lo largo de mi miembro y veo que sus pestañas se agitan igual que necesitan hacer las mías.

–Todo está bien –dice con una sonrisa–. Todo está muy bien.

Me mira con una especie de sonrisa secreta, y con mi expresión debo estar diciéndole que no la entiendo.

–Tienes un buen tamaño –aclara, un rubor tiñe sus mejillas.

Empieza a acariciarme a través de los calzoncillos, suave, pero con firmeza. Me mira fijamente y no puedo apartar la mirada. No mientras su mano me está haciendo eso.

–Ah, bien. Sí. Genial –balbuceo.

Entonces mete la mano en mis calzoncillos y volvemos a estar al borde del clímax. Le sujeto la cara y tiro de ella para que me bese. Siento su sonrisa en mis labios. Me rodea con los dedos y empieza a bombear. Me la voy a follar. Algún día me la follaré y conseguiré volverla igual de loca. Tiene la boca abierta, aceptándome mientras la saboreo una y otra vez. Mis caderas empiezan a sacudirse. Ella ni siquiera ha empezado y yo voy a estallar. Gimo en su boca y ella me aprieta más fuerte, más rápido...

–Elliot –gime, y ese es el final.

Veo destellos blancos detrás de los ojos. La mente se me llena de color y sonidos. Me estoy corriendo en los vaqueros con su mano bombeándome con rapidez, su dulce aliento en mi cara, sus labios rozándome la comisura de los labios.

Cuando puedo abrir los ojos, está sacando la mano de mis vaqueros. La agarro de la muñeca y le limpio los dedos con la parte interior de mi camiseta. Antes de que pueda decir nada, nos hago girar, la aprisiono contra la pared y le meto la lengua en la boca. Ella jadea y yo la beso con más profundidad. Alcanzo con las manos el borde de su vestido y se lo subo por los muslos.

Sonríe contra mi mejilla mientras me muevo para besarle el cuello.

–Tengo que volver. –Suena melancólica, insegura.

–Puedo ser rápido –le susurro al oído.

Le subo el vestido hasta la cintura y por fin le toco el culo. Ella gime y yo succiono sus pulsaciones, deslizando los dedos para hundirlos en el encaje.

En algún lugar se oye un suave pitido y, antes de que pueda averiguar de qué se trata, se lleva la mano al auricular que por arte de magia sigue en su oreja y lo toca.

—Ama. —No oigo lo que dice la otra persona, pero ella responde—: Genial. Voy para allá.

—No, no lo hagas —le digo una vez que termina la llamada—. Seré rápido.

—Tengo que irme. Al parecer, el *catering* no tiene más remedio que mover el culo. —Sonríe y se pasa la mano por el pelo.

Le paso los dedos por la franja de encaje que le cruza el vientre.

—Te prometo que puedo...

Me agarra por la mandíbula y me besa con intensidad. Es un adiós, pero tengo que intentarlo.

—Tengo que saber lo mojada que estás —susurro contra sus labios—. Tengo que saber... —Mis dedos bailan sobre el encaje.

Tiene una mirada ardiente y unos labios traviesos cuando dice:

—La próxima.

Me empuja por los hombros y doy un paso atrás a regañadientes. Tengo un estropicio en los vaqueros del que debo ocuparme cuanto antes, pero no quiero que esto se acabe.

Sin apenas tirar del vestido, ya está lista para volver a salir. Y de repente me avergüenzo de lo diferentes que han sido nuestras experiencias. No debería haber dejado que me metiera la mano en los pantalones hasta que hubiera hecho que se corriera.

Pero el eco de «la próxima» me zumba en la sangre cuando esboza una sonrisa por encima del hombro, abre la puerta de golpe y se marcha danzando.

Me quedo solo durante unos minutos, intentando averiguar qué ha pasado y cómo hacer que vuelva a pasar. Preparo veinte velas votivas antes de volver a mi furgoneta con cautela, con la esperanza de que mi ropa del gimnasio siga debajo del asiento.

# 14

# Ama

## Mayo

Despierto sobresaltada de un sueño muy agradable. Elliot y yo estábamos otra vez en el Old Sugar Mill para la boda de los Robinson. Pero en lugar de que yo lo masturbara, él se arrodillaba más rápido que una bala. Todavía tengo los dedos apretados alrededor de las sábanas que habían estado sustituyendo a su pelo.

Me palmeo las mejillas con ambas manos y luego me froto los ojos. Quizá sea porque hace tres semanas que no lo veo ni sé nada de él. Volver a incluirlo en mi vida en una situación tan estresante como la boda de Jackie y Hazel no me ha dado tiempo a procesar mis emociones. O mi libido.

Siempre pensé que era atractivo. Incluso cuando tenía veinte años y seguía a Whitney como un cachorrito. Desempaquetaba todos los centros de mesa mientras su padre charlaba con todo el mundo, y a veces me ponía en su camino a propósito solo para obligarle a decir «Perdona». No lo conocía lo suficiente para saber que esas palabras no forman parte de su vocabulario. Solía limitarse a decir «Muévete».

Pero ahora, al volver a estar cerca de él, oír su voz, oler su loción para después del afeitado o su gel de baño o lo que sea, me siento como entonces. Ha vuelto a mi vida durante un puñado de semanas y luego ha vuelto a desaparecer. Y está claro que nunca volverá a ser como antes. Tendré que vivir con el hecho de que nunca volveré a sentir sus dedos en mi pelo, y que hay tinta en su piel que mi boca nunca tocará.

Me recuerdo a mí misma que nada de esto ayuda. Esta mañana vuelvo a verlo, y el abanico que va de cachonda a doliente es una forma absurda de empezar el día. Retiro las sábanas y me doy una ducha fría.

Hoy es el día de la visita de las localizaciones. Algunos de mis mejores proveedores se reunirán conmigo primero en casa de los padres de Jackie, donde está previsto el *brunch*, luego en el restaurante Firehouse de Old Sacramento, donde será la cena de ensayo, y después una parada rápida en el lugar de la recepción solo para mí y George, de Michelangelo Event Rental. No hay por qué asustar a los demás con el estado del edificio.

Ya he arreglado los permisos con Hal. Lo único que me está dando problemas es cerrar la calle alrededor del parque, pero lo solucionaré.

Estoy entrando en el coche cuando suena el teléfono, así que conecto el *bluetooth* y contesto.

–Hola, Osito –entona la voz de mamá, suave y dulce.

–¡Hola! ¿Qué tal?

Ya puedo adivinar de qué se trata, ya que el espectáculo de mierda que fue la Pascua en casa de su marido todavía me tiene conmocionada.

–Solo quería que supieras que lo mío con Carl no va a funcionar.

Cuando salgo de la entrada de mi casa, utilizo un guion que he perfeccionado a lo largo de los años.

–¿Qué? Oh, no. Mamá, qué pena. ¿Qué ha pasado?

–Ya sabes, algo no iba bien. Me costaba verlo, pero ahora que lo hemos hablado me siento mucho mejor.

–Era uno de los buenos, pero ¿sabes qué? Tú también –digo de memoria.

–Sí, sí. –Habla con un poco de melancolía–. Y a Jake también le gustabas. Dijo que le gustaría ayudarte con más bodas si alguna vez lo necesitas.

–Claro –digo, poniendo los ojos en blanco. Irá al Rolodex con el resto de los hermanastros.

–Bueno, escúchame –dice–. Me mudo hoy, solo me llevo un

139

par de cosas. ¿Puedo quedarme un par de días en tu casa hasta que encuentre otro sitio?

Respiro hondo. Este es el patrón. Mamá se muda conmigo una semana. Mamá compra una casa nueva. Mamá conoce a un nuevo hombre y abandona dicha casa. Mamá se casa con el nuevo hombre y vende la casa. Mamá se divorcia del nuevo hombre. Mamá se muda conmigo. Etcétera. Y así siempre.

–Claro. Hoy estoy hasta arriba de trabajo, pero estaré en casa a la hora de la cena. Podemos cenar chino juntas.

–Me encantaría. Pasaré dentro de una hora. Tengo mi llave –dice.

–Fantástico. No... no limpies mi habitación. Y cuando ignores mi petición y la limpies, no me escondas el vibrador.

–No lo escondí, Ama. Lo puse en el armario donde ningún invitado pudiera ofenderse...

–Vale, no toques mis juguetes sexuales, por favor. Te quiero, ¡adiós!

Le cuelgo. Cynthia Jones, la mujer que no necesita vibradores. Ha estado con un hombre el noventa por ciento de su vida adulta. Y, además, un hombre nuevo, así que no hay margen para aburrirse de una persona.

Voy a ver al señor Kwon a J Street Donuts y me ofrece una docena de dónuts antes de que se cierre la puerta.

Los padres de Jackie viven a unos veinte minutos de la Rosaleda, en un barrio de Sacramento con bastante clase que se llama Carmichael. Me acerco a una lujosa casa de dos plantas y me recuerdo que tengo que preguntarle a Jackie a qué se dedican sus padres. Qué maravilla. Su madre, Kim, me da un fuerte abrazo y se queja del azúcar procesado mientras elige un Boston de crema. Jackie me recibe en la cocina.

–¡Qué casa tan bonita, chica! ¿Creciste aquí? –Elijo un dónut y me apoyo en la isla de la cocina.

–¡Sí! Pero estoy segura de que no es nada en comparación a donde creció usted, señorita del St. Joseph.

Me encojo de hombros. La casa de mi infancia no se parecía

en nada a esta, pero era bonita. Kim toma otro dónut a hurtadillas mientras me agarra del codo y me da las gracias por todo.

—Jacqueline está enamoradísima de ti —dice Kim con una sonrisa—. Espero que no te importe, pero tengo una petición diminuta.

—Claro, ¡por favor!

Kim se lleva una mano al corazón.

—Tenemos una reliquia familiar que me encantaría incorporar en algún sitio. Es una cuba que creo que podría usarse como una especie de cuenco.

Jackie dice:

—Creo que tal vez en la recepción. ¿Lo llenamos de hielo y colocamos las bebidas dentro?

—Eso suena... mucho más elegante que un barril de plástico. Adelante. —Me río—. Hazel ya me estaba hablando de botellas de cerveza artesanal, así que quizá las coloquemos en la cuba.

Kim da una palmada y parece a punto de echarse a llorar.

—Eso me haría muy feliz. Mi padre falleció hace unos años.

Le doy un apretón en la mano y dejo que me cuente algunas historias sobre él. Cuando suena el horno, Kim va a sacar los rollos de canela que se ha tomado la molestia de hacer. Me vuelvo hacia Jackie.

—Vale, cuéntame lo que estamos pensando antes de que llegue todo el mundo.

Ignoro la punzada de ansiedad que me invade el pecho cuando recuerdo que Elliot forma parte de ese todo el mundo y sigo a Jackie hasta la entrada.

—Estaba pensando que podríamos guardarlo todo en el salón comedor porque tenemos puertas acristaladas que se abren —dice Jackie, llevándome a una habitación con techos altos y muebles a los que parece que les acaban de quitar el plástico.

—Vaya. Es precioso. —Recorro la chimenea de ladrillo y los cojines colocados a la perfección con la mirada. De hecho, las puertas de cristal dan al comedor y este, a su vez, a la cocina—.

Has dado en el clavo. Una mesa larga en el centro de estas dos habitaciones.

Mientras hablamos del aparcamiento y del número de personas, llaman a la puerta y se abre con indecisión. Veo su mano grande agarrándose a la puerta y desvío la mirada hacia el comedor antes de que entre del todo.

Diez minutos antes, como le enseñó su padre.

Jackie se aleja de mí para saludarle. Oigo a Kim preguntar por su madre y, antes de que pueda responder, ya le está guiando por la casa, hablando de dónde le gustaría que hubiera flores.

Jackie vuelve hacia mí, sacudiendo la cabeza en tono juguetón.

—Pida lo que pida, dale la mitad —dice—. Vale, ¿por dónde íbamos?

—Me encanta el gusto de tu madre. La decoración es genial. Ahora tengo que hablar con la empresa de alquiler sobre lo que voy a traer.

Elliot se ríe de algo y me roba la atención. Kim le está guiando por todo el recorrido y por fin puedo verle por encima del hombro de Jackie. Sonríe muy pocas veces. Hace una eternidad que no lo veía hacerlo, y me duele que esa sonrisa no vaya dirigida a mí. Despejo la mente y me dirijo a la ventana trasera para ver qué opciones ofrece el patio trasero.

Jackie se me acerca.

—Así que... ¿salís?

Me vuelvo hacia ella tan rápido que oigo un crujido.

—¿Juntos? No. Dios, no. —Me río como una loca—. ¿Por qué... por qué dices...? No. Nosotros no.

Jackie parpadea y abre la boca.

—Eh, no, me refiero a si sales con alguien. Ya sabes, con lo que la palabra implica.

Se me desploman los hombros por la pérdida de adrenalina y me masajeo la frente, avergonzada.

Dice:

—Pero si vas por ahí, yo estaría súper de acuerdo. Está soltero...

—Lo siento. Es que... —Agito una mano, buscando a qué neurosis echarle la culpa–. Estoy tensa, supongo. No, ahora mismo no estoy saliendo con nadie.

–¿Una mala ruptura? –supone.

Le dedico una media sonrisa.

–Algo así. No me van las relaciones a largo plazo.

–Bueno, ya sabes lo que podría ayudar a aliviar esa «tensión» –dice en tono jocoso, y sigo sus ojos mientras se deslizan de forma cómica hacia Elliot, que escucha con atención a su madre hablar de crisantemos frente a claveles. Él siente nuestra mirada y nos mira. Aparto la mirada y Jackie saluda con la mano–. Lo siento, si estoy haciendo el ridículo. Hay y yo tenemos una apuesta sobre cuándo os acostaréis.

Encantador. Han confundido mi horror y mi silencio petrificante de los últimos meses con coqueteo. Tarareo en voz baja.

–Vais a perder las dos. Os lo aseguro.

–¿No es tu tipo?

Mi poco hábil cerebro me proporciona recuerdos de mi sueño de esta mañana, con mi rodilla sobre su hombro y la espalda contra la pared de ladrillo del Old Sugar Mill. Y entonces, para no ser menos, aparecen mis recuerdos más reales: pétalos de rosa aplastados pegados a mi piel, hojas en su pelo, su lengua por todas partes.

–No tengo un tipo –digo con descaro, girando sobre mis talones y poniendo fin a la conversación.

De todas formas, es inapropiado. Si Elliot o Kim notan el rubor en mis mejillas, no dicen nada.

Después de que George, de Michelangelo, haya visto la distribución de la casa y de que tanto él como Elliot me hayan dado su opinión sobre lo que pueden hacer, salimos de la casa de los Nguyen y nos montamos en nuestros coches para dirigirnos al restaurante Firehouse. Me ofrezco a llevar a Jackie, y me doy cuenta de que está buscando una buena razón para que Elliot y yo volvamos a ir en el mismo coche, pero no la encuentra.

George ya ha celebrado un evento en el Firehouse y conoce

los servicios básicos del restaurante. Elliot ha dejado centros de mesa antes, pero no ha trabajado en las instalaciones. Lleva su cinta métrica para medir puertas y esquinas.

Me encantan las cenas de ensayo. Menos invitados, menos momentos irrepetibles, más alcohol. De hecho, tanto el *brunch* en casa de los Nguyen como la cena de ensayo están resultando muy agradables porque no incluyen la lista del agente de Hazel, que ya me está dando dolor de cabeza, a pesar de mi emoción por la posibilidad de conocer a Anya Taylor-Joy.

La pared de rosas que Elliot está construyendo para la recepción se traerá el día de antes y él se encargará de traer los centros de mesa. George traerá los globos negros y dorados y la cartelería. Eso es fácil. Ahora viene la parte difícil.

Estamos en el aparcamiento del restaurante cuando me dirijo a Elliot.

–Vale, los tres nos dirigimos al edificio de la Veintiuno para enseñarle a George con qué estamos trabajando. –Parpadeo contra la luz del sol y me llevo la mano a los ojos–. Así que puedes irte. Sé que lo has visto.

–¡Oh, pero eres bienvenido a quedarte con nosotros! –añade Jackie, muy servicial.

–Eh, sí, por supuesto. Eres bienvenido. Pero sé que estás ocupado. –Me dirijo a los coches antes de que Jackie pueda engatusarle más–. George, ¿quieres que vayamos juntos en coche? Está un poco difícil para aparcar, y puedo dejarte aquí después.

–Sí, iré –dice una voz grave, cortando la respuesta de George.

Las llaves tintinean entre mis dedos, rozando la puerta del coche. Miro a Elliot. Se encoge de hombros con las manos en los bolsillos.

Jackie parece a punto de explotar. George tiene la boca abierta como si estuviera listo para responder, si tan solo alguien volviera a prestarle atención.

–¡Genial! Fantástico. –Sueno como un ratón de dibujos animados. Las llaves por fin abren la puerta del coche, y veo con horror cómo George y Elliot tratan de ser más caballerosos el uno que el otro por el asiento delantero. George es un hombre más corpulento, pero Elliot tiene las piernas más largas, así que en realidad la cosa va a estar igualada. George se queda con el asiento de delante, Jackie se desliza en la parte trasera en el lado del pasajero, y veo a Elliot alcanzar la puerta que está detrás de mí.

George y Jackie hablan de emisoras de radio, y yo estoy esperando al cuarto chasquido de un cinturón para acabar con esto de una puta vez. Puedo ver el borde de su mandíbula en mi espejo retrovisor lateral.

—¡Vaya, tienes muchas luces encendidas en el panel de instrumentos!

«Cállate de una puta vez, George». Cierro los ojos con fuerza, esperando poder reírme y decir: «¡Sí! ¡Qué locura!».

—¿Vas en serio? Joder. —Su voz viene de detrás de mí, y noto que se echa hacia delante, mirándome por encima del hombro. El vello de mi nuca no sabe que tenemos problemas, así que se eriza cuando dice—: ¿Qué cojones, Ama?

Pongo la marcha atrás y salgo del aparcamiento.

—¡En el taller me han dicho que no pueden hacer nada! —chillo con la voz de «¡Solo soy una cría!» que uso para salir del paso.

Jackie se ríe de mí, pero cada vez que veo a Elliot por el retrovisor, sus ojos están clavados en mi nuca. George se ofende bastante al oír que en un taller me han dicho que no pueden hacer nada y quiere saber de qué taller se trata, porque le gustaría evitarlo.

Llegamos al edificio sin morir en un terrible siniestro, muchas gracias, y aparte de la forma en que alguien se niega a mirarme de nuevo, todo va bien dentro. George está muy preocupado cuando ve por primera vez el estado del lugar, pero le cuento el plan sobre los permisos y las inspecciones sanitarias, y empieza a sonreír cuando nos vamos. Hace lo mismo que Elliot y se asegura de que sé lo de los murciélagos.

Lo más difícil de hoy es que, aunque es la primera vez que tengo que estar en su presencia en varias semanas, también es la última vez que tendremos que vernos en casi dos meses. Ahora cada uno seguirá su camino por un tiempo. Es mayo, y la boda es en octubre. Mientras vamos los cuatro de vuelta al aparcamiento del restaurante, no puedo evitar mirar por los retrovisores más de lo necesario, buscando en su rostro impasible alguna señal de vida.

No se despide cuando volvemos a los coches, y todavía estoy concretando las cosas con un George muy hablador cuando arranca la furgoneta. Sale del aparcamiento mientras espero a que Jackie entre en mi coche para llevarla a casa. Y entonces se va. No sé por qué ha vuelto al edificio de la Veintiuno si lo único que ha hecho es fruncir el ceño.

Si todo va bien, esta será la última vez que lo vea durante un tiempo. Me siento como una adicta que empieza a llorar por él, incluso cuando su olor perdura en mi coche.

Tengo una boda a la vuelta de la esquina para la que sé que él sería ideal, pero me da miedo preguntarle al respecto. ¿Vamos a volver a trabajar juntos en bodas después de esta? ¿O la boda de Jackie y Hazel es una circunstancia especial que nos obliga a reunirnos? ¿Y qué prefiero? Sé que cuando trabajo con él doy lo mejor de mí, y me gustaría decir lo mismo de él, pero eso no significa que merezca la pena.

No podemos volver a lo de antes, ni siquiera al sexo. Porque siempre hubo sexo entre nosotros, incluso en esos meses en los que él se negaba a dar el primer paso. Mi error fue pensar que entre nosotros podía haber solo sexo.

No sé si hay un futuro en el que podamos trabajar juntos olvidándonos de todo lo demás.

Lo único que sé es que no quiero que esta boda se acabe pronto.

# 15

# Elliot

## Hace tres años, cuatro meses y dos semanas

Hacia el final de su matrimonio, estaba claro que mi padre y mi madre ya no coincidían en muchas cosas. Él quería enviarme a un campamento de ciencias; ella me inscribió como aprendiz de escenografía en el teatro local. Él quería comprar una casa más grande en las afueras; ella tenía una carrera política que estaba despegando y necesitaba estar cerca del capitolio. A él le gustaban los huevos revueltos; a ella, las tortillas francesas.

Pero en lo único que habrían estado de acuerdo es en que debería haber llamado a Ama el domingo.

Papá habría discutido el sábado por la noche sobre cómo iba a volver a casa, solo por fastidiar. Y mamá habría replicado que yo nunca debería haberme ido, que debería haber estado allí para acompañarla hasta el coche.

Incluso con papá muerto y mamá sin enterarse de la paja que me hicieron en la boda de un desconocido, obviamente, soy lo bastante hijo suyo como para saber, un lunes por la mañana, que la he cagado.

Me arrastro hasta la tienda temprano para intentar aclararme las ideas. Llamarla hoy es mejor que no llamarla nunca, así que eso está en mi lista de tareas pendientes, pero ya hay un mensaje en el buzón de voz de la tienda. Son las ocho de la mañana.

*Hola, soy Ama.*

Se me congelan los músculos y me vuelvo hacia la caja negra que guarda mi destino.

*Tengo una pareja que quiere que les haga un candelabro suspendido para su boda en junio. Otra vez con poca antelación, y lo siento. Voy a llevarlos hoy para intentar convencerte.*

Puedo oír la sonrisa en sus palabras antes de que termine el mensaje. Me paso la mano por el pelo, mirando alrededor de la tienda un poco desorientado. Levanto la vista hacia el candelabro que tengo colgado sobre la cabeza. ¿Debería retocar alguna de las flores?

En lugar de eso, vuelvo a escuchar el mensaje, con la esperanza de saber cómo se siente respecto a lo que pasó el sábado. Tal vez la elevación de las vocales diga que está deseando volver a verme. A lo mejor no me estoy imaginando el zumbido de las zalamerías saliendo de sus labios sonrientes.

Apenas han pasado cinco minutos desde que he abierto cuando la puerta se abre de un tirón y el timbre de mi padre anuncia la llegada de alguien. Una pareja joven entra, echa un vistazo y Ama cierra la puerta tras ellos. Mientras me dirijo al mostrador, comentan lo bonita que es la tienda.

—Lo sé, ¿verdad? —les dice Ama—. Este es Elliot Bloom. Era el local de su padre antes de que él se hiciera cargo, y también se está dedicando a las instalaciones personalizadas.

Casi me molesta que hable de mí en vez de dirigirse a mí, pero entonces se acerca al mostrador y saca una caja de dónuts rosas con una sonrisa socarrona para responder a mi ceño fruncido. Como si supiera que los dónuts me ponen nervioso y los trajera igualmente.

Conozco a la pareja, rechazo un dónut e intento mantener una conversación normal con la novia sobre un candelabro suspendido de paniculata mientras Ama se apoya en el mostrador y hace cosas insinuantes con un dulce de canela. O eso, o me he vuelto completamente loco y se está comiendo un dónut como una persona normal.

Mientras la novia me dice lo mucho que odia la paniculata y

si podemos buscar una alternativa para el candelabro suspendido, me doy cuenta de que Ama me mira fijamente a los ojos, separa sus labios oscuros y carnosos y desliza despacio –más de lo necesario– el dónut entre ellos.

–¿Crees que podría funcionar? –me pregunta la mujer, y tengo que recordar las últimas palabras que escuché antes de que Ama decidiera comerse un dónut delante de mí.

–Por supuesto –balbuceo, y me aclaro la garganta–. Hay otras opciones además de la paniculata.

Le doy unas cuantas opciones antes de decantarnos por las hortensias blancas.

Una vez que confirmo que solo quieren el candelabro suspendido, Ama empieza a acompañarlos hasta la puerta, y siento que se me escapa el momento entre los dedos. Veo la caja rosa aún abierta sobre el mostrador.

–Llévate tus dónuts –le ladro a su espalda.

Se gira hacia mí junto a la puerta.

–Ah, sé lo mucho que te gustan. –Curva los labios y hace aletear las pestañas. Y luego dice–: Ahora vuelvo. –Y deja que la puerta se cierre tras ella.

Miro la caja ofensiva, tentado de tirarla a la basura. No es que tenga un odio irracional a la masa frita, es que Laura Gilbert no tenía azúcar en casa. Por lo tanto, no bebo refrescos, no como dulces de Halloween ni pido helados. Eso me convirtió en un niño muy popular, desde luego.

Cojo una de las monstruosidades glaseadas y noto cómo el azúcar se filtra en mi piel por ósmosis. Lo pruebo para decirle que lo odio y se acabó.

Me meto el dónut en la boca, y en cuanto lo mastico, sé que ha sido un error. Veo las virtudes. Las veo. Pero para alguien que no le pone crema al café porque lo endulza demasiado, apenas puedo soportarlo. Tiro el resto del dónut y hago lo que puedo para tragar. También estaba relleno de algo, y ahora lo tengo en la lengua. Cierro la caja, la empujo hacia el borde del mostrador, y confío en que se los lleve.

Empiezo a limpiar. No voy a quedarme esperando a que vuelva a entrar. Estoy en la parte de atrás cuando oigo el timbre de la puerta, y debería molestarme ver cómo entra sin más en la trastienda.

–Deberías considerar tener una sala de exposición.

–Sí...

–Va en serio. –Se acerca a la única mesa de trabajo que hay y se sube encima–. Si quieres seguir haciendo instalaciones personalizadas, necesitarás un estudio, Elliot.

Aparto la mirada del movimiento del vestido sobre sus muslos y refunfuño:

–He hecho un par de cosas. No voy a transformar la tienda solo para jugar en la liga de los clientes de clase alta de Whitney. Mi padre nunca habría querido eso.

Parece pensárselo.

–¿Por qué no ambas cosas? ¿Y la trastienda? –Mira a su alrededor y la veo diseñando el espacio como si fuera una recepción–. Si tuvieras un pequeño almacén en esta parte, podrías guardar lo que quisieras sin dejar de utilizar las paredes y el suelo como sala de exposiciones. –Se vuelve hacia mí–. ¿Whitney sabe siquiera lo que has estado haciendo? Debería contratarte más a menudo.

–Whitney Harrison Weddings me sigue en Instagram, pero sé...

–Que no significa nada –termina por mí y asiente–. Son todos asistentes. Podrías contactar con ella. Dile lo que tienes intención de hacer, más que nada por si alguna vez quiere algo más que centros de mesa.

Cojo un puñado de astilbe que ha sobrado y que está al lado de donde ella se ha sentado en la mesa.

–Sigues siéndole muy leal, ¿eh?

Me mira con un brillo en los ojos.

–Sí. Ella me convirtió en lo que soy ahora.

Ahí estoy en desacuerdo con ella, pero eso queda para otro día.

–¿Qué te he dicho sobre pasearte por mi taller como si fuera tuyo? –digo en voz baja, mirando hacia donde está sentada, en medio de mi puesto de trabajo.

Aprieta los labios.

–Mmm. ¿Que te encanta?

Niego con la cabeza y me acerco un paso. Separa las rodillas y casi me caigo sobre las mías.

Vuelve a ronronear, dándose golpecitos en la barbilla.

–¿Dijiste algo así como «Gracias por traerme dónuts al trabajo y gracias por la publicidad gratis que me habéis hecho tu fotógrafa y tú»?

Pongo las manos sobre la mesa, a ambos lados de sus caderas, y me inclino hacia delante. Así es más alta que yo, y creo que le gusta.

–Tendrás que perdonarme por haberlo olvidado –dice, acercándose para acariciar el botón de mi cuello–. Llevabas esos vaqueros ajustados y esa camisa de cuadros. Parecías un misionero que venía a salvar mi alma sucia.

Se acerca y sus labios rozan mi sien.

–No son vaqueros ajustados –le digo.

–Apenas podía meter la mano en ellos –susurra contra mi mejilla.

Trago saliva y sé que lo oye. Levanto las manos de la mesa y las pongo con cuidado sobre sus rodillas. Se separan más.

–Dime dónde tienes otro tatuaje –suspira en mi cuello y me da besos fugaces a lo largo de la mandíbula–. Uno de los otros cuatro. Estoy desesperada por averiguarlo.

Se me cierran los ojos cuando sus dientes me rozan la oreja.

–Tengo una *Viola cryana* en las costillas.

–¿Qué peligro corre? –Se le entrecorta la respiración cuando deslizo las manos por sus muslos.

–Mucho. Extinta.

–Quiero verlo. Quiero verlos todos –susurra, y el aire me provoca escalofríos–. Quiero pasar mis labios sobre cada uno de ellos.

Vuelvo a estar medio empalmado. Me agarro a sus muslos, mirándome las manos mientras le subo el vestido hasta las caderas. Ahora me está haciendo un chupetón en el cuello, y gime cuando llego al encaje de su ropa interior. Lo rozo, rodeo sus caderas y subo hasta la cintura. Casi puedo tocarle la espalda con las yemas de los dedos.

Subo las manos, que se extienden sobre su vientre. Aparto el relleno del sujetador y encuentro sus pezones duros y firmes. Gime y se agarra a mi cuello, atrayendo mi boca hacia la suya. Puedo sentir cómo se mueve hacia delante, acercando su centro al mío. Le recorro la boca con la lengua, y mi polla ha captado el mensaje de que sí, voy a follármela sobre esta mesa.

Le acaricio los pechos, rozando con suavidad la piel tirante. Jadea y sus rodillas se apoyan en mis caderas. Jadea en mi boca, sin aliento. Enrosca los dedos en mi cuello y, justo cuando se me ocurre bajarle las bragas y saborearla, se aparta de mi boca.

Me mira a los ojos rápido.

−¿Te has... comido un dónut?

Me río, y le deslizo las manos por el vientre para sujetarla por la cintura.

−Me has pillado. Fue asqueroso. Los odio.

Respira con dificultad, y hay algo detrás de su sonrisa.

−Vale, vale. −Mira al suelo−. Vale, entonces... −Su garganta traquetea−. Todo va bien. Pero tienes que llamar al 911 y traer el EpiPen que hay en mi bolso.

Parpadeo. Y antes de que pueda preguntarle si está de broma, o quitarle los dedos de la cinturilla de sus bragas, pone los ojos en blanco y se desploma contra mi hombro.

Me quedo petrificado. ¿Está de broma?

−¿Qué cojones?

La zarandeo. La inclino hacia atrás y le levanto los párpados para mirarle los ojos. El corazón me bombea con dificultad porque aún tengo sangre en la polla, pero creo que ha dicho algo de un EpiPen. La tumbo en la camilla con toda la delicadeza que puedo y busco su bolso por toda la habitación. El teléfono se me escapa de las manos cuando lo saco del bolsillo. Cae al suelo y tengo que escarbar para encontrarlo debajo de una estantería. Vuelvo junto a ella y le tomo el pulso mientras marco el 911.

—¿Cuál es su emergencia?

Miro fijamente a esta hermosa chica a la que claramente he matado y digo:

—No lo sé, pero se ha desmayado. Ha dicho que tiene un Epi-Pen, creo.

—¿Es alérgica?

—¡No lo sé! ¡No la conozco, joder!

Empiezo a rebuscar en su bolso y saco un tubo, victorioso, antes de darme cuenta de que es un tampón.

—¿Qué hago con un EpiPen?

—Señor, ¿dónde está?

Le digo la dirección y por fin localizo el EpiPen.

—¿Y es su EpiPen? ¿Indicó a qué era alérgica? ¿Tal vez a los cacahuetes?

—¡No ha comido cacahuetes! Estaba besándola...

Desvío la mirada hacia el mostrador, donde hay una inocente caja rosa.

—¿Acabo de matarla con un dónut de mantequilla de cacahuete?

—Señor, estoy segura de que no está muerta, pero necesita que la ayude. ¿Puede seguir instrucciones?

Estoy pensando en la señorita Tarico, que en tercero que me dijo que era pésimo siguiendo instrucciones.

—No. Seguramente no.

Puede que esto sea un estado de *shock*. Quizá sea un sueño. ¿Lleva demasiado tiempo desmayada?

—¿Tiene el EpiPen, señor?

—Sí, ¿qué hago con él?

La mujer me suelta una sarta de sandeces sobre el color anaranjado de la piel y el azul del cielo. Tiro de la lengüeta, se lo pongo contra el muslo y escucho un siseo.

Ama toma aire como una princesa Disney que se despierta de una maldición. Y luego se da la vuelta y vomita sobre mi mesa de trabajo.

El hospital está a solo ocho manzanas, así que los paramédicos llegan a mi tienda antes de que pueda reaccionar como es debido a los vómitos y los temblores.

No me mira a los ojos mientras los paramédicos la suben a una camilla, y probablemente sea porque acabo de intentar matarla. Puede que esto eche por tierra lo que estaba resultando ser una primera cita realmente increíble.

Le hacen lavarse la boca cuando se enteran de que fue su lengua la que entró en contacto con la lengua de otra persona que había estado en contacto con mantequilla de cacahuete. Me quedo boquiabierto mientras la envuelven en una manta térmica y la sacan en camilla.

—¿Vienes? —pregunta uno de los chicos.

—Eh… Sí, sí.

Cojo mis llaves y su bolso, pongo el cartel de CERRADO y los sigo hasta la ambulancia.

Cuando las enfermeras me piden que rellene formularios por ella, no puedo explicarles que acabo de empezar a tocarle las tetas y que en realidad no soy su novio, así que me paso veinte minutos rebuscando información en su bolso. Una vez tienen sus tarjetas médicas y su carné de conducir (cumple años el 10 de mayo), me siento en la sala de espera hasta que una mujer rubia se me acerca dos horas más tarde. No parece una doctora, pero me pongo en pie cuando me dice:

—¿Eres Elliot?

—Sí, señora.

Extiende la mano con una amplia sonrisa.

—Soy Cynthia, la madre de Ama.

Mierda.

—Hola, bien. Quiero decir, encantado de conocerla.

Me vuelvo a meter las manos en los bolsillos lo antes posible —las manos que hace unas horas habían estado frotando los pezones de su hija— y digo:

—¿Está mejor?

—Sí, está bien. Le darán el alta enseguida. —La sonrisa de Cynthia es dulce como la miel, y la miro fijamente intentando encontrar las partes de Ama. El pelo oscuro lo ha heredado de su padre, pero supongo que reconozco la nariz de su madre y la forma de su mandíbula.

Así que tú eres el florista que se encargó de mi boda en abril.

–Sí, eh, sí, soy yo.

Bien. Esto es terreno seguro.

–Y también estás... ¿saliendo con mi hija?

Esto no es terreno seguro.

–Eh… No. No que yo sepa.

–Pero estabas besándola...

Cynthia mueve la mano en el aire como si lanzara un hechizo para que así sea.

–Sí. Sí. Eso es... un hecho médico.

–De hecho, ¡está en su historial! –Se ríe.

–Genial.

–Mamá, por favor, no te cases con él –oigo detrás de nosotros. Me giro y veo a Ama en una silla de ruedas.

La he dejado paralítica.

Y antes de que pueda empezar a trazar planes en mi mente para ensanchar las puertas de la tienda e instalar rampas en mi casa, se levanta despacio con la ayuda de su madre.

–Gracias por lo del EpiPen –dice con una sonrisa tensa–. Me alegra saber que puedes mantener la cabeza fría bajo presión.

Creo que lo de hoy ha sido de todo menos «cabeza fría bajo presión», pero supongo que lo dejaremos entre Josephine, la operadora del 911 y yo.

–Sí –asiento–. Así que eres alérgica a los frutos secos, pero aun así compras un dónut de mantequilla de cacahuete.

–Lo envuelven por separado. –Se encoge de hombros. Eso me molesta. Como si pudiera olvidarse de lo que ha pasado hoy–. Siento haberte vomitado encima.

–Es verdad. Bueno, debería ir a limpiarlo.

Le devuelvo el bolso y retrocedo hacia las puertas correderas de cristal. Aquí no hay formalidades para terminar una conversación en un hospital después de que tu boca le haya provocado un ataque anafiláctico a la chica que te gusta, así que...

—Elliot, ¿te gustaría comer con nosotras? —pregunta Cynthia con el brillo de los nietos en los ojos.

Estoy a punto de balbucear una respuesta cuando Ama me interrumpe:

—Tiene que atender la floristería, mamá. Y no es que esté lista para ir a tomar un martini al Bistro 33. —Se pone el bolso sobre el hombro y me sonríe—. Te veo en la boda de los Gordon el próximo sábado.

—Cierto. Hasta el próximo sábado.

Las veo caminar hacia el aparcamiento. Ama me mira una vez con una sonrisa dulce.

Una vez que se han ido, doy varias vueltas en círculo hasta que me doy cuenta de que he venido en la ambulancia con ella. Me meto las manos en los bolsillos y vuelvo a la tienda acompañado de la brisa de mayo.

# 16

## Elliot

### Hace tres años, tres meses, tres semanas y cuatro días

El problema con que dijese «Te veo en la boda de los Gordon el próximo sábado» fue que me dejó en la misma posición que antes de nuestro casi incidente de muerte por vía oral. Debería llamarla. Debería llevarla a una cita de verdad (a ser posible a algún sitio donde no hayan oído la palabra «cacahuete»). Debería intentar decirle que follar en la trastienda está bien, pero que me gustaría ir a más.

Porque sí. Quiero eso.

A veces siento como si hubiera entrado en mi vida como un huracán y apenas me hubiera dejado un segundo para orientarme, pero en realidad la conozco desde hace casi medio año. Y ha estado rondando por mi entorno desde hace algunos años. Hasta mi padre la conocía, lo que me resulta extraño cuando intento definir mis sentimientos por ella. Ella conoce una parte de mí que ya no está. Cuando pienso en pasar más tiempo con ella, en ir a más, hay algo extrañamente correcto en que papá la haya conocido.

Así que me pongo mis vaqueros (muy bien lavados) que ella calificó de ajustados, me pongo otra camisa de cuadros y me dirijo a la boda de los Gordon como si fuera una segunda cita. Me recuerdo a mí mismo que la última vez me hice ilusiones sin querer, así que no cuento con que esta vez sea diferente, y no me frustro si ocurre lo mismo.

La boda de los Gordon va a ser católica, así que de entrada me digo que no habrá flirteo en una iglesia.

Pero mientras descargo las guirnaldas para colgarlas a lo lar-

157

go de los bancos, ella me ve, e incluso desde la distancia que hay hasta el altar, veo que me recorre la ropa y el cuerpo con la mirada. Sonríe de un modo que me dice que sabe exactamente por qué me he vestido así, lo que de inmediato me hace sentir demasiado ansioso y pienso en si debería ir a casa a cambiarme.

Cuando llevo la guirnalda para cubrir el caballete situado en la fachada de la iglesia, unos dedos pequeños y cálidos me tocan la muñeca. Está a mi lado, tan cerca que puedo oler su pelo.

—Se ve muy bien. ¿Me das tu opinión sobre una cosa? —Ladea la cabeza hacia la derecha, asiento y la sigo. Me lleva a uno de los rincones y me pregunta por encima del hombro—: ¿Por casualidad no te habrás comido un dónut hoy? —Se pasa el pelo por detrás de la oreja y me mira.

—No —respondo un poco avergonzado.

—¿No has desayunado PB&J?

Pongo los ojos en blanco.

—No.

Gira sobre sus talones y antes de rodearme el cuello con los codos y plantar sus labios sobre los míos, dice:

—Genial.

Me sorprendo. Todavía tengo los ojos abiertos y miro a nuestro alrededor, dándome cuenta de que me ha llevado a un lugar apartado. En esta iglesia.

Su lengua me acaricia los labios y yo le pongo los dedos en la cintura mientras le abro la boca. Me agarra el pelo con las manos y me inclina la cabeza para besarme con más profundidad. Apoyo las manos en sus caderas.

Me alejo todo lo que me permite y le digo:

—¿Esto te parece raro? ¿Eres católica? No te estarás... poniendo cachonda porque estamos en una iglesia, ¿verdad?

Se ríe contra mis labios.

—Crecí siendo católica, pero con los años me he dado cuenta de que mi madre y yo estamos bastante de acuerdo con esa Iglesia británica. La que se creó para los divorcios.

—Eh, yo no diría que fuese creada...

Vuelve a besarme y me permito sentir su cuerpo contra mí. Antes de que mi cerebro pueda corear: «iglesia, iglesia, iglesia», ella se aparta.

—Tengo cosas que hacer, pero quería saludarte. —Sonríe con tanta ternura, y las yemas de sus dedos me rozan la nuca con tanta suavidad que mi cuerpo empieza a reaccionar—. ¿Está tu primo listo en el lugar de la recepción?

Con la mente en blanco, le digo:

—Sí, Ben está allí con los centros de mesa. Iré a verlos en cuanto me ocupe de los adornos florales de la ceremonia.

—Deberías quedarte durante el banquete —dice en voz baja, implorante—. Te prometo que no te mandaré a buscar pilas.

Mueve las pestañas mientras me mira, y eso es todo lo que necesito.

—Sí. Cuando termine de montarlo, me quedaré por aquí.

Me da un beso en la mejilla, se arregla el vestido y sale de la sala moviendo las caderas como tanto me gusta.

Y así es como me encuentro de pie sin hacer nada, estorbando en el *catering* de esta mansión conservada históricamente en el centro de la ciudad. Mi trabajo ha terminado. Se han trasladado las flores, y Ben se ha ido. Y yo estoy arrastrando los pies, a la espera de que la pareja haga su entrada. En una situación normal, me iría a casa ahora y volvería para limpiar. Pero estoy aprendiendo que con Ama nada es normal.

Ama no tarda en sonreírme y acercarse. Le da un apretón en el codo a la fotógrafa, Mar, y mueve la cabeza en mi dirección. Cuando Mar me mira con una sonrisa discreta, finjo examinar el dibujo del techo.

Ama pasa por mi lado, rozándome la cadera con los dedos y, después de unos segundos, la sigo. Sorprendentemente, me lleva a la cocina.

—¿Quieres un canapé? —Toma un canapé y señala la bandeja—. Acaban de empezar a cenar, así que estos los van a tirar. O me los comeré yo.

Se da la vuelta y agarra uno de una bandeja que está más

lejos, y estoy sorprendido por lo tranquila, calmada y segura que está.

Quizá se enrolla a menudo con gente en las bodas. Quizá se cuela con sus novios por la puerta de atrás todo el tiempo, y nadie tiene que hacer más preguntas sobre dónde se mete durante la recepción.

Todo eso me da vueltas en la cabeza mientras rechazo un aperitivo y me meto las manos en los bolsillos.

—¿Quieres champán? —Señala las bandejas que están llenando.

—Eh, no. ¿Sueles beber durante el banquete? —le pregunto.

Me dedica una sonrisa y se lleva otro canapé a los labios.

—Me mantengo sobria. Te estaba ofreciendo una copa. Pareces... tenso. —Se lleva el *crostini* a la boca, ancha y suave, y sé que quiere que me quede mirando e imagine cosas sucias.

Voy diez pasos por delante de ella.

La agarro de la mano y la conduzco fuera de la cocina, al pasillo lleno de camareros. Hay una pequeña sala para que los novios esperen antes de que se les anuncie. Ya he celebrado bastantes bodas aquí y sé dónde está. No la miro, pero sé que se mueve deprisa para seguir mi ritmo.

La habitación está vacía y, en cuanto entramos, cierro la puerta y la empujo contra ella. Ya está sonriendo cuando deslizo la boca sobre la suya. Siento que lleva todo el tiempo al mando. Desde el momento en que me preguntó por el tatuaje del antebrazo. Incluso antes de eso, ella llevaba la voz cantante.

Le rodeo la cara con las manos, los pulgares en los pómulos y las yemas de los dedos en el pelo. Ella gime en mi boca, y apenas he hecho nada para provocarlo. Mi lengua se desliza por la suya, arrancando gemidos de su garganta mientras mis caderas presionan contra su estómago. Me agarra los brazos con las manos, y siento un destello de excitación al saber que se está preparando para lo que se avecina.

—¿Cuándo tienes que volver? —murmuro contra su boca.

Antes de que pueda responder, dejo caer besos por su mandíbula, haciendo que arquee el cuello para que pueda sentir su pulso contra mis labios.

–Le he dicho a Mar que me llame si hay algún problema. Pero el DJ es bueno, así que no debería haber ninguno.

Inclino su cara hacia la mía y la beso con fuerza. Llevo las manos a sus caderas y, aunque lleva el vestido ceñido al cuerpo, se lo subo metiendo los dedos en la tela y tirando hacia arriba con suavidad.

Aquí hay poca luz, solo la que se filtra desde fuera, pero cuando me aparto para mirarla, ni siquiera se le ha corrido el pintalabios.

–¿Qué demonios llevas en los labios?

Parpadea con rapidez y levanta la mano como si le hubiera dicho que tiene bigote.

–No, quiero decir... –suspiro–. ¿Es alguna mierda de marca? ¿Por eso no se va cuando te beso?

–Es de Hazel Renee –dice sin más. Como si eso lo aclarara todo.

–Me importa una mierda de quién sea. Quiero que te veas corrompida cuando te estoy corrompiendo.

Estoy irracionalmente enfadado por eso, pero ella me mira como si me acabara de convertir en un cachorrito con pajarita. Me vuelve a besar y me propongo despeinarla si no puedo estropearle el pintalabios.

La empujo contra la pared, con una mano le tiro del pelo y con la otra le subo el vestido por las caderas.

–Enséñame uno de los tatuajes –susurra.

–Prefiero hacer esto –le digo, pasando los dedos por delante de su ropa interior.

Gime, pero me agarra del cuello.

–Quiero verlos. Enséñame uno.

–¿Y si no quiero?

–Bueno –dice con una sonrisa burlona–, solo uno de los dos ha tenido un orgasmo, así que yo diría que es un gesto de cortesía por parte del culpable...

Me arden las mejillas y dejo caer la cabeza sobre su hombro. Se ríe y me pasa los dedos por el pelo.

—Vale.

Me alejo de ella y me subo la camisa. La única luz que hay procede de las brillantes lámparas del patio, pero ella sigue con los ojos clavados en el costado derecho en cuanto se me ven las costillas.

—*Viola cryana* —dice en voz baja. Me sorprende que se acuerde—. Extinta.

Sus ojos revolotean hasta los míos y se inclina hacia delante, pidiendo permiso. Asiento con la cabeza. Sus dedos bailan cálidos sobre mi vientre. Atrapa los pétalos morados y los rodea por el centro amarillo.

—¿Cuándo podré ver otro?

Me humedezco los labios.

—Primero tendrás que llevarme a cenar.

Se ríe y me sorprende que lo esté haciendo tan bien. Tomo su mano y la conduzco hasta el sofá de dos plazas al que, estoy seguro, le han dado buen uso varios recién casados. La empujo para que se siente a mi lado y, antes de que se ponga cómoda, hago girar su mandíbula y vuelvo a besarla. Paso los dedos por sus muslos y vuelvo a subirle el vestido. Justo antes de apartar su ropa interior, retrocedo para mirarla a los ojos. Ella asiente y me agarra del cuello, tirando de mí hacia ella.

No me cuesta apartar el encaje. Y creo que gimo al sentir sus pliegues contra las yemas de mis dedos. No estoy seguro. Me pierdo un poco. Está húmeda y caliente, y me deslizo por ella como si fuera mantequilla. Se estremece contra mi boca mientras arrastro los dedos por ella, encontrando su clítoris con mucha más delicadeza de a la que estoy acostumbrado.

Ronronea, nuestras bocas están tan cerca la una de la otra que siento que me trago sus sonidos.

—Dime dónde tienes otro. —Su voz es carrasposa y aguda.

—Te los enseñaré todos si te corres con mis dedos dentro de ti.

Deja caer la cabeza sobre el respaldo del sofá, y suspira mientras presiono con más fuerza. Observo cómo le sube y le baja el pecho, y desearía que su vestido no fuera tan ceñido, porque si no podría apartar la tela y ver cómo se le endurecen las tetas.

–¿Me lo vas a decir? ¿Uno más? –gime.

–¿Te gustan mis tatuajes? –digo, inclinándome para pasarle los dientes por la mandíbula.

–Sí. Sí.

Deslizo un dedo hasta su entrada, rodeándola con suavidad, y ella gime, agarrándose a mi hombro.

–¿Por qué, Ama?

Suelta un suspiro, casi una carcajada.

–Me encanta cómo dices mi nombre.

–¿Cómo lo digo?

–Como Emma. Como si te diera puta pereza decir Ama.

Empujo mi dedo dentro de su apretado y húmedo calor, y se queda sin aliento, arañándome el cuello.

–¿Por qué quieres saber de mis tatuajes? –pregunto, entrando y saliendo de ella, observándole la garganta y los ojos cerrados.

–Oh Dios, Elliot. Voy a correrme.

–Dime por qué quieres saberlo.

Giro la mano hasta que puedo rodear su clítoris con el pulgar. Jadea y noto cómo sus músculos se agitan a mi alrededor.

–Porque quiero conocerte. Quiero saber lo que te gusta, lo que odias..., aunque sea a mí. –Empiezo a presionar despacio con un segundo dedo–. Joder, joder, joder, quiero amar lo que tú amas, aunque esté extinto.

Dice las cosas más insensatas, cosas que solo te las susurran en sueños. El tipo de cosas por las que matarías a otros hombres. Aprieto la boca contra su mandíbula, succiono su piel, esperando que tenga moratones cuando corten la tarta.

Me arrastra hasta sus labios y yo sigo metiendo los dedos con rapidez, haciéndole remolinos en el clítoris. Se corre más rápido que ninguna otra mujer a la que haya tenido el gusto de complacer, y aunque la cifra no es alta, sigue siendo asombroso ver cómo arquea la espalda y se lleva una mano a la boca.

Creo que, aunque no volviera a hablarme nunca más, podría sobrevivir sintiendo cómo se agita alrededor de mis dedos, el jadeo ahogado detrás de su mano, el agarre imposible de sus dedos en mi cuello.

Por suerte, sigo moviéndome dentro y alrededor de ella hasta que por fin respira con dificultad y me agarra de la muñeca. La saco con suavidad y espero a que recupere el aliento.

Me mira con ojos vidriosos y pienso que, aunque su pintalabios sigue perfecto, tiene el aspecto de estar muy corrompida.

–Enséñamelos –jadea–. Me he corrido en tus dedos. Enséñamelos.

Suelto una carcajada y ella sonríe.

–Tengo uno en la espalda y dos en las piernas.

Se traga algo que suena como un gemido y, antes de que pueda cuestionarlo, balancea la pierna sobre la mía y se sienta a horcajadas sobre mi regazo. La polla me aprieta la cremallera, pero sus piernas a ambos lados pueden volverme loco.

Empieza a desabrocharme la camisa mientras me besa, y murmura contra mi boca:

–Esta vez, la espalda.

La ayudo con los últimos botones y enseguida me la bajo por los hombros. Ella se estira hasta las rodillas para curvarse sobre mi espalda, y siento sus dedos recorriendo mi hombro izquierdo.

–¿Qué es?

–Kadupul.

–Háblame de ella.

Desde esta posición, su pecho me aprieta la mandíbula, así que aprovecho para arrastrar la boca sobre la piel de su escote. La siento estremecerse.

–Es de Sri Lanka, y es la flor más cara del mundo, porque literalmente no tiene precio. Nunca la han comprado.

–¿Qué más? –me pregunta.

Siento sus manos recorriéndome el vientre. Cuando me tira del cinturón, intento no ahogarme.

—Solo florece por la noche y muere antes de que salga el sol. Murmura y empieza a mordisquearme el cuello. Me baja la cremallera.

—Tenías que ponerte estos putos pantalones otra vez. —Se ríe contra mi piel.

La ayudo a desabrocharlos y bajármelos por las caderas.

Tengo las manos sobre su cintura, así que ni siquiera sé qué pretende hasta que me quita los calzoncillos. Siento el encaje contra mi polla y echo la cabeza hacia atrás.

—Ama. ¿Estás segura?

—Llevo un DIU —dice, como si con eso lo resolviera todo. Me mira agitando las pestañas—. ¿Cuánto tiempo crees que puedes hablar de flores mientras reboto en tu polla?

Siento cómo mi punta empuja contra su calor. Se me ponen los ojos vidriosos.

—No mucho tiempo, la verdad. Creo que me distraeré con facilidad.

Mueve las caderas y veo cómo desliza la lengua por su boca perfecta. Se inclina para besarme mientras su cuerpo me absorbe. Jadeo contra su boca y me muerde el labio inferior. Apenas estoy un poco dentro cuando maldice.

—¿Qué pasa? —Me agarro a sus caderas.

—Mierda, Elliot —gime—. Había olvidado lo grande que eres.

Tengo que mirar al techo y contar hasta diez para no perder la cabeza en ese momento. Ella sigue moviéndose sobre mí, cada vez entra un poco más. Intento quedarme quieto, pero entonces oigo una cremallera y el revoloteo de la tela. El vestido se le desliza por los hombros.

Ahora me toca maldecir a mí. La sujeto por la caja torácica, tiro de una copa del sujetador hacia abajo y me meto con rapidez un pezón entre los labios. Jadea y empieza a mover las caderas. No estoy del todo dentro, pero me da igual, porque se revuelve contra mí como si fuera a correrse otra vez.

Arrastro los dedos sobre su otro pecho, pellizcando y tirando. El gemido que sale de su boca es pecaminoso, y quizá lo bastante alto como para que lo escuchen al otro lado de la puerta. No creo que a ninguno de los dos le importe.

Tiene la cara pegada a mi sien y oigo su respiración entrecortada y superficial en mi oído. Murmura pequeñas afirmaciones de «sí», «por favor» y «Elliot».

Paso a chuparle el otro pecho y meto las manos bajo su vestido. El encaje de su ropa interior me roza la polla y la aparto aún más para poder tocarle el clítoris.

—¡Oh, joder!

Mis labios se separan de su pecho para hacerla callar, pero cabalga sobre mí, jadeando y gimiendo. Presiono con fuerza sobre su clítoris, haciendo remolinos con diferentes movimientos, y la oigo jadear, con las caderas contraídas. Estoy tan cerca, joder, pero tengo que contenerme para sentir su orgasmo en mi polla.

Me roza la espalda con las manos y, cuando me doy cuenta de que sus dedos presionan mi tatuaje de la kadupul, gimo. Levanto las caderas con brusquedad.

Grita, y al principio me pregunto si le he hecho daño, pero luego me doy cuenta de que estoy completamente dentro, tiene los muslos pegados a los míos. Tengo su aliento caliente pegado a la oreja mientras gime palabrotas. Y entonces sus paredes vuelven a agitarse.

Se corre otra vez, solo porque la he llenado.

Le presiono la frente sobre el hombro y no paro de mover las caderas. Vuelo en picado mientras ella aprieta una y otra vez, sus dedos graban cicatrices en la tinta. Muevo las caderas hacia ella y, con cada embestida, emite un medio gemido hermoso.

La miro a la cara justo antes de correrme dentro de ella, y veo su boca perfecta en una «o», los ojos cerrados y la mandíbula desencajada.

—Amaryllis.

Entreabre las pestañas y me mira fijamente mientras me libero, caliente y brillante. Todo está iluminado por la luz de las estrellas durante milenios.

Jadeo y me dejo caer contra el sofá. Cuando los latidos del corazón me martillean y por fin empiezan a ralentizarse, la miro. Tiene el vestido bajado y arrugado. Los labios siguen brillándole a la perfección, pero tiene un aire desaliñado en los ojos y en el pelo que me hace sentir orgulloso.

Levanto la mano y le rozo el pecho, memorizando su peso. Se estremece y me inclino para besarla de nuevo, justo cuando se separa de mí.

Se vuelve a poner las bragas, se recoloca el vestido y se sube la cremallera. Estoy sentado con la polla fuera y el pecho me jadea.

—Tengo que ir a hacer acto de presencia ahí fuera —dice con una sonrisa rápida. Asiento con la cabeza, pensando que lo más probable es que me quede a dormir aquí hasta que me diga que es hora de irme a casa con ella—. Ha estado genial. ¿Estás bien?

Parpadeo y me doy cuenta de que no me voy a casa con ella.

—Sí. Sí. Conozco el camino.

—Te veré el próximo fin de semana.

Tal vez me estoy imaginando la tensión en su sonrisa.

Asiento y la memorizo, por si esto no ha ido tan bien como yo pensaba.

Cuando sale por la puerta, intento recordar sus palabras exactas: «Quiero conocerte. Quiero saber lo que te gusta, lo que odias».

Me subo la cremallera y me abrocho los pantalones. Compruebo que no queda rastro de nosotros.

«Quiero amar lo que tú amas, aunque esté extinto».

Me concentro en las palabras más que en la huida a la carrera, en el hecho de que no me dejara besarla después. Me dirijo a mi furgoneta hasta que llega el momento de interrumpir la recepción, enciendo el motor y pongo a todo volumen algo sin sentido solo para quitarme sus palabras de la cabeza.

# 17

# Ama

## Junio

Esta vez mamá se queda tres semanas. Me pregunta por mi vida amorosa una vez por semana cosa que, para ella, es un récord nuevo. Y solo me pregunta por Elliot dos veces.

Al cabo de tres semanas, ha encontrado un buen piso de alquiler a unas manzanas de mi casa y, una semana después, un buen novio unos años mayor que yo.

—Todavía no es su prometido, pero estoy segura de que es cuestión de unos meses —le aclaro a Mar mientras tomamos unas copas.

Pido otro martini. Acabamos de pasar por una boda muy dura (el cura involucrado en un accidente de coche, una dama de honor con resaca y un aire acondicionado averiado en el salón de recepciones) y necesitamos alcohol.

Mar me escruta por encima de su margarita a base de mezcal.

—¿Es el más joven que ha tenido? ¿Veintinueve? —Cuando asiento con la cabeza, me dice—: ¿Te parece raro? Es decir..., ¿necesitas ir a terapia ahora?

—Si no me hacía falta ir a terapia antes, es probable que ahora sí.

—¿Le has preguntado por qué hace eso? —dice Mar después de habérselo pensado.

—¿Por qué no puede estar sola? O ¿por qué no puede limitarse a salir con alguien sin involucrar a Kay Jewelers?

—Supongo que ambas. Estoy segura de que la respuesta es la misma. —Le suena el teléfono y se lo saca del bolsillo—. Vale, Michael está libre. ¿Quieres conocerlo?

Michael es el nuevo chico de Mar. Asiento con la cabeza, entusiasmada.

–Dile que venga aquí. Me iré en media hora o así.

–No hace falta. Podemos pasar a ese reservado.

Niego con la cabeza.

–No te ofendas, pero eso suena horrible. Definitivamente no quiero estar de más un sábado por la noche.

Mar hace una mueca y le manda un mensaje a Michael diciéndole dónde estamos.

–Así que –dice mientras se guarda el teléfono en el bolsillo– ¿estás conociendo gente? ¿Necesitas echar un polvo?

Son dos preguntas muy diferentes, y analizo las reacciones de mi cerebro ante ambas.

–No, y sí, pero no es un sí desesperado.

Mira fijamente su copa y remueve el hielo.

–¿Cuánto tiempo ha pasado?

–Vale, primero –digo, aceptando mi nuevo martini de manos del camarero–, estoy muy ocupada, y sí, es una excusa válida. Y segundo, sabes que he estado con chicos desde lo de Elliot, así que no actúes como si no lo hubiera hecho.

–Con dos. Los dos hace más de un año. A los dos dices habértelos cargado. –Hago una mueca y ella pone los ojos en blanco–. No me refiero a sus cuerpos, sino los momentos.

Asiento con la cabeza, tragándome la mitad de la bebida. El primero fue un ligue y nada más. No pude correrme. Y no por falta de ganas. Y con el segundo tuve que parar a la mitad porque me puse a llorar. Le dije entre lágrimas que no sabía por qué y que no pasaba nada, que podía seguir. Pero a su favor, al parecer, fue un rechazo.

–Sí, los despedacé en mil pedazos.

–¿Has pensado en..., no sé, salir con alguien?

Me sonríe radiante, como un anuncio de pasta de dientes.

–Ya sabes que yo no hago eso –digo despacio.

Mar resopla.

–Permíteme una breve condescendencia, pero, Ama, tienes

veintiséis años. No se conoce lo que no se hace. –Cuando frunzo el ceño ante mi copa, me dice–: Una vez lo hiciste.

–Y mira adónde me llevó –murmuro.

Vuelvo a la boda de los Gordon. A cómo pensé que podría hacer que fuese algo informal. Que no fue hasta después de que me dejara boquiabierta en un sofá de una habitación apartada cuando me di cuenta de que quería irme a casa con él. Que dije cosas que no podía retirar.

Y en medio del fulgor, me había mirado como nadie lo había hecho en mi vida. Como si estuviera de acuerdo. Como si mis palabras significaran algo para él, en lugar de ser un murmullo de placer. Me hizo preguntarme si eran solo murmullos o si lo decía en serio.

Habría sido sencillo si hubiera podido llamarlo un buen polvo y seguir adelante. Pero era la temporada de bodas. Y lo veía todos los fines de semana, y cada fin de semana mi determinación disminuía de «No lo vuelvas a hacer» a «Algo informal podría funcionar» a «Define algo informal».

No dejaré que vuelva a pasar.

Mar está mirándome, así que digo:

–Cuando esté preparada para salir con alguien, te lo diré. No puedo ni pensar en chicos ahora mismo con todas las bodas que tengo. Lo que me recuerda que te necesito el 13 de enero.

Saca su calendario.

–¿Dónde es la boda?

–En el Four Seasons.

–¿El hotel? ¿O el jardín paisajístico?

Resoplo.

–No hagas como si no lo hubiese comprobado diez veces.

–¿Es nueva? –me pregunta, apuntando la fecha en el móvil. Cuando asiento con la cabeza, me dice–: ¿Te parece bien aceptar más trabajo?

Hago un gesto con la mano.

–Estoy bien. –Pero la pierna me rebota en el taburete del bar.

170

No podría haberles dicho que no a Ginny y Dustin. Son tan monos. Él iba a pedirle matrimonio en el castillo de Disneyland, pero se puso nervioso y se lo pidió en Adventureland sobre un muslo de pavo por accidente.

Michael llega. Cuando Mar se levanta de un salto para saludarle, veo que mide al menos uno noventa, es moreno y está muy muy musculado... ¿y me resulta curiosamente familiar?

—¡Ama! —dice él.

Me quedo sin palabras mientras Mar nos mira.

—Mar, estás saliendo con... uno de mis exhermanastros —digo.

Michael se ríe. Mar se queda boquiabierta y veo cómo hace cuentas en su cabeza para saber si es incesto, preguntándose si esto es raro.

—Eh, Mar también es una de mis exhermanastras —le aclaro a Michael. A él le hace gracia. Mar todavía no lo tiene claro—. No está emparentado con ninguna de nosotras —le digo a Mar—. Relájate.

Cansada, pide otra copa y nos ponemos al día durante unas horas. Me siento como una casamentera orgullosa, aunque no he hecho absolutamente nada.

Cuando se van, les digo que me voy a quedar a tomar otra copa. Echo un vistazo a la clientela de la una de la madrugada de nuestro bar de moda favorito. Algunos chicos son mi tipo, pero ninguno me interesa. El único con el que me planteo ir a hablar tiene el pelo largo y negro y los labios carnosos, y cuando me doy cuenta de qué (o a quién) veo en él, decido pagar la cuenta y me voy a casa sola.

La semana que viene Hazel está en la ciudad. Ya ha terminado de grabar, pero la llaman de vez en cuando para retoques y magia de posproducción, así que mientras esté aquí vamos a rematar algunas cosas. Faltan cuatro meses, por lo que vamos muy justas de tiempo para encargar las invitaciones, pero por suerte tengo unos cuantos calígrafos que me adoran. También tengo que asegurarme de que la amiga de Hazel, la diseñadora, cumple. No he metido la mano en el asunto de los vestidos y trajes de novia, aparte de echar un vistazo a los diseños, pero hasta ahora el cortejo nupcial está casi resuelto.

Volvemos a quedar en Weatherstone y Hazel está partiendo una barrita de arce en trozos del tamaño de un bocado mientras dice:

–Vale, pues dos cosas. Primero, la despedida de soltera.

–Sí –digo, abriendo las notas de mi iPad–. ¿Hay algo con lo que Chelsea necesite ayuda?

Chelsea es la mejor amiga de Hazel y el motivo por el que Jackie y ella se conocieron. Va a ser la madrina por parte de Hazel.

–Queremos que vengas –suelta Jackie–. Por favor, por favor, por favor.

Esbozo una sonrisa.

–Sois tan dulces. –Trago saliva. Tengo práctica en esto, pero es difícil cuando se trata de Jackie y Hazel Renee.

–Hay un sitio para ti en el avión, con todos los gastos pagados –dice Hazel–. Y resulta que sé que no tienes boda ese fin de semana. –Me guiña un ojo por encima de su taza de café.

Sonrío mirándome las manos. Van a pasar tres noches en Las Vegas. Todo el grupo volará desde Sacramento para que los amigos de Hazel puedan ver la ciudad.

–Tenéis razón, no tengo ninguna boda..., todavía. –Las miro con la garganta seca–. Es solo que tengo una política de empresa en contra de ello. Solían invitarme mucho a despedidas y acababa por complicar demasiado las cosas.

Pienso en Whitney dejándome fuera de las bodas, en las novias enviándome mensajes de texto todo el día y toda la noche, en las parejas dándome ideas cuando ya habíamos fijado temas y colores. Un desastre.

–Oh, venga –se queja Hazel rodeando su dónut–. Igualmente ya estás rompiendo todas las reglas con nosotras. Quiero decir, estás haciendo una sala de recepciones desde cero. Seamos un desastre juntas. —Se ríe, y suena cariñosa y acogedora. Como recuerdos felices.

—Lo pensaré —digo, dándole un sorbo a mi cerveza fría con pesar. Sé que no iré. Ya encontraré alguna excusa. No es profesional y plantea la pregunta: ¿trabajas para ellas o eres su amiga? No es una respuesta fácil.

—¿Qué es la otra cosa? —pregunto, cambiando de tema tan rápido como puedo.

Jackie hace un gesto hacia Hazel y Hazel termina de masticar.

—Me contactaron de *Fabulous Dream Weddings*.

—¿El programa de la TLC? —pregunto.

Ese programa es casi tan famoso como *Say Yes to the Dress* y *Bridezillas*. Whitney estuvo a punto de conseguirlo una vez con una de sus bodas, antes de que surgieran problemas de agenda.

—Sí. ¡Quieren enviar un equipo y grabarlo todo! Sería mucho, lo sé, pero tengo que decir que creo que sería genial poder darte publicidad a ti, a Elliot, y a todos los que trabajan tan duro en esto en Sacramento.

Los ojos de Hazel me miran brillantes, y pienso con rapidez.

—Vaya. Creo que lo más importante es: ¿de qué tendrán el control?

Hazel niega con la cabeza y frunce el ceño.

—De nada.

—Claro, pero esos programas solo funcionan si algo va mal, ¿no? Entonces, ¿nos harán escenificar cosas o intentarán crear drama donde no lo hay?

—Es una gran observación, Hay —le susurra Jackie.

Hazel murmura en señal de comprensión.

—Déjame que hable con mi agente y vea si puede acordar algo. Me está presionando mucho. ¡Y Jackie y yo pensamos que es una gran idea!

Pone una mano sobre la de Jackie, y veo, por un instante, que Jackie no sonríe, pero enseguida se controla.

Lo medito. Sería un buen reportaje, seguro. Mi mayor duda es que hay cosas entre bastidores para las que preferiría no tener un equipo de grabación. El gasto y el esfuerzo para limpiar el espacio de al lado son enormes. Ya me estoy encontrando con obstáculos que no comparto con ellas, así que explicarlo delante de la cámara suena a pesadilla.

–Me gustaría hablar con algún productor antes de aceptar –digo.

Jackie asiente, pero veo que Hazel se tambalea un poco antes de asentir también. Creo que le sorprende un poco que me oponga. Lo siento, Hay. Me contrataste para llevar las riendas de esta boda.

Durante los próximos días, las llevaré a conocer a algunos de mis artistas calígrafos y volveremos a visitar el estudio de *ballet* con los planos completos, en los que se indica dónde estará todo el equipo de alquiler y el diseño floral. (Afortunadamente, los murciélagos han sido reubicados).

Después de hablar con Hazel y su agente para recabar más información sobre lo que necesitaría el equipo de rodaje, me comunico con Bea, la productora de los episodios de *Fabulous Dream Weddings*, y lo hablo con ella. Quiero dejar claro que la semana de la boda es mía.

–Creo que lo que más me preocupa es la puesta en escena. Veo el programa lo suficiente como para saber que hay que crear una trama para que el espectáculo funcione –le digo a Bea el domingo por la noche, después de un largo día de boda con un portador de anillos travieso, un pastor alemán que se zampó las alianzas.

–Claro –dice Bea. Aunque su voz me tranquiliza, me doy cuenta de que está haciendo diez cosas distintas mientras atiende mi llamada–. Creo que lo que más nos interesa es el aspecto «de ensueño» que has creado aquí. Por lo que han dicho Hazel y Jackie, parece que has logrado algo realmente especial.

Trata de seducirme, y le está funcionando.

–Te lo agradezco. Creo que lo que quiero de ti es transparencia, y también que sepas que la boda es lo primero. Hay cuatro eventos que estoy coordinando para esa semana, así que quiero saber que si te digo «No quiero equipo» o «No podemos volver a filmar eso», se respetará.

—Te entiendo. Creo que podemos hacer que funcione.

Cuando colgamos, sé que estoy abarcando más de lo que puedo recoger, pero no puedo evitarlo. Esto sería grande. Aunque *TheKnot.com* y *People* no publiquen un artículo destacado, sería una exposición increíble. Envío un correo electrónico a Hazel y Jackie para hacerles saber que lo de *Fabulous Dream Weddings* es un hecho. Firmo un contrato y todo.

Contrato a Mar para que sea oficialmente mi segunda al mando. Ganaré menos en esta boda por ello, pero merecerá la pena tener a alguien que vigile a los equipos de rodaje cuando yo no pueda hacerlo. De todos mis otros exhermanastros, Jake el empollón dramático es el único que ha intentado mantenerse en contacto. Nuestros padres se separaron hace seis semanas, pero me ha enviado dos correos electrónicos desde entonces para ver si necesito algún ayudante. Empiezo a contratarlo todas las semanas para entrenarlo para la boda de Hazel y Jackie. Sarah, que ya ha trabajado conmigo antes, aunque a regañadientes, casi me rechaza antes de enterarse de que le pago más que la última vez.

Todo va sobre ruedas. Llega el equipo de rodaje para hacer las tomas iniciales. Con algunas dudas, accedo a dejarlos entrar en la recepción para que se hagan una idea del «antes» de nuestro antes y después. Ensayo diez veces con Mar mi primera «entrevista», intentando hacerme una idea de lo que quiero decir sobre Jackie y Hazel. Cuando el equipo de Bea me sienta en la Rosaleda, solo tartamudeo en cuanto me preguntan cómo me encontró la pareja.

—La jefa de Jackie, la senadora, la senadora me encontró. Lo siento, ¿quizá no deberíamos decir que es senadora? ¿Dio a conocer Jackie que trabaja para el gobierno? Lo siento.

Voy dando palos de ciego.

Al final deciden seguir haciéndole esa pregunta a Jackie.

En la pastelería están encantados de organizar una cata de

tartas para fingir que aún no han elegido la suya: una tarta de mantequilla integral con caramelo de *bourbon* y migas de cardamomo, cubierta con crema de merengue suizo de almendras. (Sí, la probé, y sí, me morí). Voy con ellas y recreo toda la experiencia, esperando a que Jackie y Hazel repitan el momento en el que no se pusieron de acuerdo sobre si querían coco o no. Hazel se vuelve hacia mí igual que hace tres meses y me pregunta:

—Ama, ¿tú qué opinas?

Finjo pensármelo y respondo:

—A veces el coco no gusta a los invitados, pero es vuestra tarta.

Terminamos el rodaje y me voy a tomar algo con Mar. Bebemos un poco demasiado, porque todo va bien.

Mejor de lo que podría haber esperado.

Lo primero que pienso es que es raro que mi móvil esté conectado, ya que lo pongo en no molestar desde medianoche hasta las siete de la mañana.

Lo segundo que pienso es que Mar se ha quedado a dormir aquí y no ha llegado al segundo dormitorio. Tengo su pelo en la boca.

Pero lo tercero...

—Hola, soy Ama —intento decir, como si fuera el tipo de persona que obviamente está despierta a las (miro el reloj) 7:02 h.

—Hola.

Lo tercero es que oír la voz de Elliot Bloom a primera hora por la mañana sigue siendo lo que más me gusta en el mundo entero.

Me incorporo de un salto en la cama.

—¿Qué pasa?

Mar refunfuña y se da la vuelta a mi lado.

—¿Te he despertado? —pregunta.

—¿Qué pasa?

—Creía que ibas al gimnasio a las seis y media.

Suspiro.

–Eso era... hace tres años, Elliot. Ya ni siquiera soy socia.

–No habría llamado si hubiera pensado que dormías...

–¿Por qué me llamas? –espeto.

¿He dicho ya que no soy una persona de mañanas?

–Por el huracán del Caribe de la semana pasada –dice. Entrecierro los ojos e intento pellizcarme el brazo para asegurarme de que no es un sueño–. ¿Te has enterado?

–Más o menos.

Aparto las mantas y Mar pregunta con quién estoy hablando. La hago callar. Hay una notable pausa. Luego:

–Es probable que se produzca una escasez de suministro de la mayoría de los anturios.

Por fin todas las piezas encajan. Me paso una mano por la cara.

–¿Cómo de grave es?

–Insalvable.

Mar se incorpora, sujetándose la cabeza.

–¿Tienes huevos? –dice, con la voz gruesa y áspera por el alcohol.

–Quédate aquí –le susurro, y voy a la cocina–. ¿Y eso qué significa? –le pregunto–. ¿Estás diciéndome que costará más dinero?

Vuelve a hacer una pausa antes de responder, tajante:

–¿Cuánto dinero crees que tienes en el presupuesto para deshacer un huracán, Ama?

Gruño.

–Así que nada de anturios. Nada de nada.

–Las únicas disponibles son las rosas y blancas, las del ramo de Jackie. Pero Hazel tendría que ceder.

Me froto la sien. No me gusta esa opción. Los estilos personales de Hazel y Jackie son muy diferentes. Sé que no estaría contenta con sus flores.

Empiezo a abrir armarios para poder hacer café.

–Creo que tenemos que rediseñarlo –le digo.

Mar me grita desde el fondo del pasillo:

–¿Estás haciendo café?

La ignoro y escucho la respiración de Elliot.

—Bien. Llámame para programar una cita cuando estés despierta de verdad.

Cuelga. Entrecierro los ojos mirando el móvil, intentando averiguar por qué es él el que está enfadado. Está claro que me llamó a las siete de la mañana esperando esto.

Mar sale a trompicones con la ropa de ayer.

—¿Por qué... tienes que ser tan ruidosa?

Le tiro una taza de café a la cabeza.

Lo interesante de tener un equipo de filmación invadiendo la boda que organizas es que les encantan las malas noticias. Tanto es así que ahora nos dirigimos a Blooming para que Elliot les dé la mala noticia a Hazel y Jackie en persona.

Ojalá disfrutara torturando a Elliot, porque esto va a ser delicioso. Como uno de mis proveedores, recibió el correo electrónico sobre la filmación y ya firmó sus cláusulas y se las devolvió al equipo de producción. Pero no creo que esperara salir en cámara. Le dije a Bea que la reunión con el florista probablemente no se repetiría y le ofrecí otros proveedores en su lugar. Pero ahora...

Ahora alguien se acerca a Elliot con una brocha para los polvos, afirmando que «tiene brillos».

—Aléjate de mí, joder —le dice Elliot con toda la educación que puede reunir.

Suspiro, balanceándome un poco sobre mis pies. Esta mañana no hay tiempo para dónuts. Ni tiempo para café, ni tiempo para desayunar. En cierto modo, estamos en modo pánico. Las cámaras lo están suavizando un poco, pero un rediseño floral completo a tres meses y medio de la boda no es bueno. Sobre todo, cuando el diseño floral es tan importante como lo era este.

Bea me informa.

—Hazel y Jackie están en el aparcamiento. Mi equipo las está reteniendo hasta que estemos listos. No las has avisado, ¿verdad?

—No —digo—. Espero que sea lo bastante dramático para ti. —Sonrío sin fuerzas y me apoyo la mano en el estómago.

—Estoy segura de que lo será. ¿Qué te pasa?

Levanto la vista y la veo doble. Cuando se solidifican, hago un gesto con la mano.

—Es que no he desayunado.

Le mostré a Mar los huevos y la cocina, pero me apresuré a prepararme y venir aquí.

—Toma. —Saca una barra de su riñonera.

Veo la palabra «chocolate» y le hago un gesto con el pulgar.

Empiezo a preguntarme si el consumo diario de dónuts ha arruinado mi nivel de azúcar en sangre. Quizá he sido hiperglucémica todo este tiempo, pero no lo sabría porque he comido mil gramos de azúcar cada mañana durante los últimos diez años. (No sé cuántos gramos de azúcar hay en realidad en los dónuts, ni me importa).

Me tiemblan los dedos y me apoyo un segundo en el mostrador para estabilizarme. Bea anuncia algo al equipo y yo apenas escucho mientras rasgo el envoltorio con los dientes.

Una mano aparece delante de mis ojos y, de repente, de un fuerte manotazo, la barrita cae al suelo.

—¿Qué haces?

Parpadeo, mi pulso palpitante compensa la bajada de azúcar por un momento. Elliot está de pie frente a mí, furioso.

—¿Desayunar? —Intento.

Se agacha para recoger la barra y me la pone delante de los ojos.

—Barrita de chocolate y mantequilla de cacahuete —dice.

El calor me inunda el cuello y la mandíbula.

—Oh. Es verdad.

No puedo mirarle a los ojos mientras tira la barrita a la papelera.

—¿Qué pasa contigo? ¿No has dormido? —Sus palabras son mordaces, como si fuera un insulto o algo así.

—No he comido. Yo... lo siento.

Me siento avergonzada y mortificada. Ni siquiera estoy segura de si llevo el EpiPen en el bolso o en la bolsa que tengo en el coche.

La voz de Bea está cerca de mí.

—¿Vamos bien? —dice—. ¿Hacemos entrar a las chicas?

—No. —La voz de Elliot es dura—. Dame dos minutos. —Se aleja de mí y se dirige a la puerta principal. Le grita a un miembro del equipo al azar—: ¡Y sentadla en esa silla!

Oigo el timbre de la puerta. Justo antes de que se cierre del todo, creo que Jackie dice:

—¡Elliot! ¿Adónde vas?

Mientras alguien me sienta en una silla y me ofrece una botella de agua, miro más allá de las dalias del escaparate y veo a Elliot cruzando el tráfico en dirección a Rite Aid.

No puedo mirar a nadie a los ojos. Me avergüenza que la resaca pueda estar contribuyendo a todo esto, pero también son las diez de la mañana y soy una mujer adulta que no ha comido nada.

La rapidez con la que Elliot regresa me hace temer que no haya pagado la compra, porque sé lo que piensa de las cajas automáticas. Deja caer un plátano, una caja de barritas para desayunar sin frutos secos y una botella de Gatorade amarillo sobre el mostrador, a mi lado. Y sé lo que estás pensando: está claro que está enfadado conmigo si ha comprado Gatorade amarillo y espera que le dé las gracias. Pero, por desgracia, el Gatorade amarillo es mi favorito. Y odio que me haya salvado de comer mantequilla de cacahuete y se haya acordado de mi Gatorade favorito, todo en un mismo día.

Empiezo con medio plátano, luego sigo con una barrita y me tomo la mitad del Gatorade. Cuando por fin vuelvo a estar consciente (aunque bastante hinchada), le hago un gesto con la cabeza a Bea para que deje de perder el tiempo.

Hay dos cámaras, un tipo con un micrófono de brazo y Bea metida aquí dentro conmigo y con Elliot. Los chicos se colocan en sus puestos y la ayudante de Bea, que está fuera con Hazel y Jackie, les da la señal para que entren.

Me pongo en pie y sonrío, escondiendo mi botín del Rite Aid detrás del mostrador y esperando no estar tan pálida y sudorosa como me siento.

Jackie y Hazel entran y saludan a Elliot, me abrazan y Jackie susurra:

–¿Estás bien? –Asiento con la cabeza.

Sé que a Elliot no le van a sentar bien las cámaras, así que tomo la iniciativa.

–Tenemos malas noticias de las que hablar. –El tipo del micrófono inalámbrico se acerca a mí, colgando la nube peluda sobre mi cabeza–. Elliot me ha informado de que no vamos a poder conseguir los anturios que queremos en la cantidad que nos hace falta.

La cámara de Jackie y Hazel capta perfectamente su reacción ante la noticia. Jackie toma aire en silencio y mira a su prometida. Hazel abre la boca y se inclina hacia un lado. Será un gran momento televisivo.

–Vale –dice Hazel despacio–. Vale, entonces... ¿hacemos menos? O...

Hago un gesto a Elliot y él frunce el ceño. El micrófono con brazo gira hacia él y lo mira fijamente antes de hablar.

–Podríamos seguir adelante con los anturios rosas y blancos. Esas son las que iban a ser en principio las flores de Jackie. ¿Pero los de color burdeos? ¿Los de hojas verdes? Ambos están descartados.

Hazel está en su salsa cuando suelta un suspiro dramático y se masajea la frente. Jackie entrelaza sus dedos y acaricia el costado de Hazel, que mira a su alrededor en busca de un bote salvavidas. Me aclaro la garganta.

–Es perfectamente viable hacer un rediseño basado en los anturios rosas y blancos. Pero no creo que sea ni de lejos lo que tú quieres.

Veo a Bea asentir con la cabeza desde detrás del cámara que me enfoca, y me siento como una auténtica estrella de *reality*.

–Creo que necesitamos un rediseño –continúo–. Creo que debemos volver a centrarnos en lo que ahora sabemos, y tratar de remodelar lo que tenemos en mente sobre el arreglo floral.

Hazel levanta la cabeza, y en ella hay una decepción infantil.

Como si le hubieran quitado las Navidades. Me hace un gesto para que continúe.

–Está claro que ya nos hemos decidido por la pista de baile. Creo que es impresionante, y será una verdadera pieza clave para la recepción. Creo que podemos seguir adelante.

Jackie mueve la cabeza en señal de acuerdo y Hazel se muerde el labio y asiente.

La verdad es que me siento un poco perdida. Aún no le había dicho que no a Hazel Renee. Y aunque hasta ahora he hecho todo lo posible por tratarla como a cualquier otro cliente, parece que esto se está convirtiendo en algo demasiado personal para mí en muy poco tiempo. Su decepción y desdén por esta reunión se está notando, y yo estoy en el punto de mira para mejorar la situación.

–Elliot, ¿podemos pasar a la sala de exposición y empezar a hablar de algunas ideas?

Él abre el camino y uno de los cámaras le sigue a toda prisa. Hay cables y equipos por todas partes, así que tardamos un rato en instalarnos en la trastienda. Tenemos que volver a entrar y fingir que todo se ha hecho en una sola toma.

Antes incluso de que estemos listos para volver a rodar, Elliot ya está tirando jarrones y moviéndose por la habitación. Bea envía enseguida a un cámara para que le siga, cosa que, a todas luces, él detesta.

Bea nos da el visto bueno para continuar, y yo tomo la iniciativa.

–Entonces, lo que queríamos cuando nos pusimos de acuerdo sobre el diseño floral anterior era satisfacer a las dos como era debido. Jackie es clásica y elegante. Hazel es lujo moderno con mucho carácter. Nos decidimos por una flor rara en diferentes tonos para uniros a las dos, pero ahora tenemos que valorar otras opciones y debemos abrir nuestras mentes.

Jackie está pendiente de cada una de mis palabras, y Hazel está (sinceramente) actuando como una mocosa. Estoy rezando para que esto sea en beneficio de las cámaras.

Elliot ya tiene algunas variedades de tallos con los que jugar, y tal y como debería haber supuesto, un cámara se fija solo en él. Es fascinante, guapo y está haciendo algo de forma activa.

Levanta la vista y tira de la hierba de la pampa como si fueran plumas.

—Voy a hacer borrón y cuenta nueva, tanto desde el punto de vista mental como creativo —dice—. Es una boda de otoño. Las bodas de otoño son de colores suaves y apagados. En términos de diseño clásico —hace un gesto hacia Jackie— hay rosa palo y hierba de la pampa.

Combina una flor rosa palo con la hierba de la pampa, creando un precioso ramo que refleja el estilo de Jackie. Incluso puedo ver en sus ojos que sería muy feliz con esas flores.

—Lo que también me viene a la cabeza para el otoño son los borgoñas. El vino. Colores cálidos y acogedores —dice.

Combina la hierba de la pampa con dalias rojo oscuro. Añade una hoja de limonero y lo ata con una cuerda deshilachada en lugar de con una cinta.

Está cerca de Hazel, pero no del todo. Lo sabe. Estoy abriendo la boca para aliviar la tensión cuando Hazel levanta las manos.

—Lo siento. ¿Podemos dejar de rodar? —Mira a Bea con una expresión firme. Uno de los operadores inclina su cámara hacia el suelo—. No tenía ni idea de que venía aquí para una emboscada, así que estoy un poco conmocionada.

Frunzo el ceño. ¿Una emboscada?

Bea da un paso adelante.

—Por supuesto. Ya sabes que cuando trabajas en un *reality* muchas cosas no se escenifican. Son emociones reales que salen a la luz. Me encantaría continuar mientras estamos en bruto, pero lo entiendo si no es posible.

—Hazel. Jackie —digo—. No tenemos que tomar ninguna decisión hoy o delante de las cámaras. Podemos hacer una recreación como hicimos en la panadería. —Veo que Bea quiere convencernos de que lo hagamos en directo, pero la interrumpo–. Elliot, mientras las cámaras están apagadas, ¿tienes algo que añadir?

Se rasca la barbilla.

–Lo que está pasando no es habitual. Es raro que tenga este tipo de problema con el abastecimiento, pero es una escasez internacional. Lo que sí puedo prometeros es que esta boda será preciosa. Ya hay un diseño estupendo, y ahora solo queda complementarlo.

Muestro mi acuerdo. Hazel está respirando hondo modo zen. Dudosa, Jackie dice:

–Estaría más que encantada con algo así. –Junta los ramos de muestra de ambas, mostrando lo bien que quedan.

–Pero yo no –dice Hazel sin rodeos.

Veo que Jackie se queda boquiabierta y que Bea arde en deseos de filmarlo.

–Hay un arreglo que llevo tiempo queriendo probar –dice Elliot despacio–, pero no he encontrado el momento adecuado para jugar con él.

Desbloquea el móvil y veo que sus pulgares se dirigen a Instagram.

–No tengo ninguno de los materiales aquí en la tienda –continúa–, porque son raros.

Sus ojos me miran y lo entiendo. La está seduciendo. Raros. La mejor razón. Es un término de moda al que Hazel se aferrará.

Le da a Hazel su móvil y veo cómo la tensión desaparece de sus cejas al deslizar con el dedo.

–La protea reina es la pieza central. Son elegantes, pero impactantes. Y lo mejor de todo es que no habrá problemas de suministro. Incluso podríamos llenar la pista de baile con ellas con el presupuesto que nos ahorraremos al no importar los anturios.

Hazel le enseña las fotos a Jackie y veo que Jackie lo intenta. No es exactamente su estilo. Miro las imágenes de las flores en forma de copa de veinte centímetros que parecen más arbustos que flores, y sé que a Jackie le gustan las hojas puntiagudas y los dientes del centro de la flor.

—¿Podrías volver a hacer ramos distintos para ellas? —le pregunto a Elliot.

Asiente con la cabeza y agarra el móvil, mostrando un arreglo que hace suspirar de alivio a Jackie. Es un ramo de rosas rosa palo agrupadas alrededor de una protea reina blanca con hojas de eucalipto esparcidas por todas partes.

—Me gusta, cariño —le susurra a Hazel.

Hazel me mira, luego mira a Bea y a las cámaras.

—De acuerdo. Ya podemos rodar. ¿Podemos repetirlo, Elliot? —dice, como una auténtica estrella.

# 18

## Elliot

### Hace tres años, tres meses, una semana y cuatro días

En las últimas dos semanas solo he hablado con Ama de negocios. En la boda del sábado pasado en el Willow Ballroom, los dos estábamos hasta arriba de trabajo. El diseño de ella era el más elegante que he visto nunca, y mereció la pena. Pero eso significó que no había tiempo para ninguna conversación fuera de «Está genial. Mueve eso cinco centímetros».

Ahora, en la boda de los Ng, solo me han contratado para centros de mesa, así que ni siquiera la veo hasta que aparece en el lugar de la recepción con su auricular en la oreja y un rostro que arde en concentración.

Todavía no sé cómo me siento con todo esto. ¿Se me ha escapado? ¿Fue algo puntual? Si es así, no voy a ser yo quien se acerque a ella, aunque sí quiero volver a verla. Quiero tener una cita con ella y charlar de algo que no sean flores y bodas. Todas las mañanas desde la boda de los Gordon me despierto empalmado, deseando volver a estar con ella.

Pero no sé cómo hacer que suceda de otra manera que no sea... merodeando por aquí. He invitado a salir solo a cuatro mujeres en mi vida y, según las estadísticas, no se me da muy bien.

Así que monto las mesas, agarro mi carretilla y vuelvo al aparcamiento. Mientras arranco la furgoneta, un nudillo golpea la ventanilla del conductor. La cara radiante de Ama está al otro lado del cristal. Bajo la ventanilla.

–Hola.

–Hola –dice con dulzura–. ¿Ya te vas?

–Tengo que volver a la tienda.

Murmura y se sube al escalón para poder asomar los brazos por la ventana.

–¿Qué tal la semana?

Me doy cuenta de que probablemente no soy lo bastante frío para lo que sea esto. Sea lo que sea lo que ella cree que está haciendo, ya sean encuentros cada dos semanas o citas esporádicas, creo que está fuera de mis capacidades. Pero aun así le respondo con la garganta seca:

–Bien. ¿Y la tuya?

–Ocupada. Quiero que esta boda se acabe de una vez. Establecieron un presupuesto bajo y después me pidieron una y otra vez que lo sobrepasara. –Suelta un suspiro y se pasa una mano por el pelo. La miro con atención–. ¿A qué hora cierras la tienda?

–A las seis. Volveré a las diez a por los jarrones.

Asiente.

–¿Quieres volver un poco antes? –Alarga la mano para arreglarme el cuello, pero luego se limita a juguetear con el botón más alto–. Puedes ayudarme a poner bengalas –dice con voz sedosa, como si bengalas significara algo totalmente distinto.

–¿De verdad se trata de poner bengalas? Porque ya sabes lo que pienso sobre la falta que te hace un ayudante...

–Lo que quiero decir es que vuelvas y te follaré en tu furgoneta.

Me quedo mudo y muevo la cabeza como si estuviera sopesando las opciones.

–Estaba pensando que quizá podría follarte yo en mi furgoneta.

Aprieta los labios para contener una sonrisa.

–Lo pensaré.

Me arrastra por el cuello y me besa. Antes de que pueda enredar mis dedos en su pelo, se aparta, me guiña un ojo y desaparece.

Vuelvo al aparcamiento a las 6:02 h. Antes de plantearme entrar a buscarla, veo una figura salir del banquete. Se escucha *Y.M.C.A.*

Cuando la música cambia a *We Are Family*, entra de un salto por la puerta del acompañante y se baja la ropa interior por los muslos. Le digo que se ponga de rodillas en el asiento.

Cuando me compré esta furgoneta en el instituto, siempre tuve la esperanza de tener sexo en ella. Tal vez después de un partido de fútbol, donde sin duda yo era el *quarterback* estrella a pesar de no haber tenido nunca talento innato para el deporte.

Es un poco más complicado de lo que imaginaba, pero aun así consigo hacerlo con una rodilla en el asiento. Tiene las manos apoyadas una en la ventanilla y otra en el reposacabezas. La furgoneta está cargada de humedad y huele a ella, y miro fijamente sus caderas mientras las vuelvo a pegar contra mí. La rodilla se me resbala y las manos me sudan en su piel.

–¿Volverás...? –jadea, con la cara contra el asiento–. ¿Volverás a llamarme Amaryllis?

Gimo, a punto de perder el control, pero consigo susurrar su nombre una vez antes de correrme.

Se arregla como antes. Se sube las bragas y me besa en los labios. Bajo las ventanillas y me recompongo mientras ella vuelve a la recepción.

Dos semanas más tarde, está estropeando mi diseño floral en la boda de los Singh, recolocando las flores y tirando los crisantemos a la basura. Cuando le grito en un armario de la limpieza, me responde con gritos hasta que su boca acaba sobre la mía. Ese día se pone de rodillas y me olvido de los crisantemos. De hecho, sus ideas eran mejores. Siempre lo son.

En la siguiente reunión de proveedores que tenemos en mi tienda, se comporta con normalidad. Me pone de los nervios. Es todo negocio, y lo único en lo que puedo pensar es en lo mucho que quiero poner mi boca sobre ella hasta que grite. Se va con los clientes, y no la veo durante otra semana.

Creo que la estoy superando. Como si fuese a estar bien si solo trabajamos juntos de ahora en adelante. Y entonces, la próxima vez que la veo es en una reunión para una pareja que se va a casar en casa de sus padres. Está a mi lado en el patio trasero, enseñándome dónde irá el arco nupcial, y suelto:

188

–¿Quieres cenar conmigo esta semana?

Hace aletear sus pestañas de una forma tan bonita que apenas la oigo hablar en voz baja.

–Sí. Eso suena genial.

Le miro la cara, con las mejillas sonrosadas y el labio inferior entre los dientes.

–Entonces, ¿cuál es la disposición de las sillas? –le pregunto.

Sonríe y continúa explicándome el diseño.

Ese jueves, la llevo a un pequeño restaurante italiano a unas manzanas de la tienda. Come más que ninguna otra chica con la que haya salido, y cuando eructa en la mesa, acabo riéndome tanto que el camarero tiene que comprobar si estamos bien.

Cuando se entera de que fui a una universidad fuera del estado durante tres años, me hace contárselo todo.

–¿Qué estudiabas?

–Arquitectura –digo; la palabra resulta casi amarga en mi boca.

Se le iluminan los ojos.

–Eso explica muchas cosas. –Cuando frunzo el ceño, dice–: Las cosas que construyes. Los arcos nupciales, los aros, los candelabros…

–No creo que mis estudios de arquitectura sirvan para hacer arreglos con paniculata y peonías –murmuro, dándole vueltas a mi carbonara.

–¿De verdad? –Inclina la cabeza hacia mí–. Yo lo veo. ¿Te licenciaste?

–No, lo habría hecho, pero lo dejé en mi último año y... nunca volví. –Aparto la mirada de ella.

–¿Querías hacerlo? ¿Volver? –pregunta, como si me leyera la mente–. O sea, no sé nada del plan de estudios, pero ¿sería fácil volver si tuvieras tiempo?

Me encojo de hombros, tratando de ignorar que acaba de dar en el clavo.

–En realidad, da igual, porque no tengo tiempo. Tengo la tienda y... –Me detengo, mordiéndome la mejilla.

–¿Lo dejaste cuando tu padre enfermó? –pregunta en voz baja.

Asiento con la cabeza.

–¿Qué pasó?

–Cáncer de pulmón. No había fumado en su vida. –Esbozo una sonrisa triste–. De todos modos, la tienda lo era todo para él, nunca la abandonaría. Ningún hermano se la quedaría, nadie más. Él quería que me licenciara, pero siempre me dijo que algún día me quedaría con Blooming. Ese día llegó antes de lo esperado. Mamá me llamó y me dijo que tenía un tumor en los pulmones y que nunca me lo diría él mismo. Así que vine a casa. –La miro a los ojos–. Pero me gusta la tienda. Me llevó un tiempo, pero las flores son... Bueno, las flores son mejores que las personas. –Cito a papá y me río.

Sus ojos brillan.

–Eso me lo dijo tu padre.

El corazón me da un vuelco. Las costillas me oprimen.

–Una vez fue muy amable conmigo –dice con los ojos un poco empañados. Trago saliva y miro hacia otro lado, y ella añade–: Quiero decir, siempre fue muy amable. Como muy especial. –Resopla riéndose y levanta su copa de vino–. Nada que ver contigo.

Asiento con la cabeza y ella continúa.

–Pero una vez tuve una boda muy dura con Whitney, y él... Me hizo sonreír. –Ahora ella lo hace–. No sé si esto es raro, pero me dio un pañuelo. Todavía lo tengo. ¿Quieres que te lo devuelva? Creo que tiene sus iniciales.

Recuerdo el crujido de su puño contra la nariz. La forma patética en que se llevó la mano al pecho después. Su risa resonando como si fuera música.

Niego con la cabeza.

–Tenía cientos de esos. No pasa nada. Me gusta que tengas uno.

Se sienta de nuevo en su silla y cruza las piernas bajo la mesa.

–Creo que podrías volver, si quisieras. Tienen un montón de opciones *online* para estudiar. Depende de ti, pero... tú mismo lo has dicho: tu padre quería que acabaras la carrera. ¿Y quién sabe? Tal vez te daría cierta ventaja cuando, inevitablemente, abras una sala de exposición. –Me guiña un ojo.

–Tal vez. –Odio admitirlo, pero me gusta la forma en que puede describir mi futuro con tanta facilidad–. ¿Tú no fuiste a la universidad?

–Empecé con Whitney unas semanas después de terminar el instituto. Supongo que podría haber estudiado organización de eventos, pero habría tenido que salir de la ciudad para ello. Y yo ya estaba trabajando bajo las órdenes de la maestra.

Tiene un brillo en los ojos cuando habla de Whitney, e intento no fruncir el ceño.

–Siempre me pregunté cuál era tu puesto con ella –le digo.

–Hacía varias cosas distintas. Pero en la época en que trabajabas con tu padre, era directora de diseño.

–¿Y por qué te fuiste?

–Quieres decir ¿por qué Whitney me «dejó» ir? –Hace eco de las palabras que dije a principios de año y busca su copa arqueando las cejas. Pongo los ojos en blanco–. Trabajaba en bodas con presupuestos de cientos de miles de dólares, pero sabía que quería trabajar con presupuestos más bajos. Los presupuestos más bajos casi abren más oportunidades, ¿tiene sentido?

–Sí, lo tiene –respondo con honestidad.

–Whitney estaba empezando a rechazar a todo el que no tuviese cincuenta de los grandes o más, sin importar lo que pudieran pagarle, así que pensé: «Yo podría quedarme con eso. Podría hacer algo muy especial con ese presupuesto».

–¿Así que no tenía nada que ver con tu sueldo? ¿O con cómo te trataba?

Parpadea y un silencio de estupor recorre la mesa. Enseguida me arrepiento de haber dicho eso.

–¿Cómo...? ¿Cómo me trataba? ¿A qué te refieres?

–Lo siento, no debería haber... –Me callo, pero ella sigue esperando–. Para todos los proveedores estaba claro quién era el verdadero cerebro detrás de la operación de Whitney Harrison Weddings. Mi padre hablaba de ello todo el tiempo, de lo mucho que el estilo de Whitney estaba creciendo, el cambio que se había producido desde que contrató a gente nueva. Mark, de Roscow Rentals, solía comentármelo; Minnie de Freeport Bakery se dio cuenta.

Veo que el pecho se le hincha cada vez más deprisa, pero tiene los labios apretados.

—Ama, a lo que me refiero es a que un mes después de que te fueras, Whitney me pidió que replicara el pedido de la boda de los Teele. Hasta los capullos. Tu diseño, copiado y pegado en otra boda.

Se aclara la garganta.

—No lo sabía. —Toma un sorbo de vino y aparta la mirada—. Bueno, para ser justos, todo lo que diseñé mientras estaba allí pertenecía a Whitney. Estaba en mi contrato. Así que estaba en su derecho.

Aprieto la mandíbula para no decir nada al respecto. Noto cómo me rechinan las muelas.

—¿Cuánto te subieron el sueldo cuando te ascendieron a directora de diseño?

—No recuerdo...

—Ahora que no te tiene a ti, tiene que contratar a sus diseñadores. Tamara Birch, ¿la que ahora trabaja mucho con ella? Whitney añade su coste al presupuesto total. Tamara cobra cien por hora por su diseño de bodas.

Me mira fijamente, haciendo cálculos. Veo que está a punto de darse cuenta de la mierda que le han dado durante años.

—Pero a mí me pagaban un sueldo —dice—. Aunque Tamara Birch trabajara cinco horas cada semana del año, yo habría cobrado más que ella. Y yo tenía estabilidad durante toda la temporada baja, así que... —De repente, se incorpora y le hace señas al camarero para que traiga la cuenta—. Dejemos el tema, ¿vale? Creo que tienes... argumentos interesantes, pero sinceramente, me gustaría estar de buen humor para follarte esta noche.

¿Y quién podría discutir contra eso? Me bebo el vino y, cuando llega la cuenta, ya le estoy dando mi tarjeta de crédito al camarero antes de que pueda fingir que la busca. Me sonríe.

–¿Cómo sabías todo eso de Tamara Birch? –dice con una sonrisa pícara.

Suspiro, poniendo los ojos en blanco.

–Fueron dos citas.

Se ríe.

–¿Te van las diseñadoras de bodas?

Firmo el recibo y murmuro:

–Quizá a ellas les vaya yo.

Ella no lo niega.

Caminamos de vuelta a nuestros coches, aparcados en la tienda, y ella me empuja contra su Camry para besarme. Me abre la puerta del acompañante y corre hacia el lado del conductor. Enciende el aire acondicionado, y luego se monta encima de mí, estoy aprendiendo qué es lo que más le gusta hacer.

–Te invitaría a casa –murmura contra mi cuello mientras mete la mano en mis vaqueros–, pero mi madre está instalada conmigo esta semana.

–Ah. –Sus dedos me envuelven, y me encuentro hablando todavía de su madre–. ¿Va todo bien?

–Sí, se está divorciando.

Me recorre la mandíbula con los dientes y la polla me salta en su mano.

–¿Ella...? ¿La boda para la que hice el candelabro suspendido hace nada? Lo siento.

Ama está rozándome el muslo, así que supongo que la conversación no la perturba.

–No importa. Son cosas que pasan.

Deslizo las manos bajo su vestido y presiono en su centro. Gime cuando le meto los dedos.

Por encima de su hombro, veo el salpicadero.

–¿Qué...? ¿Qué le pasa a tu coche? –pregunto, sin aliento.

Parece saber exactamente de qué estoy hablando cuando dice:

–Tengo que llevarlo al taller.

Me acaricia la punta de la polla con el pulgar, pero no puedo ni disfrutarlo porque hay siete luces encendidas.

–¿Estás segura de que puedes conducirlo?

–Llevo haciéndolo como dos meses.

–¡Dos meses! –La aparto de mi cuello–. Ama, no puedes conducir un coche en estas condiciones.

–¡Está bien! Hay que sacarle un clavo a un neumático y cambiarle el aceite. Seguro que está bien.

Veo las señales del airbag, las luces de mantenimiento y algo que nunca he visto parpadear en ningún coche que haya tenido.

–Ama.

–Relájate y sigue llamándome Emma.

Me cubre la boca con la suya y hace cosas perversas con la lengua, pero la empujo hacia atrás incluso cuando empieza a apretarme otra vez el pene.

–No puedo. Podríamos morir en este coche, solo por estar aquí sentados.

Hago que baje de un empujón.

–No, espera...

–Abre el capó. Echaré un vistazo.

–Elliot Bloom, si te quedas quieto y te olvidas de esto, prometo chuparte el alma a través de la polla.

Su mirada es feroz, y la respiración se le acelera.

–Yo... Ama, no puedo. No puedo.

La aparto a un lado y abro la puerta. Me vuelvo a poner los pantalones y le hago un gesto para que abra el capó. Pasamos veinte minutos mirándonos a través del parabrisas antes de decirle que voy a llamar a una grúa y la llevo a casa.

No hace falta decir que esa noche no me chupa el alma a través de la polla.

# 19

# Ama

## Julio

El equipo de rodaje complica las cosas diez veces más. Me parece una estupidez darme cuenta ahora, pero es verdad.

Como Hazel y Jackie han contratado a una diseñadora de vestidos de novia de fuera de la ciudad, el equipo de grabación va a perder la oportunidad de hacer un montaje probándose vestidos en una tienda de novias. Así que Bea preguntó si podemos hacer un montaje, porque al parecer es algo muy importante en el episodio.

Le doy a Bea los nombres de las mejores tiendas de Sacramento y las llamamos juntas para organizarlo todo. Tengo que concertar una cita de última hora para probar vestidos que ni siquiera se van a comprar, y Bea tiene que autorizar al equipo de rodaje a pasar por ellas. Una tienda llamada Spring Maiden, en Carmichael, acepta participar en el rodaje, siempre y cuando se mencione el nombre de su tienda y se la muestre de forma favorable.

Dejo que Bea se ocupe de Jackie y Hazel, dándoles un guion que deben seguir a grandes rasgos, y yo intento fingir que es una reunión de proveedores normal.

Spring Maiden es una tienda preciosa en la que he estado pocas veces, pero por suerte la dueña aún me recuerda de cuando trabajaba con Whitney. Llego pronto para asegurarme de que tenemos la privacidad que pedimos y para conocer a los asistentes que nos ayudan hoy. La dueña me saluda y me aparta a un lado.

—Hemos podido cerrar la tienda al público para que el equipo de rodaje no moleste a nadie. Pero ya había una cita concertada cuando llamaste, así que están al otro lado de la tienda. Ya les he avisado.

—Genial —digo—. Eso no debería ser un problema.

Las cámaras captan a Hazel y Jackie entrando y a la dueña saludándolas. Nuestra dependienta de esta mañana nos lleva a nuestra habitación privada con espejos y una plataforma. Jackie y Hazel comentan con la dependienta lo que buscan en un vestido. Bea ha decidido que la decisión de Hazel de llevar traje debe ser un «viaje» que realiza durante la escena, así que Hazel se prueba vestidos que «no le van».

Bea me hace señas para que me acerque a la puerta y la sigo.

—¿Podemos hacerte una entrevista sobre la compra de vestidos? —pregunta.

—Por supuesto.

—Deja que les dé un respiro a Hazel y Jackie, y luego haré que un cámara te coloque en este rinconcito tan mono. —Señala una pared mate con el nombre de la tienda pintado a mano.

Estoy esperando a que el equipo se prepare y consultando mis correos electrónicos cuando oigo:

—Ama, me preguntaba si eras tú.

Levanto la vista y Whitney Harrison está saliendo de la sala privada al otro lado de la entrada.

—¡Whitney, hola! —Salto para darle un abrazo antes de recordar que aún desconfío de ella. Me abraza con fuerza y vuelvo a preguntarme si lo de los proveedores ha sido una confusión enorme—. Debería haber adivinado que eras de la otra fiesta.

—Espero que no te importe que no nos hayan podido cambiar la cita —dice Whitney, apartándose un mechón de pelo de la cara—. Mi novia tiene esta cita desde hace más de un mes.

—Ah, no, para nada. —Hago un gesto con la mano para restarle importancia—. No me importa la privacidad. Creo que es solo para que el equipo de filmación tenga menos gente rondando.

—Es verdad —dice—. ¿Cómo va el rodaje? ¿Interfiere mucho?

—Hasta ahora no. —Me río—. Es solo un poco de puesta en escena con los proveedores. En realidad, las chicas ya tienen sus trajes –digo en voz baja–, pero el equipo de producción quería una escena comprando vestidos de novia.

–¡Ah, bien! –dice, apoyando una mano en mi codo–. Para ser sincera, Ama, me preocupó mucho oír que la boda de Hazel Renee todavía no tenía vestidos de novia. Faltan tres meses.

Whitney se ríe, como si estuviéramos compartiendo una broma. Le devuelvo la sonrisa.

–No, todo va según lo previsto –respondo, cortante.

En ese momento, Hazel entra en el vestíbulo, como si necesitara un descanso. Esboza una sonrisa y se acerca a nosotras cuando le digo:

–¿Todo bien?

–Sí. Solo estresada. –Se fija en Whitney y le tiende la mano–. Hola, soy Hazel.

–Hazel Renee, claro. Tu boda va a ser lo único de lo que se hable. –Whitney agarra su mano con firmeza.

–Esta es Whitney Harrison –le digo–. Es una *wedding planner* fabulosa.

–¡Ah! He oído hablar mucho de ti gracias a Ama. Y por mi prometida, cuando buscábamos planificadores. –Si recuerda los reparos de Jackie sobre Whitney, no lo demuestra.

–Está claro que has contratado a la persona adecuada –dice Whitney, apoyando una mano en mi hombro–. Ama trabajó para mí durante años, así que puedo decir con confianza que es extraordinaria.

–¡Oh, lo sabemos! –Hazel se ríe–. Estamos muy contentas con ella. –Me sonríe complacida y la sombra de un guiño se dibuja en su rostro.

–Es única, sin duda –dice Whitney. Intento distinguir cualquier tono sarcástico o de mala voluntad en sus palabras, pero no encuentro nada–. ¿Dónde es la recepción? Sé que la ceremonia es en la Rosaleda.

–Hemos encontrado un sitio en Midtown –le digo, con cuidado.

Es algo enorme, lo que estoy haciendo con el antiguo estudio de *ballet*. Ya tengo contratistas que me dicen que es imposible, hasta que les enseño el presupuesto.

—Ama va a hacer magia de la nada —dice Hazel, dándome un golpecito en el brazo.

—Eso es muy ambicioso —dice Whitney.

Oigo algo de esa vieja actitud de «hablaremos de esto más tarde» que recuerdo de mis años en WHW.

Hazel continúa, y tengo la sensación de que me está presumiendo.

—Estoy muy impresionada con ella. Voy a intentar convencer a mis amigas que se han prometido de que la tengan en cuenta para sus bodas. —Se vuelve hacia mí de forma casual—. Las conocerás en la despedida de soltera.

Durante... durante unos segundos no siento nada. Me arden tanto las mejillas que creo que se me ha derretido la cara. Paso de la sonrisa de Hazel a la de Whitney a cámara lenta.

—La despedida de soltera —repite Whitney y me mira de reojo—. Bueno, es bonito que Ama pueda sacar algo de tiempo para eso. Entablar amistad con los clientes siempre fue su fuerte.

Me miro los zapatos. Qué puto desastre. Aún no he aceptado ir a la despedida de soltera, pero Hazel ha sido insistente. No sabe en el campo de minas que se ha metido.

Bea nos interrumpe.

—Hazel, ¿podemos seguir? Y, Ama, haré que Nick salga enseguida para tu entrevista.

Hazel sigue a Bea dentro, y yo me siento con la mirada perdida.

—Bueno, algunas cosas nunca cambian —susurra Whitney.

—No voy a ir a la despedida de soltera —digo apurada—. Me invitaron, pero sé que no es profesional...

—Pero te han invitado, Ama. —Me mira y levanta una ceja perfecta—. Te has excedido lo suficiente como para que eso sea normal.

Tengo un nudo en la garganta.

—Lo siento.

Se ríe, un tintineo que reservaría para aquellos novios que se creen cómicos.

–Ama, ya no trabajas para mí. Puedes llevar tu propio negocio como quieras. –Me da un apretón en el brazo y siento cómo una uña con la manicura hecha me roza la piel–. Solo espero que no te quemes.

Asiento con la cabeza, sin poder abrir la boca. Me escuecen los ojos y quiero salir corriendo al aparcamiento y gritar.

–Llámame si necesitas algo –dice, caminando hacia atrás–. Es un proyecto muy grande.

Desaparece en su habitación privada. Cuando Nick sale con la cámara y prepara la iluminación, estoy en blanco. No recuerdo mis respuestas a sus preguntas.

Cuando les digo a Hazel y a Jackie que no puedo ir al fin de semana de la despedida de soltera veo su decepción, pero me mantengo firme.

# 20

## Elliot

### Hace tres años, dos meses y cinco días

Después de nuestra cita, no me habló durante una semana. Y, por desgracia, cuando me vio el fin de semana para la boda de los Wilmot, se comportó como una mujer de negocios.

Ayer publiqué una foto del comienzo de una pared de rosas. Solo tiene un metro veinte por dos metros cuarenta, y la verdad es que no hay espacio para letras, pero al menos he añadido una «B» de Blooming. Todavía no le ha dado un «me gusta» a la foto.

Es como si estuviéramos jugando a un juego, y no tengo ni idea de quién va ganando, pero es imposible que gane yo. Ya estamos en agosto. Se acerca el final de la temporada de bodas, y cada vez la veré menos hasta que vuelva a arrancar. Eso si decide seguir contratándome.

Hemos quedado el viernes para una reunión de localización y mi plan es pedirle una segunda cita. Si dice que no, al menos sabré a qué atenerme.

Estoy en la trastienda intentando limpiar la mesa de trabajo del desastre de rosas que he montado. Suena el teléfono y odio tener la esperanza de que sea ella.

–Hola.

–Elliot. Whitney Harrison. ¿Cómo estás?

Su voz dulzona me perfora los oídos, y golpeo el botón de volumen del teléfono para intentar suavizarla.

–Bien. Hola, Whitney.

–Escucha, uno de mis asistentes de redes sociales acaba de enseñarme tu pared de rosas. ¡Dios mío, es preciosa!

¡Ni siquiera sabía que trabajabas con instalaciones personalizadas!

—Sí, gracias. Es algo bastante nuevo, de momento lo estoy probando.

—Pues es maravilloso —dice, y la oigo teclear—. Estoy buscando una pieza como esa. Iba a hablar con Briar Rose Designs, pero me encantaría trabajar contigo. Tú sabes lo bien que tu padre y yo nos llevábamos.

Lo dice como si hubieran estado juntos desde que usaban pañales, cuando en realidad mi padre la toleraba, en el mejor de los casos. Era el mejor negocio de bodas de la ciudad, así que no había más remedio que trabajar con ella. Papá le hizo un descuento para tentarla a seguir viniendo.

—Claro —le digo—. ¿Quieres venir y echar un vistazo? Ahora mismo solo tengo hecha esa pieza.

—Sí, ¿quedamos para la semana que viene? Te enviaré un correo electrónico, y si puedes, hazme un presupuesto para una pared de tres metros de ancho. Y detalla los añadidos, ¿quieres? Por letra, por colores de rosa..., las cosas buenas.

Me muerdo la lengua para no decirle que tengo un trozo de casi un metro y medio de ancho que tiene una «B» y ya está. Supongo que, si quiere una, ya me las apañaré.

—Claro. —El tintineo de sus uñas de fondo me hace pensar en cómo solían clavarse en el brazo de Ama, y digo—: Y solo para que lo sepas, este negocio de instalación está considerado independiente de Blooming. Se facturará por separado y no se aplicarán los descuentos normales.

Deja de teclear y sonrío.

—Claro. Es comprensible, Elliot. ¡Te escribiré por correo electrónico!

Cuelga antes de que podamos despedirnos.

Puede que haya echado a perder el negocio, pero al menos no tengo que hacerle a Whitney esa mierda de descuento en las cosas que hago a mano.

La puerta se abre y, al saludar con un gruñido, veo a Ama en mi felpudo de bienvenida. Me aclaro la garganta y me inclino sobre el mostrador.

–¿Estás aquí por lo de la pared de rosas? –pregunto.

Abre la boca y hace una pausa.

–¿Has publicado una pared de rosas?

Sin mucha ceremonia, deja el bolso cerca de la caja registradora y se va directa a la trastienda. Aprieto la mandíbula por la intrusión, pero entonces la oigo jadear.

–Vaya. ¡Esto es increíble!

La sigo y me apoyo en la puerta.

–Quería probar.

–¿Vas a hacer el resto de Blooming? ¿Las otras letras?

Me encojo de hombros.

–Podría, pero siendo sincero, esto me costó mucho, tiempo y dinero.

Apenas parece oírme, se limita a pasar los dedos por los pétalos.

Siento un zarpazo en el pecho y me siento como un niño pequeño a punto de empezar a gritar por cualquier cosa.

–¿Qué te trae por aquí? –Tengo la voz ronca y ella se gira al oírla.

–Eh... –Presiona la cadera contra mi mesa de trabajo–. ¿Estás viendo a otras personas?

La pregunta me descoloca.

–¿Que si estoy viendo a otras personas?

–Sí.

–«Otras personas» implica que estoy viendo a alguien que ya existe. Y hace dos semanas que no te veo –murmuro. Sé que sueno inmaduro, pero no puedo evitarlo.

Mueve los labios.

–Bueno, ahora estoy aquí. Viéndote. Dejándome ver.

Da un paso adelante y, antes de que pueda acordarme de la bronca que quería tener, me pasa los brazos por los hombros y me abraza hasta ponerse de puntillas. Sus labios son cálidos y carnosos, y aprieta su pecho contra mí. Deslizo las manos hacia sus caderas y, aunque sé que deberíamos hablar, por un momento, me pierdo en su boca, en su cuerpo.

—Así que —susurra contra mis labios— ¿estás viendo a otras personas?

Parpadeo y bajo la mirada hacia ella.

—¿Que si estoy viendo a otras personas?

—Eso es lo que has dicho antes.

—Porque sigo sin creerme que sea una pregunta.

Ella traga saliva y me mira el cuello.

—¿Porque... es una estupidez preguntarlo cuando no somos exclusivos? ¿O...? —Aletea las pestañas cuando me mira.

Siento que hay muchas cosas que dependen de mi respuesta. Como si de repente lo que tenga que decir sobre esta relación extraña que tenemos fuera a afectar al futuro de la misma. Me muerdo el interior de la mejilla mientras busco las palabras adecuadas.

—Ni siquiera sé qué es esto —digo, sincero—. Nos vemos quizá una vez a la semana, y follamos, te he llevado a cenar, pero yo... —Trago saliva—. Siento que estoy esperando a que me expliques las reglas. Seguiré jugando, aunque nunca lo hagas, pero... no, no me acuesto con otras personas cuando estoy... haciendo lo que sea esto.

La intensidad poco clara de su mirada hace que me estremezca. Siento que tengo que seguir hablando ante su silencio, pero sé que es su turno.

—Conque las «reglas», ¿eh? —Me sonríe con pesar en el hombro. Al final respira hondo y me mira—. Mi madre se casa mucho. Y cuando digo mucho, es mucho. La boda que hiciste en abril fue la decimocuarta.

Siento que los ojos no deberían salírseme de las órbitas, así que me obligo a no hacerlo.

—Vale.

—Desde que nací, nunca ha estado sin un hombre en su vida —continúa—. Y siempre acaba en el altar. Catorce prometidos, catorce bodas. En una ocasión le pregunté si alguna vez le dio miedo decir «Sí, quiero», como se ve en las películas, pero me dijo que nunca. Me dijo: «El amor es como el viento. Va y viene. Las bodas no son más que una fiesta».

Sonríe ante el recuerdo. Todavía estoy un poco aturdido, pero la escucho.

—Sabes, las catorce bodas no son lo importante. Supongo que me refiero a los divorcios. Ya van catorce veces que se separa de alguien que significaba mucho para ella. Alguien a quien quería. Y de verdad creo que amaba a algunos de ellos —dice—. No es que mi madre estuviera bien después de cada divorcio, lista para el siguiente. Sufría mucho. Había días en los que pensaba que no comería ni se levantaría de la cama. Siempre me dijo que el matrimonio merecía la pena, pero yo no creo que sea así.

Se recupera, como saliendo de una especie de trance de recuerdos, y me mira.

—Supongo que lo que quiero decir es que no le veo sentido a los compromisos que se acaban. Yo no salgo con nadie —dice—. Al menos no a largo plazo. Hago... lo que estamos haciendo ahora. Un poco por aquí, un poco por allá. Pero no me gustan los compromisos. —Se ríe un poco—. Está claro que sé muy bien de dónde viene todo eso, pero he visto a demasiados hombres hacerle promesas a mi madre, hacerme promesas a mí, que se rompían cuando las cosas se ponían difíciles. Hubo un padrastro, Warner, del que me encariñé mucho. Mi madre estuvo con él cinco años. Yo tenía diez años cuando rompieron, pero me prometió que seguiríamos viéndonos. —Niega con la cabeza—. Le preguntaba a mi madre por él todo el tiempo, pero nunca volví a verlo.

Hace una pausa y aprieta los labios, pensativa. Se me forma un nudo en la garganta y aún tengo las manos sobre sus caderas, pero las siento frías. Parece que me está dejando ir con facilidad, y quizá debería apartar las manos, pero entonces ella me coloca las suyas en los antebrazos.

—Sé que es raro que sea *wedding planner* y no crea que el matrimonio funcione, pero es así. Para mí las bodas no son más que una fiesta. Los matrimonios son cosas que terminan. Y no creo que el amor deba llevar a un compromiso cuando la emoción resulta tan incierta y voluble para todo el mundo.

—No para todo el mundo —susurro. Parpadea y me arriesgo, esperando que me dé una oportunidad. Porque estoy bastante seguro de que nunca la dejaría escapar si tuviera la oportunidad—. No todo el mundo es voluble.

Reprime una sonrisa.

—¿En serio? —Me rodea el cuello con los brazos.

Asiento, solemne.

—No dejo ir las cosas con tanta facilidad. —Siento el pulso en la garganta, pero me obligo a hablar sin que se me note. Me doy cuenta de que es el momento de todo o nada, y necesito que sepa que voy a por todas—. Si quieres seguir adelante con lo que sea que haya entre nosotros, no tienes que preocuparte de que me eche atrás. Puede que un día pienses que todo ha terminado, pero conmigo no lo has tenido «todo».

La observo respirar lenta y profundamente, con la mirada fija en mi rostro. Estoy al borde de un precipicio, esperándola. Siempre esperándola.

Al final, una sonrisa burlona se dibuja en sus labios.

—Entonces, ¿las reglas del juego? —Me pasa los dedos desde la oreja hasta el cuello de la camisa y me da un vuelco el corazón—. Hoy he venido porque te he echado de menos, y darme cuenta de que puede que no sea la única persona con la que sales... me ha vuelto loca. —Se ríe—. Y eso nunca pasa. Así que, regla n.º 1: No vamos a vernos con otras personas. Regla n.º 2: Quiero verte más que una vez a la semana. —Hace una pausa y me mira atentamente. Se le borra la sonrisa de la cara—. Pero no quiero llamarlo relación. Regla n.º 3.

Siento que algo se marchita en mi interior, pero me centro en lo que espero que sea lo no dicho al final de la frase. Parece que quiere exclusividad y más tiempo juntos sin ponerle etiquetas. Eso puedo hacerlo. Aparte de mamá, no hay nadie en mi vida a quien pudiera presentársela como «mi novia».

–¿Sin etiquetas? –añado a modo de ayuda.

Ella sonríe.

–Las etiquetas tienen fecha de caducidad.

Lo que estoy escuchando es que no quiere que lo nuestro termine. Eso me entusiasma. La idea de que quiera mirar al futuro y seguir viéndome es embriagadora. Me susurra promesas en el pecho que deja claro que no expresará en voz alta.

–¿Y la última regla del juego? –Da un paso hacia mí y su sonrisa se vuelve traviesa–. Tus tatuajes. Tengo la necesidad imperiosa de ver los seis.

Murmuro.

–Para eso tendría que quitarme los pantalones.

–Qué pena.

Me desabrocha el botón de arriba y le agarro las manos.

–Voy a darle la vuelta al cartel y a cerrar la puerta. Dame un segundo.

Me pregunta detrás de mí:

–¿No quiere hacerlo deprisa y corriendo, señor Bloom?

Pongo el cartel de VUELVO EN 15 MINUTOS y echo el pestillo. Con un movimiento rápido de dedos, descuelgo el teléfono y vuelvo a la trastienda.

Está sentada en la parte de delante de mi mesa de trabajo, moviendo las piernas de forma inocente. Aún no he podido limpiarla tras la pared de rosas y otros proyectos, así que está sentada junto a la tierra de las macetas y recorre los pétalos sueltos con las yemas de los dedos. Golpea el borde de la mesa con la rodilla.

–¿Has hecho tú esto?

Miro hacia abajo y veo mis iniciales grabadas en la esquina de la mesa, donde me sentaba a hacer los deberes cuando era pequeño.

–Sí.

–Eres un rebelde. ¿Profanando la propiedad?

–Mmm.

Me acerco, colándome con facilidad entre sus piernas. Lleva

un vestido, como siempre, y se lo subo por los muslos mientras acerco mi boca a la suya. Todavía con el pétalo de rosa en la mano, me cubre las mejillas y la mandíbula. Intenta obligarme a besarla de otra forma, más intenso, más rápido, pero yo le rozo los muslos con los pulgares y lo hago despacio.

Sigue desabrochándome los botones y pronto me quita la camisa por los hombros y me sube la camiseta. Entonces, me pasa las palmas de las manos por el color violeta de las costillas. Respiro con rapidez cuando me besa la mandíbula, baja por el cuello y pasa por el pecho hasta las costillas. El primer roce de su lengua con los pétalos morados me hace sentir un tirón en el estómago. Lo besa y de su garganta salen gemidos dulces y pequeños.

Acerco su cara a la mía y dejo que mi lengua recorra su boca. Mi brazo rodea su cintura y la arrastro hasta el borde de la mesa. Me ayuda a quitarle el vestido por debajo y a tirarlo a un rincón. Mis manos quieren estar en todas partes a la vez.

—¿Sabes que es la primera vez que nos desnudamos así? —Se ríe.

—Soy consciente de ello —murmuro, mirando el encaje que cubre sus pechos y el que se desliza entre sus piernas.

Pego mis labios a su cuello y recorro su piel con las manos. Me agarra el pelo con las manos y me aprieta las caderas con las rodillas cuando le chupo el cuello. Mis dedos tiran del encaje de un pecho y el aire sale de sus pulmones cuando le paso un pulgar por el pezón.

Tira del botón de mis vaqueros, pero la aparto.

—Espera.

Ella bufa.

—No puedo.

La beso con firmeza y la empujo para que se tumbe. Se arranca el sujetador con dedos ávidos y me abre las piernas con facilidad. Hay pétalos de rosa esparcidos por todas partes, tierra de macetas sin barrer, pero estira los músculos y me invita a poner la boca sobre su piel.

Me inclino sobre ella y la beso justo por debajo del pecho.

Desliza los dedos por mi pelo y me empuja hacia abajo. Estoy lamiéndole la piel entre el ombligo y la ropa interior cuando se incorpora sobre un codo y dice:

–Por favor, Elliot. Por favor, más rápido.

La miro, con los planos de su cuerpo desnudo entre nosotros.

–Llevo meses queriendo hacer esto, así que, si tienes paciencia, sería maravilloso.

Ella gime y se deja caer de nuevo sobre la mesa, llevándose las manos a la cara y al cuello.

Paso a besarle la parte interior del muslo y levanta la mano, se la lleva a la nuca y veo cómo enreda los dedos en los capullos de rosa de la mesa. Se deshacen en sus dedos, como pétalos de flores estallando.

Le aparto las bragas y la saboreo, deslizando la lengua poco a poco por su centro.

Ahoga un gemido, y levanta las rodillas para abrazarme las orejas. Se las vuelvo a abrir, manteniéndolas pegadas a la mesa, y cuando paso la lengua por su clítoris, mueve las caderas. Murmura cosas incoherentes mientras mi boca la explora. Qué bien sabe. Pego los labios a ella y succiono.

Le sale un gemido largo de la garganta y vuelve a tirarme del pelo. Huelo la tierra y las rosas bajo sus uñas. Se mezclan con su aroma en algo que podría embotellar. Sus muslos empiezan a temblar bajo mis manos y los empujo hacia arriba, abriéndola. Está maldiciendo, gritándome y hablando sola. Levanto la vista y me observa. Tiene tierra y pétalos de rosa pegados a la piel. Un pétalo rosa está colocado a la perfección junto a su pezón, y gimo por las vistas que tengo.

Le succiono el clítoris con los labios y la lengua, y sacude las caderas contra mi cara, pidiéndome más.

Mi mano abandona su muslo y deslizo un dedo hasta su entrada. Cuando empujo dentro de ella, emite sonidos salvajes. Se corre al instante, agitándose alrededor de mi dedo, con las manos sujetando mi rostro contra ella. Grita, y nunca olvidaré el sonido, el olor.

Sigo succionando mientras relaja las caderas. Pequeños temblores se apoderan de ella de vez en cuando y no puede recuperar el aliento.

–Elliot –dice, su voz suena como ida–. Por favor.

Me separo de ella y me bajo la cremallera de los vaqueros. Se incorpora al instante, se acerca al borde de la mesa y acerca mi boca hacia ella. Me besa como si buscara su sabor. Me bajo los calzoncillos y ella me para.

–Fuera –me dice con voz ronca–. Quítatelos.

Quiere ver los tatuajes.

Me quito los zapatos y empujo los vaqueros al suelo. Pasea la mirada por mi pene y se posa en la flor roja de mi muslo derecho.

–¿Qué es? –jadea.

–Es un arbusto de montaña de Santa Helena. Se extinguió hace años.

Envuelve mi polla con sus dedos y empieza a masturbarme. Susurra contra mis labios:

–¿Dónde está el último?

Aparto su mano de mí para girarme y mostrarle el lateral de mi pantorrilla.

–*Valerianella affinis.*

Se relame los labios y, antes de que pueda hacerme preguntas al respecto, arrastro su boca hasta la mía. Le rodeo la cintura con las rodillas y alineo la polla para penetrarla. Empujo despacio, y ella sigue apretándose como si de repente estuviera de nuevo al límite. Con embestidas superficiales, me muevo dentro de ella. Sus pechos me aprietan el pecho y noto la suciedad y las rosas entre nosotros, mezcladas con el sudor.

–Joder –gime contra mí.

Le subo la rodilla y empujo más adentro.

–¡Oh, joder!

Jadeamos el uno en la boca del otro mientras alcanzo el fondo de su interior una y otra vez. Mi mano cae sobre su pecho y me llena la palma.

–Orquídea zapatito de dama, árbol de Benjamin Franklin, kadupul –dice contra mi mandíbula–. *Viola cryana*, Santa Helena... y *Valer... Valerianella...*

–*Affinis*. Sí.

Le doy un beso en la mejilla. He empezado a sacudir las caderas. Dejo que mis dedos empiecen a acariciarle el clítoris.

–Zapatito de dama. Franklin –se detiene para gemir y veo cómo los ojos se le salen de las órbitas–, *Viola cryana* y kadupul. Santa Helena, *Valerianella affinis...*

–Y *amaryllis* –susurro en su oído.

Ella se tensa. Siento que deja de respirar. Se atraganta y respira con dificultad. No hay sitio dentro de ella, pero me la follo como si ese lugar me perteneciese.

–Amaryllis. Ama. –Jadeo–. Ama.

Me araña la espalda con las uñas, formando patrones. Apenas emite sonido alguno y luego jadea. Suelta pequeños gritos desiguales y sus paredes se agitan una y otra vez.

Le rodeo la cintura con el brazo, pegándola a mí. No tengo adónde ir, pero me agarro a ella, murmurándole su nombre en el cuello, hasta que me corro. El placer me ciega. Creo que le muerdo la piel. Sigo moviendo las caderas contra ella, buscando más.

Cuando puedo volver a respirar, me echo hacia atrás para mirarla. Está completamente agotada. Le pesan los ojos y su pecho sube y baja. Tiene las tetas cubiertas de pétalos de flores y tierra, con los pezones tensos y pidiendo más atención. Jadea contra mi cara y me pasea las manos por el pelo y las mejillas.

–Eres increíble, joder –jadea, y siento que se me hincha el pecho con el elogio.

Estoy abriendo la boca para responderle cuando llaman a la puerta de la tienda con fuerza.

Miro por encima del hombro en dirección a la entrada.

–He puesto un cartel. Supongo que debería haber puesto: «Echando un polvo, vuelvo en una hora».

Se ríe entre dientes y tira de mi cara para que vuelva. Mueve la boca con sensualidad sobre la mía. Si no acabara de decir que no le gustan las relaciones, probablemente le diría que la quiero ahora mismo, mientras nuestro sudor se seca con la tierra y las rosas.

Porque creo que la amo. Nunca he querido a alguien así: su cuerpo, su forma de hablar, su forma de pensar...

Me suena el teléfono móvil en el bolsillo de los vaqueros. Miro con el ceño fruncido la ropa arrugada que está en el suelo. Cuando lo localizo, la pantalla del teléfono se ilumina con la palabra MAMÁ.

Hago una mueca y contesto.

—¿Mamá?

Las cejas de Ama saltan hasta el nacimiento del pelo.

—¿Dónde estás? ¿Por qué está cerrada la tienda?

El lenguaje humano se evapora de mi cerebro.

—Eh..., ¿qué?

Le hago un gesto a Ama para que se vista y cojo mi ropa interior.

—La tienda está cerrada —dice despacio—. ¿Pasa algo?

—Sí. No me encuentro bien. Así que, sí. He cerrado la tienda.

Los vaqueros hacen demasiado ruido al meter las piernas en ellos.

—Tienes la furgoneta aquí —dice, con tono uniforme.

—Estoy en Rite Aid. Comprando medicamentos.

—Cariño —su voz cambia de suspicaz a maternal en un segundo—, ¿qué medicamentos? Llevo una farmacia entera en el bolso.

—No, tranquila. —Dejo la camiseta en el suelo y cojo mi camisa de botones. Ama solo lleva puesto el sujetador y las bragas—. Me voy a casa.

—Deja que te lleve. Nos vemos en el aparcamiento.

La cabeza ya no me funciona cuando digo:

—No. No, no hace falta. Es un resfriado o algo así. Y ya... —Me vuelvo a poner una bota—. Ya estoy aquí. Entrando por la puerta de atrás.

Ama me mira como si estuviera loco, y probablemente lo estoy porque mamá dice:

—Ni siquiera te he visto cruzar la calle. ¿De verdad no me has visto en la puerta?

No puedo calzarme la otra bota, así que salgo a la pata coja de la trastienda y le indico a Ama que se cuele por la puerta de atrás hasta el aparcamiento.

—Aquí estoy —digo en voz alta.

Mamá me escucha a través del teléfono y desde dentro de la tienda y se da la vuelta, cuelga.

Abro la puerta y mamá me mira como si supiera que me he estado follando a alguien en la antigua mesa de trabajo de papá. Se lleva la mano a la frente y me recorre el cuello y las mejillas con las yemas de los dedos.

—Tienes un aspecto horrible.

—Ya. Lo sé.

—Y estás cubierto de tierra.

—Flores —digo, como si eso lo explicara todo.

Puede que me desmaye y contribuya a todo este plan de estar enfermo.

Me empuja hacia la tienda, y tengo la esperanza de haber oído la puerta trasera cerrarse.

—Elliot, necesitas un segundo dependiente. Cuando enfermas, no puedes cerrar la tienda.

—Tienes razón. Sí. ¿Qué te trae por aquí?

Casi me aplaudo por el cambio de tema hasta que veo el bolso de Ama sobre el mostrador. Esquivo a mi madre y le tapo la vista con la espalda mientras lo dejo caer detrás de la caja registradora.

—Bueno, tengo noticias, pero creo que podríamos esperar hasta que te encuentres mejor.

Mi madre no es de las que esperan a las «noticias». Una vez interrumpió una de mis fiestas de cumpleaños para anunciar que habían firmado su proyecto de ley. La veo pasarse el pelo negro por detrás de una oreja y sonreírme.

–¿Cuáles son las noticias? Puedes contármelo –le digo.

En ese momento, la puerta de la tienda se abre de un tirón, suena el timbre de papá y Ama entra con una amplia sonrisa. La sangre abandona mi rostro.

–¡Elliot, justo el hombre al que quería ver! –dice con un tono de alegría falso–. Ah, perdona. –Finge percatarse de la presencia de mi madre–. No había visto que tenías una clienta. ¡Esperaré aquí!

Cuando se vuelve para mirar las orquídeas de la pared del fondo, veo que tiene tierra en el cuello y un pétalo de rosa en el pelo.

Y mi madre también lo ve.

Así es como me iré de este mundo mortal.

Mi madre se vuelve hacia mí muy despacio, con las cejas enarcadas. Cuando no se me ocurre absolutamente nada que decir, me dice:

–Elliot, preséntame a tu amiga.

Me aclaro la garganta, pero aún me carraspea.

–Ama, esta es mi madre.

Ama se da la vuelta, con aire de inocente sorpresa.

–¡Oh, senadora Gilbert! Es un honor conocerla.

Se dan la mano, y solo puedo pensar en que probablemente también tenga tierra bajo las uñas.

–Ama es *wedding planner* –le digo–. Solía trabajar con Whitney Harrison. Trabajamos mucho juntos. Conocía a papá.

Es como tener diarrea.

Mi madre le sonríe.

–Eso es estupendo. ¿Qué tipo de bodas haces? Si no te importa que te lo pregunte.

Tengo que reconocer que Ama entra con facilidad en el tema del trabajo, diciéndole a mi madre exactamente cuál es su estilo y qué aporta a sus clientes. Mamá pregunta por una boda en concreto a la que fue el año pasado y acierta que fue un diseño de Ama.

Son como la gasolina y una caja de cerillas, y yo estoy aquí sudando.

—Bueno, solo quería pasar a preguntarle a Elliot si ayer me dejé aquí el bolso –dice Ama, segura de sí misma.

—Pues sí.

Lo saco de detrás del mostrador.

—¡Qué tonta soy! –Ama me lo arrebata–. Ha sido un placer conocerla, senadora. Elliot, te veré este fin de semana, en la boda de los Bigg-Mosby –se apresura a añadir.

Cuando sale por la puerta principal, me entretengo tecleando cosas en el ordenador.

—Es muy dulce –dice mamá–. Guapa.

—¿Lo es? Claro. Puede ser. Bajita.

—Elliot, ha sacado las llaves del coche del bolso al salir por la puerta. Eso no es algo que se olvidara ayer.

Aprieto los labios y me muerdo la lengua.

—Entonces –empieza a decir mamá con cautela–, supongo que no hace falta que me hables de novias, pero...

—No es mi novia –me apresuro a decir, recordando que Ama no quería eso–. Pero... siento algo muy fuerte por ella.

Una sonrisa se dibuja en el rostro de mamá.

—Bueno, entonces me alegro de haberla conocido. ¿Podría volver a verla en otra ocasión?

Asiento con la cabeza, la mortificación me sonroja las mejillas.

—Claro. ¿Qué noticias me traes?

Mamá se mueve como cuando debate: nuevo tema, nueva energía, nueva sonrisa. Se acerca al mostrador y se aclara la garganta.

—Stefan me pidió matrimonio. Anoche.

Me sorprende oírlo, aunque sabía que esto iba a pasar.

—Eso es estupendo. Enhorabuena, mamá –digo con una sonrisa sincera.

Stefan es genial. El mes pasado me pidió mi bendición y se la di encantado. Llevan juntos dos años. Su primera cita fue dos noches antes de que muriera mi padre, y me gustó mucho que Stefan estuviera presente durante todo el proceso.

—Puedes sentirte incómodo, si quieres –dice mamá.

Pongo los ojos en blanco. Así es como crecía a su lado también. «Puedes tener una rabieta, si quieres. Puedes suspender biología, si eso te hace feliz».

–No estoy incómodo. Me cae bien.

–Bien –dice. Luego, en voz baja, añade–: Nadie debería esperar la felicidad ni un segundo más de lo necesario. –Sonríe y vuelve a dar un giro–. ¿Blooming se encargará de nuestra boda?

–Por supuesto. –Saco el calendario–. ¿Tienes ya algún detalle?

–Me gustaría tenerlo hecho antes de fin de año –dice con naturalidad. Tenerlo hecho–. ¿Tal vez en diciembre?

–Es precipitado, pero a mí me parece bien –le digo.

–¿Debería contratar a Ama?

La miro para ver si habla en serio.

–Me gustaría que no lo hicieras.

Se ríe.

–¿Por qué? ¿No sería genial para su negocio?

–Literalmente te acaba de decir las cosas que hace. Las bodas de políticos en el Sutter Club no eran una de ellas.

–Su estilo suena encantador. –Se quita una pelusa imaginaria de la blusa–. Y trabajó con esa perra pretenciosa, así que estoy segura de que ya conoce el Sutter Club.

A mamá nunca le gustó que Whitney convenciera a papá para conseguir ese descuento. Eso, y que antes de Ama, Whitney no tenía gusto alguno en sus diseños y solía presionar a papá para que hiciera arreglos horteras en lugar de seguir su consejo.

Suspiro.

–Si crees que es una buena idea, estoy seguro de que Ama apreciaría la oportunidad.

A mi madre le brillan los ojos cuando me sonríe y dice:

–Me encantaría tener su número.

# 21

# Ama

## Agosto

Cuando faltan dos meses para que termine la cuenta atrás para la boda, empezamos a vaciar el estudio de *ballet*. La tramitación de los últimos permisos nos ha llevado bastante tiempo, pero por fin lo hemos conseguido. Cuando no me reúno con clientes o proveedores, estoy en Weatherstone, consumiendo demasiada cafeína.

Crecí en una situación económica bastante buena, pero nunca he sido capaz de tirar el dinero por la ventana ante un problema como este. Es una locura. ¿Moho en una de las paredes? Pum, dinero. ¿Contratista quejándose de los plazos? Pum, aprueban la contratación de un nuevo trabajador. ¿Multas municipales por quejas de ruido y permisos de aparcamiento? Que el asistente me envíe la factura.

Todo pasa por Hazel y Jackie, por supuesto, pero cuando les di el presupuesto de lo que costaría convertir este espacio en un salón de recepciones en dos meses, incluí un colchón del veinte por ciento para este tipo de problemas. Gracias a eso todavía estoy dentro del presupuesto.

Hoy voy a ultimar el transporte de los invitados desde el jardín de rosas hasta el convite. Vamos a contratar a la empresa que hace paseos en carruaje de heno en otoño y a remodelar sus carros. Cuando le dije a Jackie que había descubierto cómo darle un carruaje tirado por caballos, se echó a llorar, pero ahora es cosa mía asegurarme de que parezcan menos carros de la Revolución francesa y más carruajes de la Cenicienta.

Y eso implica a Elliot.

Es la primera vez que le veo en un mes, y la verdad es que no es mucho tiempo, pero me parece una eternidad después del contacto que hemos tenido en los últimos seis meses. Le he estado enviando mis ideas por correo electrónico, en lugar de lo que solía hacer: ir a la tienda para echar un polvo rápido y compartir ideas; pero no puedo saber cuál es su carga de trabajo sin mirarle a la cara o escucharle suspirar por teléfono.

En las veces que hemos estado en Blooming, no he visto a ningún ayudante, así que no sé si tiene suficientes manos para hacer todo esto. Su primo Ben suele ayudarle los días que hay bodas, pero no es florista; es un gruñón. Y esta boda es un encargo enorme. Uno de los diseños más florales que he hecho. Tal vez sea porque estuve dando tumbos por el desierto demasiado tiempo, pero él es como un refrescante Gatorade de color amarillo del que no me canso. Puede que me haya pasado con las flores, pero al saber que Elliot había vuelto no he podido evitarlo. Puede que añadir esta última capa sea demasiado para él, pero no se ha quejado.

Todavía.

Me acerco al almacén donde se guardan los carros de heno y no me sorprende ver la furgoneta de Elliot aparcada junto al equipo de rodaje. Pasarán otros diez minutos hasta que lleguen Hazel y Jackie, algo histórico, así que tal vez esta sea mi oportunidad para preguntarle a Elliot si le estoy exigiendo demasiado.

Veo a Bea dentro, reunida con Vince, el dueño de la empresa de los paseos en carruaje y el hombre al que vamos a alquilarle todo. Saludo al equipo, al que ya conozco bastante bien, y me dispongo a hablar de nuevo con Elliot. Está charlando con el técnico de sonido. Es difícil saber si se llevan bien o si Elliot solo lo tolera, su cara no da demasiada información.

—Buenos días —saludo—. ¿Puedo hablar con Elliot un momentito?

El chico de sonido se despide, y Elliot mira hacia un sitio que está más allá de mi oído.

–¡Faltan dos meses! –digo–. Solo quería asegurarme de que no estoy dándote mucha carga de trabajo.

Me mira, pero sigue teniendo el ceño fruncido.

–¿Qué significa eso?

–Es que..., quiero decir que es una boda enorme. Y sigo pidiendo más. ¿Crees que habrá algún problema?

Creo que podría contarle todas las pestañas en el tiempo que le lleva decir:

–No habrá ningún problema.

Me obligo a sonreírle.

–Y si lo hubiera, ¿me lo dirías?

–No habrá ningún problema.

Pasa por delante de mí y saca las cosas de la furgoneta, y yo finjo que todo va estupendamente mientras saludo a Bea.

Cuando llegan Jackie y Hazel, puedo ver en sus caras que esperaban un carruaje, no un carro.

–Este es el plan –digo una vez que las cámaras están rodando–. Sustituiremos estos fardos de heno por bancos acolchados. –Me subo en el carro y empiezo a señalar alrededor–. Elliot va a instalar tres arcos suspendidos en la parte de arriba, cubiertos de rosas, que conectarán con la Rosaleda. A lo largo del exterior colocará boj. –Me doy la vuelta y me siento cómoda en el fardo de heno–. Es un paseo de diez manzanas en un carruaje tirado por caballos y cubierto de flores. Me parece encantador e inesperado.

Hazel asiente, pero Jackie hace una mueca de lo que cree que es una sonrisa.

–Elliot –digo–, ¿algo que añadir?

Mira directamente a Jackie y le dice:

–El día de tu boda esto no parecerá un paseo sobre heno. Te lo aseguro.

Eso la tranquiliza, como ya sabía que haría.

Una cámara me sigue para hablar con Vince, y la otra se queda con Jackie y Hazel para «hablar de sus miedos», como dice Bea. Elliot se acerca a mí para hablar de cómo va a fijar los arcos y a firmar permisos, y todo va bien hasta que Vince dice:

—No subas en uno a más de diez, y todo irá bien.

Levanto la vista del papeleo. Se me levantan las cejas.

—Creía que eran quince.

—Lo mejor son diez adultos. —Vince se rasca la barba—. Quince personas es lo normal cuando cargas niños de treinta y pocos kilos.

—Acabas de recortar mis cuentas un tercio con esta noticia. ¿Por qué no lo mencionaste en nuestros correos electrónicos?

Siento que el cámara se acerca a mí, y de repente la segunda cámara está cubriendo a Vince.

Se encoge de hombros.

—No sabía para qué los ibas a usar. Quince adultos..., bueno, eso agotaría a los caballos.

Hago cuentas del tiempo que los invitados estarían esperando en la Rosaleda a que el primer grupo de carruajes volviera del salón de recepciones para volver a cargar.

—Estoy alquilándote doce carruajes y caballos para cubrir el número de invitados, y ahora me dices que necesito seis más. ¿De cuántos más puedo disponer?

—Bueno, es octubre. Es la época de los paseos en carruaje, de los huertos de calabazas y todo eso —dice, y se interrumpe como si eso lo explicase todo.

—¿De cuántos más puedo disponer? —le repito.

—Tengo que atender mi negocio con los otros ocho caballos. Es un sábado en la parte más seca del otoño, así que voy a estar a tope con los paseos en carros de heno ese día.

Lo único que oigo son ocho más. Por el rabillo del ojo, veo que Elliot está desbloqueando su móvil con rapidez.

—Entonces, ¿qué me costará contar con seis más? —exijo.

—No puedo ceder mis caballos...

—¿Quién ha dicho que no vaya a pagar por ellos? —me burlo—. Me estás dando un mazazo enorme. No recuerdo que en nuestra correspondencia se mencionara la limitación de peso en ningún sitio.

–Mi negocio es estacional, cariño –dice, y se me curvan los dedos–. Solo tengo ocho semanas al año para llevar estos carros y caballos, y tú quieres matar a mi ganado precisamente un sábado...

–¿Has vendido ya entradas?

La voz grave de Elliot interrumpe nuestra conversación. Sigue tecleando con rapidez en su móvil.

–Algunas, estoy seguro...

–Genial, si compruebas tu correo electrónico, verás una reserva para cincuenta personas a nombre de Elliot Bloom para el sábado 7 de octubre. –Levanta los ojos hacia Vince y agita el teléfono–. Todo pagado. Vamos a necesitar esos caballos y carruajes en la Rosaleda ese día.

Parpadeo con rapidez y lo miro con la boca abierta. Vince hace lo mismo. Algo arde profundamente en mi pecho, un dolor que me hace sentir estupendamente. Las cámaras y Bea están igual de cautivadas.

Vince levanta las manos y dice:

–Vale. De acuerdo.

Se retira a su oficina para actualizar el papeleo.

–Gran jugada, chicos –dice Bea, sinceramente impresionada–. Me encanta el drama que no tengo que escenificar.

–Factúralo –le digo a Elliot en voz baja, y él se limita a asentir.

Me reúno con Jackie y Hazel. Estaban escuchando a escondidas.

–Eso ha sido muy excitante –dice Hazel–. Deberíais acostaros.

Me ruborizo, y Jackie dice:

–¡Es lo que te he estado diciendo!

Me centro en mis pensamientos. Jackie se ha metido en mi vida amorosa, y ahora Hazel también. Me tratan como a una de sus amigas en lugar de alguien a quien han contratado. Aunque no siempre estoy de acuerdo con los procedimientos de

Whitney, este es un caso en el que desearía haber mantenido las distancias con el cliente.

Miro por encima del hombro para asegurarme de que Elliot no me oye.

—Me alegro de que os hayáis entretenido, pero eso no va a pasar.

Estoy a punto de cambiar drásticamente de tema cuando Jackie dice:

—¿Porque tienes novio? Vamos, tú misma dijiste que no tienes relaciones largas.

Abro y cierro la boca.

—¿Que tengo qué?

Hazel se muestra tímida.

—Ya intenté conseguir información a través de Elliot. Soy una entrometida, lo siento. —Se ríe, pero siento que nunca volveré a reírme—. Dijo que un día te llamó y tenías a alguien en la cama.

Estoy en blanco. Me siento como un ordenador que ha petado.

—¿Tenía... cuándo...?

—¿Sigues con él? —insiste Jackie, con ojos traviesos.

—Si no es nada serio, la verdad es que creo que Elliot estaría dispuesto a hacer travesuras. Eres tan *sexy*, joder, y él siempre te está mirando...

—Lo siento. —Aprieto las manos contra el aire que me sofoca—. ¿Elliot dijo que yo tenía a un tío en la cama? ¿Qué coño quería decir con eso? ¿Por qué..., asunto suyo, o...?

Hazel se encoge de hombros.

—Dijo que te llamó una mañana temprano y te oyó hablar con alguien. —Hace una mueca—. Lo siento mucho, esto me parece muy personal y algo sobre lo que no debería bromear.

Quiero gritar. Mar. Mar quedándose a dormir después de haber bebido y pidiéndome el desayuno. No tiene una voz supergrave ni nada parecido, pero es la única persona con la que me he despertado en dos años.

Se me tensa la cara hasta que esbozo una amplia sonrisa.

—Estoy algo desconcertada porque no me he acostado con nadie. Eh... —Trago saliva, atragantándome—. Entonces, ¿Elliot dijo que tenía novio?

—Bueno, un amigo. No un novio. Creo que él sabe que no te van los novios.

Es como si todo lo que tengo en el estómago se intercambiara con todo lo que tengo en el pecho. Siento náuseas y vértigo.

—¿Él ha dicho eso?

Hazel se apresura a corregirme.

—No en el sentido de que seas una zorra. Por Dios, no.

Se encoge ante Jackie.

—Vaya, todo esto está saliendo mal, y yo solo intento que dos personas atractivas echen un polvo...

—¡Ha trabajado contigo un montón! —dice Jackie—. ¡Quizá simplemente lo ha notado! Estoy de acuerdo con Hazel. Cuando me lo dijo, no sonaba como si lo hubiera dicho con mala intención. Quizá como... una aclaración de que el tipo de la cama no era tu novio, o...

Lanzo una carcajada y les aprieto los brazos con dedos que han perdido toda sensibilidad.

—No pasa nada. No me ha sentado mal. Es que sigo confundida con ese tío que supuestamente ha salido de mi cama. —Suelto una carcajada, sin gracia—. Pero sí, no os preocupéis por liarnos. Sabemos que no somos compatibles.

Lo miro por encima del hombro mientras sube a su furgoneta. Arranca el motor y da marcha atrás sin mirarnos.

—Él es un chico de relaciones —digo, y luego añado en voz baja—, por lo que he podido apreciar.

# 22

# Elliot

## Hace tres años, una semana y seis días

La gata de Ama es una amenaza. Dejamos a Lady Cat-ryn fuera del dormitorio, y aun así me desperté con una pata tocándome la cara. La gata puede abrir puertas.

Esta revelación me horroriza, pero Ama se limita a asentir con la cabeza y a apartar a la gata de la cama.

—¿Acaso te gustan los gatos?

—Mmm —dice mientras se acurruca a mi lado—. Me encantan.

Ama desaparece enseguida, pero yo me quedo mirando a la gata que está sentada entre la puerta y yo, moviendo la cola hacia mí.

En contra de lo que yo creía, Ama tiene nevera y cocina, y come otras cosas aparte de porquerías azucaradas por las mañanas. Pero a las nueve de la mañana ya me está empujando para que me vista y podamos pasar por J Street Donuts de camino a la tienda.

No hemos tenido otra conversación sobre qué es esto exactamente. Solo sé que, si quiero que siga así, quizá no deba etiquetar las cosas. Sigo esperando el momento en que se canse de que esté cerca de ella o se asuste de esta relación sin compromiso. Pero cuando el mes pasado le dejé dos cajones y seis perchas, se puso eufórica. Y no da señales de estar cansada de mi presencia. Desde hace tres semanas, pasa el noventa por ciento de su tiempo en Blooming, trabajando en un rincón en sus correos electrónicos o diseños y corriendo a buscar la comida para los dos a mediodía.

—No tienes por qué quedarte si tienes trabajo que hacer —le digo un día de octubre mientras veo que el reloj marca las 17:00 h.

Me mira desde donde ha estado tecleando a toda velocidad en su portátil.

—No, me encanta trabajar aquí. Me inspira, ¿sabes?

Me quedo mirando el abono y las macetas y jarrones que tiene a ambos lados.

—Vale...

—Podría montar un escritorio y llevar mi negocio desde aquí para siempre.

Hace un gesto hacia el desorden y los zócalos en mal estado, e intento ver lo que ella ve.

—Mientras no te entretenga. —Vuelvo al mostrador para hacer una factura—. Podrías, ¿sabes? —le digo—. Montar un escritorio. No es mucho, pero... si no te importa el olor a fertilizante... y prometes no comer dónuts...

—¿Hablas en serio?

Se me acerca sigilosa, ahora apoyada en la entrada de la trastienda, con una sonrisa en los labios.

Me encojo de hombros.

—Sí, me gusta tenerte cerca. Hace que el día sea interesante.

Le brillan los ojos.

—¿Y si me reuniera ahí atrás? Ahora no, mientras esté así, claro —dice—. Pero... ¿y si te dedicaras más a los montajes... y yo empezara a ofrecer paquetes con montajes personalizados a través de ti?

Frunzo el ceño.

—Es más o menos lo que ya estamos haciendo, ¿no?

—Pero de forma oficial. Si... si... si alguna vez decides construir una sala de exposición ahí detrás, entonces me reuniría con los clientes en ella. —Empieza a hablar rápido, las ideas fluyen, las manos lanzan hechizos—. No sería una asociación en términos de negocios, pero podría ser... podría ser, no sé. Algo nuevo. Algo que solo se hace en San Francisco y Los Ángeles.

Si quieren a Ama Torres, tendrán a Elliot Bloom. Si quieren a Blooming, se ven arrastrados hacia Ama Torres. —Toma aire—. Vale, eso suena... un poco más oportunista de lo que pretendía, pero...

—Es como tener un Starbucks en medio de tus grandes almacenes —digo, viendo por dónde va.

—¡Exacto! Es como: «Ay, ya que estoy aquí, ¿sabes qué? Quiero un Unicorn Frappuccino», o «La verdad es que solo quería un café con leche, pero la zapatería está ahí mismo».

Le brillan los ojos y asiento con la cabeza. Pero me siento receloso. Como si yo fuera a conseguir el mejor trato.

—No sé —dice, pasándose una mano por el pelo—. ¿Tal vez es elitista o excluyente? Por ejemplo, podrías perder muchos negocios con otras *wedding planners* y coordinadores de eventos que piensan que trabajas solo conmigo.

—Bueno, y, por otro lado —digo—. Tú no podrías trabajar con otros floristas o fabricantes por encargo...

—No quiero trabajar con nadie más —me corta—. Quiero al mejor.

Trago con dificultad. Quiero decirle que solo doy lo mejor de mí cuando trabajo con ella. Pero creo que ya lo sabe. Creo que aquí puede apreciarlo bien.

—Es algo que podemos considerar después de la boda de mi madre —le digo. Me sonríe—. Ya sabes, legalmente, por razones de negocios, puede que tengas que pagarme alquiler en algo que no sea sexo.

—¿Dónuts?

La miro.

—No.

Durante el resto del día, yo hago un pedido y ella termina de llamar a los proveedores antes de ir a reunirse con mi madre. Cuando accedí a que Ama se encargara de la boda de mi madre, hubo algunas cosas en las que no pensé. Por ejemplo, que mi madre y Ama se reunirían una vez a la semana para tomar café o hablar con los proveedores. No hay motivo para que yo esté allí con ellas, ya que Ama cree que fuimos muy discretos cuando vino a por su bolso. No tiene ni idea de que mi madre sabe que estamos follando. Pero cada jueves, mi madre y mi no-novia se sientan en un café del centro para planear una boda, y yo me quedo mirando la pared de la tienda, haciendo rebotar la rodilla durante toda esa hora.

Mamá quiere que la boda sea antes de fin de año, y tiene presupuesto para que se haga rápido. Ama sugirió una boda elegante en Fin de Año, cosa que a mi madre le encantó. Ama ha estado trabajando todos los días, esforzándose para que sea una realidad. Algunas noches se presenta en mi casa a las once, con muchas ideas o quitándose los vaqueros. A veces las dos cosas. Ahora, cuando recibo el mensaje de que viene de camino, no sé si prepararme una taza de Keurig y limpiar la mesa baja o empalmármela.

A Ama le gusta trabajar en el suelo, alrededor de mi mesa baja (también le gusta follar en mi mesa baja, así que ¿se entiende el dilema que tengo?), para empezar, porque ella no tiene una mesa baja. La mía es una de IKEA que tengo desde la universidad y no pega con ninguno de mis muebles. Una noche, después de que ella haya investigado lo que tendremos que hacer con los centros de mesa, y después de que se haya retorcido debajo de mí sobre mi alfombra áspera, digo:

–Me hace falta una mesa baja nueva.

–Oh, ¡¿puedo quedarme esta?!

En sus ojos se ve la alegría de una niña en Navidad, como si estuviera a punto de regalar una casa de ensueño de Barbie.

–¿La quieres? ¿Esta?

–Sí, me hará pensar en ti. En todo lo que es tuyo.

Levanta las cejas de forma sugerente y me besa tan profundamente que acabamos follando sobre la mesa baja por segunda vez en esa semana.

Al día siguiente, compramos una mesa baja y, al otro, trasladamos la mía a su casa.

Esa noche, estoy tumbado en la cama con ella, mis dedos juegan con su pelo. Ya estamos en noviembre. Llevamos tres meses con esta no-relación, y la última vez que dormí solo fue hace seis semanas.

Sigo esperando el día en que decida que se acabó. Rompo sus reglas del juego. Le sugiero que hagamos un viaje a Napa antes de que empiece la temporada de bodas el año que viene. Le encanta el plan. Le pregunto si quiere que vaya a la fiesta de cumpleaños de Mar, la cual está organizando.

–¡Claro que sí! –dice.

Su madre se compromete, y habla como si no fuera solo a hacer las flores. Habla como si fuera a ser su pareja en la boda. Como si fuera a presentarme a la gente allí.

Y la mayor mella en sus reglas: sigue haciendo planes para nuestro estudio conjunto, envolviendo, entrelazando nuestras vidas de cara al futuro. Como si no viera el final.

Después de la boda de mi madre el mes que viene, voy a preguntarle si podemos volver a definir las reglas. Puede que ella no crea en las relaciones, pero eso es lo que tenemos. Puede que no le importe presentarme como su novio, pero me gustaría llevarla a cenar con mi madre y Stefan en alguna ocasión. Puede que ella no necesite una relación a largo plazo, pero para mí, «para siempre» suena bien.

Si no quiere modificar sus reglas, supongo que me parecerá bien. Pero necesito que sepa que ya pienso en nosotros a largo plazo. Ya me imagino los rótulos de los negocios, los viajes fuera de la ciudad y los bailes lentos con vestidos blancos, aunque ella no quiera ponerle nombre.

Está tecleando distraída en su móvil junto a mí en la cama. Me vuelvo hacia ella.

–¿Qué es lo que más te gusta de las bodas?

–La proposición –responde rápido.

La miro.

–¿La parte con la que no tienes nada que ver?

Parpadea con rapidez y me mira.

–Ah, vaya. Sí, supongo que sí.

Deja el móvil y se pone de lado para mirarme.

–¿Te referías a flores, comida o DJ?

Me encojo de hombros.

–No. ¿Qué es lo que hace que quieras dedicarte a las bodas?

–Lo que más me gusta es personalizar la boda para la pareja. Me encanta cuando siento que he dado en el clavo. Y para mí, la historia de la pedida de mano es lo que me dice exactamente qué darles.

Le retiro el flequillo de los ojos con el pulgar.

–¿Por qué?

Se lo piensa.

–Aprendes quién es una persona cuando tiene miedo, ¿sabes? Y cualquiera que diga que no tiene miedo de declararse está mintiendo. Creo que la persona a la que se le propone matrimonio también tiene un momento. Solo siente terror. «¿Es el sí la decisión correcta? ¿De verdad se está declarando así? No puedo creer que haya esperado diez años, ¿es una mala señal? ¿Le he presionado para que lo haga?».

Las preguntas le salen en espiral, como el vapor de una tetera.

–También creo que la forma en que se hace la proposición es muy reveladora. En concreto, dice mucho del novio o de la persona a la que se le propone matrimonio.

Ni siquiera necesito que me lo aclare. Tiene sentido.

–Cuando me hablan de la pedida de mano, me hago una idea de cómo son como pareja. Tiene un valor incalculable. Una vez, una pareja se negó a contármelo. Dijeron que preferían mantenerlo en secreto, y juro por Dios que fue la peor boda que he hecho nunca. Fue con Whitney.

Se ríe y vuelve a agarrar el móvil.

Siento que el corazón me late con fuerza y no entiendo por qué hasta que las palabras salen a borbotones:

–¿A ti cómo te gustaría que fuese?

Se vuelve.

–¿Que me propusieran matrimonio?

Asiento, y siento que estoy volando demasiado cerca. Como si pudiéramos haber conservado este momento para siempre si no tuviera que preguntárselo..., pero tengo que preguntárselo. Hay una parte de mi corazón que ha estado ahí plantada durante tres meses de más, incapaz de romper la superficie y estirarse hacia la luz.

–¿Qué tipo de fuegos artificiales quieres? ¿Sorpresa o no? ¿Íntimo o multitudinario? –digo–. ¿Qué te imaginas?

Su mirada es suave, y me pregunto si existe ese miedo del que habla. El: «¿Esto está bien?».

–Yo no –dice–. No me lo imagino. No quiero una.

Creo que la he oído. Creo que la entiendo. Creo que no hay ninguna complicación, ninguna simplificación excesiva. No quiere una proposición.

Sobre todo, cuando se inclina hacia delante y me besa, tira el móvil y pasa las manos por el tatuaje de la kadupul. Sus labios la siguen y se curvan para besar mi omóplato tatuado. Ya lo ha hecho muchas veces, casi como si tuviera que dar las buenas noches a cada uno de ellos. Presiona sus suaves labios contra mi muslo y mi pantorrilla, su lengua recorre la *Viola cryana* de mis costillas. Me lame los dos brazos y por fin baja por la cama hasta donde vuelvo a estar empalmado. Su boca se mueve sobre mí, y me pierdo por completo. Su lengua me saborea y mis manos se deslizan por su pelo.

Pero creo que la he escuchado.

No quiere una proposición. Nada de espectáculos.

Me lo guardo para el día en que por fin me diga que podemos hablar de «para siempre».

# 23

# Ama
## Octubre

La semana de la boda suele ser larga, pero esta es eterna. A veces me siento como David luchando contra Goliat mientras me defiendo de un ataque tras otro. Entre que el agente de Hazel actualizó su lista la semana anterior y la remodelación del estudio de *ballet*, estoy hasta arriba. Prácticamente estoy pagándole a Mar para que viva en Weatherstone y pueda ser el punto de contacto para los detalles sin importancia que necesiten los obreros. En estos días, agradece la distracción después de romper con Michael. Fue su decisión, pero todavía está muy disgustada por ello. Por suerte, tengo mucha práctica siendo comprensiva en este tipo de situaciones.

Lo bueno y lo malo de esta semana es que Elliot está allí un par de horas al día, así que, con Mar presente para coordinar, no tengo que verlo. Mientras construyen el salón de recepciones, estoy con Jackie y Hazel ultimando detalles y dando las últimas aprobaciones. Si se tratara de una boda normal, las cosas irían viento en popa, pero he tenido que añadirle un proyecto de construcción.

Ni siquiera molesto a Elliot para que dé el visto bueno. Se lo digo a Jackie, pero las dos estamos de acuerdo en que se puede confiar en él. No puede instalar la pista de baile hasta el miércoles por miedo a que las flores estén marchitas el sábado, pero está allí con el equipo todos los días, supervisando las demás instalaciones y volviendo a comprobar todas las medidas. Mar nos informa de que se lleva bien con los trabajadores, que observa y discute los cambios. Sus estudios en arquitectura acaban siendo una bendición.

Cuando el inspector viene el jueves por la tarde a revisar nuestro suelo nuevo construido alrededor de la pista de baile, Elliot está allí para responder a todas sus preguntas. Es la única vez que le veo esa semana. Apenas puedo dedicarle tiempo porque el inspector intenta encontrar cualquier cosa para cerrarnos el local, pero estoy preparada para ello. Tengo todos los permisos, los números y las aprobaciones. Durante un mes, no he hecho otra cosa que vivir y respirar por y para la boda de Jackie y Hazel.

He superado las bodas que tenía programadas para septiembre (incluida una que se echó atrás cuando faltaba media hora) y estoy temiendo y soñando a la vez con el pequeño descanso que tendré a partir de la semana que viene. En las últimas seis semanas, ocho o nueve parejas me han llamado y me han enviado correos electrónicos para concertar entrevistas, todas ellas personas que han oído hablar del rodaje del programa o que siguen a Hazel y están muy ilusionadas con la boda. He tenido que posponer todas las reuniones hasta la semana que viene. Espero vivir para verlo.

Ayer mandé a Jackie y a Hazel a que las mimaran: cera en Dirty Bird y manicura y pedicura en Nature Love, mis favoritos. Hoy han celebrado un *brunch* en casa de los padres de Jackie. Elliot básicamente dejó las flores con un gruñido, murmuró que Ben volvería para recogerlas y se fue. Me hubiera gustado irme con él. Después, tengo poco tiempo para preparar la cena de ensayo antes de ir al jardín de la Rosaleda para el ensayo.

Llegamos a Firehouse a mediodía, que es lo más pronto que nos dejan entrar, y entramos como un tornado. Quería tener a Mar conmigo para que me echara una mano, pero en el estudio de *ballet* están con los últimos retoques, así que sigue allí. Le doy a Jake setenta y cinco pavos más para que venga a descargar los coches conmigo.

El personal de Firehouse, bendito sea, no nos ha preparado nada. Así que arrastro las mesas hasta su sitio, con mucha ayuda de los ayudantes de camarero porque llevo unos vaqueros ajustados y tacones. Detrás de un montón de servilletas que hay que planchar con la máquina de vapor, Jake murmura:

—El florista y el equipo de rodaje están aquí.

Agarro la mitad superior de las servilletas, haciendo que se le vea la cara.

—Habla más alto, Jake. Eres actor.

—Ah, perdona. El florista...

—No, te he oído. Habla con George para ver si puedes cambiarte para ayudar a traer las flores, y luego dirige al equipo de grabación en la dirección correcta.

—¿Quién es George? —pregunta.

—Es el tipo del alquiler. Grande, pelirrojo.

Se va corriendo como un conejo y yo empiezo a arrastrar sillas. Tengo una caja de tarjetas con los nombres y *macarons* para cada cubierto, pero antes tengo que colocar los platos. Mientras hablo con el jefe de cocina, dos jarrones gigantes pasan a mi lado sujetos por un par de fuertes brazos. Jake los sigue con un tímido encogimiento de hombros:

—No me ha dejado ayudar.

Estoy demasiado distraída por la majestuosidad absoluta de las proteas reina que Elliot sostiene. Las coloca con cuidado en sus sitios: las dos esquinas de nuestra sección del restaurante. Cuando se da la vuelta para regresar al aparcamiento, se aparta el pelo de la cara con una mano y veo las ojeras y los ojos inyectados en sangre.

Eso me hace retroceder un segundo. Porque sé que significa que no ha dormido. Lo que definitivamente significa que le he pedido demasiado.

—Ama, ¿me has oído?

Me giro y me encuentro a Bea delante de mí.

—Lo siento, ¡no! Dios, esas flores son preciosas, ¿verdad?

—Son estupendas —asiente con una sonrisa—. Voy a hacer que

el equipo grabe algunas tomas de la preparación del lugar. Estaba pensando en una secuencia a cámara rápida. Colocar una cámara en la esquina en un plano amplio y grabar una cinta durante las próximas seis horas. Y luego, cuando la mesa esté puesta, podríamos hacerte una última entrevista, ya que sé que mañana no estarás disponible.

—Claro, por supuesto. Gracias. —Me aclaro la garganta y me inclino hacia ella—. ¿Y ese chico de ahí? Es mi hermanastro, Jake. Es actor. Si por casualidad encuentras alguna forma de utilizarlo en la edición A/B roll, te agradecería que le dieras el máximo tiempo posible en pantalla.

Bea me guiña un ojo.

—Tomo nota.

Jake queda relegado a arreglar la mesa mientras Elliot y su primo Ben traen los centros de mesa. Sigue yendo y viniendo cuando Bea me sienta a la mesa junto al modelo de cubierto que he preparado para que Jake lo estudie y lo copie.

Una vez que los chicos de cámara y sonido están situados, Bea dice:

—Sé que ya hicimos una introducción, pero vamos a hacer otra. La iluminación y la ambientación aquí son mucho mejores que en la anterior. Así que dinos tu nombre y datos sobre ti, cuánto tiempo llevas haciendo esto, etcétera.

Las cámaras empiezan a grabar y yo me paso el pelo por detrás de la oreja.

—Soy Ama Torres, y soy la *wedding planner* de Hazel y Jackie. Llevo más de ocho años en el sector de las bodas y este es el cuarto año que dirijo mi propia empresa de organización de bodas.

—Bien —me anima Bea—. ¿Y qué fue lo que te atrajo de las bodas?

—Siempre me han encantado las bodas —digo—. Desde que tengo uso de razón.

Elliot vuelve a pasar detrás de la cámara y yo intento seguir prestando atención a Bea y a las luces brillantes.

–¿Hay alguna boda en concreto que recuerdes de pequeña? ¿Fuiste la niña de las flores de una tía o algo personal?

–Las bodas de mi madre. –Me acuerdo de reformularlo para la entrevista y digo–: Recuerdo específicamente haberme apasionado por las bodas durante las de mi madre.

Bea dice:

–¿Así es como Jake llegó a ser tu hermanastro?

Veo a Jake hacer una pirueta para mirarnos al oír su nombre.

–No, esa ha sido una relación más reciente.

Probablemente debería dar marcha atrás, pero la luz de la cámara me distrae, al igual que los pasos de Elliot al dar pisotones alrededor de la mesa.

–Mi madre se ha casado varias veces, así que durante mi infancia viví muchas bodas.

Veo que Bea ladea la cabeza y me doy cuenta de que eso no es bueno para mí.

–¿Cuántas veces se ha casado tu madre?

Oigo a Jake resoplar en medio de una risa antes de decir:

–Muchas.

Todos nos giramos hacia él y se mira sorprendido.

–Lo siento –intenta decir–, es que...

–Ve a buscar mi coche, Jake –le digo con frialdad.

Me mira boquiabierto antes de recuperarse y salir corriendo por la puerta avergonzado.

Pero Bea sigue mirándome.

–¿Cuántas veces?

–Ella, eh..., mi madre se ha casado dieciséis veces. –Me río, como hago siempre que lo digo–. ¡Se podría decir que le gustan las bodas tanto como a mí!

–Así que ¿te hiciste *wedding planner* por eso?

–Sí, podría decirse. –Siento que mi sonrisa es como de cera y falsa. Bea me hace un gesto para que me explique–. Supongo que por eso me hice *wedding planner*.

Los ojos de Bea casi parecen los de un lobo, amarillos entre los árboles del bosque, al acecho. Siento que empiezo a sudar.

–¿Cómo fue eso para ti? ¿Crecer así? ¿Crees que ha tenido algún impacto en tu vida personal?

Abro la boca. La garganta me carraspea. Sonrío mucho y los ojos se me llenan de lágrimas nerviosas.

–¿Vas a utilizar algo de esto? –me pregunta una voz ronca desde algún sitio más allá de la luz de la cámara–. ¿Tu programa no dura media hora?

Enfoco la mirada y veo a Elliot detrás de Bea con los brazos cruzados.

–Eh, sí. –Bea se repone–. Pero la boda de Hazel Renee será un episodio doble. Creo que es una gran oportunidad para Ama salir en pantalla el mayor tiempo posible. Que los espectadores la conozcan...

–Genial. Pregúntale por su color favorito. Sus ridículas preferencias de Gatorade. Pregúntale por los dónuts. –Levanta la voz–. No indagues en su vida personal. ¿Vas en serio?

Creo que no puedo respirar.

–Nadie va a venir a Sacramento a contratarla porque su madre se haya divorciado quince o dieciséis veces. La van a contratar por esto –dice señalando la mesa y los cubiertos–. La van a querer por lo de mañana, así que ¿por qué no te ahorras el carrete para las cosas que de verdad importan?

Por fin, el cámara apunta hacia otro lado y la luz se apaga.

Cuando abro los ojos, Elliot se aleja dando zancadas a por los siguientes jarrones.

–Perdón. Necesito un momento.

Me pongo en pie de un salto y corro en dirección contraria, hacia el pequeño pasillo que conduce a las oficinas del restaurante. Bea me pide disculpas, pero no la escucho. Respiro con dificultad y me pongo los nudillos sobre los ojos para contener las lágrimas.

Ni siquiera sé qué me hace llorar más: la vergüenza por lo de mi madre o que sea Elliot quien lo haya parado. Me apoyo en la pared y me acurruco con las manos en las rodillas, intentando respirar.

No tenía ninguna razón para intervenir. Elliot, la persona que ha experimentado esto de primera mano. Él sabe muy bien qué efecto tuvo eso en mi vida personal. No tenía por qué hacerlo, en absoluto.

No sé cuánto tiempo me quedo en el pasillo. Sé que cuando lloro, me hincho como un pez globo, con maquillaje Hazel Renee o sin él. Lo que de verdad necesito es hielo para los ojos y los labios antes de volver a enseñar mi rostro al mundo, pero como eso no va a ocurrir, me tomo mi tiempo.

Hay una ventana al final del pasillo, y voy a abrirla para tomar un poco de aire fresco. Retiro la mano cuando veo a uno de los operadores de cámara, el que estaba grabando mi entrevista, fumando junto a un coche, y a Elliot a su lado.

Me escondo contra la pared y me asomo para observar. El cámara mira a su alrededor, como para que no le vean, y luego pulsa un botón de su equipo. Sale una tarjeta de memoria y se la extiende a Elliot como si estuviera vendiendo droga. Elliot se la mete en el bolsillo, se dirige a su furgoneta y coge los últimos jarrones para llevarlos arriba.

# 24

# Elliot

## Hace dos años, nueve meses, una semana y un día

*Víspera de Año Nuevo*

La noche antes de la boda de mi madre, Ama no consigue dormir.

Lo sé porque me mantiene toda la noche despierto. A las dos de la madrugada, se vuelve hacia mí y me zarandea.

–Oye. Eh.

Me restriego la cara.

–¿Qué pasa?

–Voy a darme un baño.

La miro sin entender nada.

–Vale.

–No tienes bañera –dice.

–Vale.

–¿Quieres venir conmigo a mi casa o te quedas aquí?

Respiro hondo y reprimo un bostezo.

–Supongo... que puedo ir contigo.

Ella sonríe y dice:

–Bien.

Entonces rueda hacia mí, aprieta su cuerpo contra el mío y me besa con tanta intensidad que, de repente, estoy muy despierto. Mi mano se enreda en su pelo, sujetándole la cabeza, y le devuelvo el beso. Me deleito en la sensación de su cuerpo apretado contra mi costado, en la forma en que sus caderas empiezan a presionarme. Susurra contra mi boca:

–¿Quieres bañarte conmigo?

–¿Cabré en tu bañera? –Me río entre dientes.

Se agacha, me pone la mano en la entrepierna y dice juguetona:

–Ah, yo haré que quepas.

Luego se levanta de la cama y empieza a vestirse y a recoger lo que necesitará para mañana. Estoy duro como una piedra, para cuando ella está lista en la puerta, todavía sigo intentando ponerme los vaqueros.

En la furgoneta, de camino a su casa, no para de hablar, repasa el plan para mañana y los problemas que pueden surgir. Cuando llegamos a su casa, está tan concentrada en la boda que empiezo a perder la esperanza de acostarme con ella o dormir pronto.

Pero entra en su casa, saluda a la gata y empieza a desnudarse, todo mientras termina la lista de cosas que hacer por la mañana.

Cuando se quita los vaqueros, me mira y me dice:

–¿Te bañas?

–Eh..., claro.

La sigo al baño y me desnudo mientras ella abre el grifo y se queja del *catering*.

–Si me vuelve a meter prisa con los platos, será la última vez que lo contrate –dice, agarrando las sales de baño–. ¿Crees que me respeta? No creo que me respete.

Asiento con la cabeza. Estoy de acuerdo. Escucho. Pero he aceptado el hecho de que acabo de conducir veinticinco kilómetros a las dos y media de la madrugada para meterme en esta bañera y escuchar a Ama delirar. No pasa nada. Puede que me quede dormido, me resbale y me ahogue. Pero no pasa nada.

Enciende velas, apaga luces y pone música en el móvil. Pero también se preocupa por la disposición de los asientos.

–Si vuelvo a oír a la ayudante de la gobernadora decir dónde se sienta, voy a perder la puta cabeza.

Señala la bañera y yo me dirijo a ella dando un traspiés y me deslizo en el agua caliente, la temperatura perfecta para dormitar. Apoyo la cabeza en los azulejos y escucho cómo despotrica de una amiga de mamá que no ha confirmado su asistencia.

Se mete en la bañera y se sienta entre mis piernas, haciendo que el agua se acerque hasta el borde de una forma peligrosa. Sigue hablando sin parar cuando vuelve a apoyarse en mi pecho y toma una de mis manos para meterla entre sus muslos.

–¿Quieres tomarte un respiro? –balbuceo.

–¿Un respiro? ¿Qué quieres decir?

–Puedes relajarte. Deja que tu mente divague.

Dejo que mis dedos bailen sobre su cuerpo para que capte el mensaje.

Se gira sobre su hombro y dice:

–Esta soy yo relajándome.

Contengo una sonrisa y le digo:

–Venga.

La coordinadora del local es el siguiente tema de conversación. Apoya la cabeza en mi hombro y se desahoga hasta jadear, quejándose de los plazos y de los correos electrónicos condescendientes.

–Si cree... si cree que puede pisotearme, entonces... entonces...

Cuando Ama se corre en mis dedos con un suave gemido, es la vez que más callada ha estado en la última media hora. Por un momento pienso que se ha dormido, pero entonces inclina la cara hacia la mía y me besa.

–Gracias. Siempre sabes lo que necesito –me dice.

Le aparto el pelo de la cara y le pregunto:

–¿Qué más necesitas? ¿Cuál es tu lista de tareas pendientes?

Desglosa sus preocupaciones, sus pesares. No hago ningún comentario. Dejo que su cerebro se organice. Cuando se calla, me acerco y destapo el desagüe. La envuelvo en una toalla y la llevo a su habitación. Me aseguro de que la alarma esté puesta y el café preparado. Cuando retiro las sábanas para acostarme a su lado, se gira hacia mí y me dice somnolienta:

–¿Y si me olvido de algo?

–No se te ha olvidado nada.

–¿Y si algo va horriblemente mal?

La acerco más a mí y ella se deja abrazar.

—Eso no va a pasar. Y si pasa, lo solucionarás. Eres asombrosa. —Le doy un beso en el pelo—. *Amazing Ama*.

Suelta una carcajada y yo casi lo digo. Casi digo «Te quiero». Pero no sé si ella quiere que lo haga. Creo que podríamos estar juntos cuarenta años y tener veinte hijos, y seguiría sin querer oírlo. Así que la abrazo hasta que recupera el aliento y lo susurro en voz baja, como una plegaria.

La segunda boda de mi madre es preciosa. Y, cada vez que puede, mi madre les dice a sus invitados que se lo debe todo a su *wedding planner* y a su hijo. El Sutter Club, un local exclusivo para la élite de Sacramento, es un sitio común para bodas, pero no son como esta. Esto está hecho de manera excepcional, y sé que las amigas de mi madre recomendarán a la *wedding planner* de Laura Gilbert durante años.

Ama está estresada hasta que llega el primer baile. Cuando suena *At Last*, veo que la tensión desaparece. Me mira por primera vez desde que nos bañamos juntos esta mañana.

Hoy temprano, Ben y yo hemos colocado la decoración floral en la sala de ceremonias y en la sala de recepciones, y luego he tenido que ir a ducharme y a vestirme, así que la verdad es que no la he visto. Durante la hora del cóctel y la cena, he tenido que aguantar que los amigos de mi madre me preguntaran si salía con alguien e inmediatamente después sacaban sus contactos para emparejarme con alguien. Y todo el tiempo he querido anunciar a gritos a toda la sala que soy muy feliz con la persona perfecta, y que ella está justo aquí. Estoy seguro de que tendré que aguantar unas cuantas llamadas sobre citas a ciegas en el próximo mes, pero me las apañaré.

Cuando el primer baile termina, Ama se pone en contacto con el DJ y le da las riendas de la recepción. Me levanto de la mesa a la que apenas he prestado atención y la sigo hasta la cocina.

—Increíble —le digo, dándole un beso en la mejilla.

Ella me sonríe.

—¿Tú crees? Ha ido bien, ¿verdad?

–A la perfección. No sé si alguna vez has hecho un trabajo mejor.

Se ríe, parece una alegría efervescente, y me dice que vuelve enseguida.

Mientras la recepción se adentra en baladas agridulces y canciones de jazz, la espero cerca de la cocina. Cuando vuelve, está sonando *The Way You Look Tonight* y me dirijo a ella.

–¿Considerarías poco profesional que sacara a bailar a la *wedding planner*?

Reprime una sonrisa y acepta sin pensárselo dos veces.

Tomo su mano y la conduzco a la pista de baile. Espero a que insista en que nos quedemos entre las sombras, como hemos hecho durante medio año, pero me deja ponerle una mano en la cintura y sujetar su palma con la otra. Me deja llevarla al centro, cerca de la mirada de mi madre. Y me sonríe todo el tiempo. Tengo que concentrarme en la suave mirada de sus ojos y en el calor de su cintura para no decir «Te quiero». Me doy cuenta de que cada vez va a ser más difícil.

–¿En qué piensas? –me pregunta.

–Solo... en lo feliz que soy.

Resopla riéndose, como si la hubiese pillado por sorpresa.

–Yo también soy feliz. –Parece pensárselo un momento, y luego empieza a juguetear con su bolso, que es claramente una riñonera, da igual por dónde se mire–. Tengo una sorpresa para ti.

–Vale.

Saca un sobre, me lo entrega y me rodea el cuello con los brazos para que podamos seguir bailando mientras lo abro. Dentro hay un papel. Un intercambio de correos electrónicos.

Querida Ama Torres:

Gracias por ponerse en contacto con nosotros. Sí, tenemos una *Franklinia* que estamos cuidando. No forma parte de la exposición, pero dado que su amigo es tan aficionado, me plantearía permitirle visitar la flor (con supervisión) en cualquier momento en el futuro.

Avíseme si alguna vez viene por aquí y estaré encantado de enseñársela.

**Frank Hitchkins**
Director del Arnold Arboretum
Universidad de Harvard

Parpadeo al leer las palabras una y otra vez. Cuando la miro, sonríe nerviosa.

—¿Quieres hacer una escapada? —pregunta, riéndose—. Estaba pensando en hacerla en otoño, cuando las hojas están rojas. Harvard es uno de los únicos arboretos que tiene el árbol de Franklin, y yo... —Traga saliva y me pone una mano en el antebrazo derecho, donde está el tatuaje—. Quiero que lo veas.

Tengo una sensación de burbujeo en mi interior. Es muy fuerte y adictiva. Tuve una buena infancia, así que no es que nunca antes haya recibido un regalo espectacular. Pero es la sorpresa de alguien que te conoce como nadie más en el mundo..., alguien que te ha abierto el pecho y se ha metido dentro.

Vuelvo a mirar el correo electrónico. La *Franklinia*. Y sabe que es mi favorita, aunque nunca se lo he dicho.

Miro a mi madre, a unas cuantas parejas de distancia. Está radiante con Stefan, de una forma distinta a como mira cualquier cosa en su vida. Es algo que he visto en el espejo varias veces en los últimos seis meses.

Me hierve el pecho. Tengo los ojos inyectados y se me forma un nudo en la garganta que me impide pronunciar las palabras. Pero la miro, la miro a ella, y veo que no necesita que le dé las gracias. Sabe lo bien que ha clavado su flecha.

Me sonríe con suavidad y dice:

—Creo... creo que me estoy enamorando de ti.

Me da un vuelco el corazón. No puedo creer que ella lo haya dicho primero. No puedo creer que tenga permiso para decirlo.

Me mira, vacilante, como si tuviera que dudar de que yo le responda.

Tengo una flor en el pecho, que empieza a recibir la luz del sol, que por fin florece. Oigo a mi madre reírse de algo que le dice Stefan, pero no puedo apartar los ojos de Ama. Oigo la felicidad de mi madre en su risa: la he visto. «Nadie debería esperar la felicidad ni un segundo más de lo necesario».

Mamá tiene razón. Si sabes que es para siempre, ¿por qué esperar?

Ama tiene los ojos brillantes, marrones y preciosos cuando digo:

—Cásate conmigo.

Esos ojos parpadean una vez.

Me vibra la piel y me duele el pecho, pero no tengo miedo.

Sonríe. El aliento se le escapa en una carcajada.

—¿Qué? No.

Al principio no la oigo con la sangre corriendo por mis oídos. Pero veo cómo se le borra la sonrisa y frunce el ceño. Y el burbujeo de mi garganta se convierte en bilis.

Le pongo la mano en la cintura.

—Ama...

—¿Por qué...? —Niega con la cabeza. Veo su pecho subir y bajar con rapidez—. Te dije que no quería.

Su mirada es acusadora. Me siento castigado.

—Tú... dijiste que no creías en el matrimonio, pero eso fue antes...

—¿Qué? ¿Antes de ti? —Me mira como si no fuera nada.

—Sí. —Me defiendo—. Sí, antes de mí. Antes de que le dieras una oportunidad.

—Nunca iba a darle una oportunidad al matrimonio, Elliot. Eso nunca estuvo en mis planes —sisea.

Levanta una mano de mi hombro para masajearse la frente y mira a nuestro alrededor, como si se diera cuenta por primera vez de que estamos en medio de una boda.

Quiero irme. Quiero salir de aquí y estrellar mi furgoneta contra un muro de ladrillos, pero sé que, si me voy, no volveré a verla. Lo sé.

–¿Cuál es el siguiente paso entonces, Ama?

Respira con brusquedad.

–¿Qué?

–Cuando sientes algo por alguien como lo que sientes por mí, ¿cuál crees que es el siguiente paso según la lógica? –digo e intento que el malestar que siento en el pecho no se vuelva contra ella–. ¿Seguimos como hasta ahora durante los próximos setenta años? Tal vez tú te mudes, pero... ¿ese es el final?

Ensancha las fosas nasales.

–¡No lo sé! Te dije que no me van las relaciones...

–Y, sin embargo, aquí estamos. –Me mira fijamente, como si de alguna manera la hubiera decepcionado–. Lo que quiero decir, Ama –suelto una risa vacía–, es que quieres unir nuestros negocios, ¿pero no quieres salir conmigo?

–Eso es un asunto de negocios, no una proposición de matrimonio, Elliot...

–Quieres ir a Napa el mes que viene, a Boston el próximo otoño, ¿pero no quieres una relación a largo plazo?

Tiene los ojos muy abiertos, la boca abierta. La veo intentar hablar. Parece aterrorizada por algo.

–No lo sé –estalla–. No lo sé, Elliot. Todo iba tan bien. Tal como estaba. Pero sabías que no quería casarme, ¿y me lo propones de todos modos?

Sé que tiene razón. Sé que lo dijo, y pensé que eso cambiaría. Pero tengo tantas cosas en el pecho, tanto remordimiento, tantas cosas que estoy perdiendo en este preciso instante, que no puedo evitar tratar de volverlas contra ella.

–¿Y por qué? ¿Por tu madre? ¿Porque ha tomado malas decisiones catorce veces, y crees que así es la vida? –Me fulmina con la mirada, pero no puedo dejar de hablar–. ¿De verdad crees que es algo hereditario, Ama? ¿Que si nos casamos, si dices la palabra «relación», abrirás una especie de puerta a tus propios catorce matrimonios?

–No, ¡es porque los matrimonios terminan! ¡Las relaciones terminan!

Niego con la cabeza y la corrijo:

—Pueden terminar. Es posible que terminen. Y solo porque no quieres que terminemos, ¿ni siquiera quieres un comienzo? —En voz baja, pregunto—: Ama, si a estas alturas no tenemos una relación..., ¿qué somos?

Se muerde el labio y una lágrima se abre paso entre sus pestañas.

—No lo sé..., no sé qué estoy haciendo. Esto ha sido un error.

La siento retroceder y la sigo, agarrándola por la cintura. La sensación física de alejarse de mí me hace darme cuenta de que también lo está haciendo por dentro.

—Ama, espera.

Aprieta los labios y le brillan los ojos por las lágrimas. Siento que le tiembla el cuerpo y me doy cuenta de lo mucho que la he cagado.

—Te quiero —le digo—. Ya te quería. No puedo imaginar perder esto, pero solo quería más..., por un segundo. Solo era eso —le digo, como si no hubiera estado queriendo más durante seis meses. Desde hace más. Le aprieto la cintura—. Me he precipitado. Nunca pensé que te oiría decir «Te quiero», y entonces lo has hecho. Me hizo pensar que podría tenerlo todo, pero fui demasiado rápido, ¿vale? Olvidémoslo.

—No puedes deshacerlo —susurra.

—Mírame. Está desdicho, ¿vale?

—Siempre sabré lo que quieres y lo que no puedo darte —dice, y una lágrima cae por su mejilla.

—Eso es mentira. Quiero que te deshagas de tu maldita gata, y tú no lo harás, así que ya tenemos esos problemas...

—No intentes bromear con esto —sisea.

Hay un *flash* a nuestro lado y los dos nos giramos para ver al fotógrafo de la boda, que está haciendo la foto de la pareja que hay detrás de nosotros. Cuando se vuelve hacia nosotros, ella me pone las manos en los hombros y me mira por encima de la oreja. Hay un *flash*.

La miro fijamente, memorizándola. Le paso la palma de la

mano por la cadera y la acerco a mí por la parte baja de la espalda. Ella se deja.

–Nunca ha pasado –le digo al oído–. Nunca me volverás a oír hablar de ello.

Se queda callada. Y luego niega un poco con la cabeza.

–Nunca debí dejarme llevar contigo.

Me golpea como una bala entre los ojos. Aprieto los dientes para no gritarle.

–Somos compañeros de trabajo en el sector –continúa, susurrándome en el cuello–. No es nada profesional. Siempre hago lo mismo.

Me burlo, y lo hago con más maldad de la que me gustaría.

–¿Siempre te metes en relaciones de medio año con tus proveedores?

Se echa hacia atrás y yo la dejo. Parece derrotada.

–Confundo negocio con diversión. Lo estropeo todo.

El fuego me araña la garganta.

–¿Es Whitney la que habla?

–Tiene razón. Nunca... nunca sobreviviré en esta industria si no puedo ser profesional.

–Estupendo. Así que rompemos porque quieres ser mejor *wedding planner*.

Su mirada se vuelve fría como el hielo.

–Estamos rompiendo porque me has propuesto matrimonio. Y porque, para empezar, nunca debí acostarme contigo. Todo esto es un error.

Esta vez, cuando retrocede, se escabulle de entre mis brazos. Intento alcanzarla con los dedos, pero no lo consigo.

–Tengo que comprobar cómo va la limpieza de la cocina –murmura.

Después, gira sobre sus talones, se escabulle entre la gente y desaparece.

Me quedo con un correo electrónico en una mano y el recuerdo de su calidez en la otra.

Me meto el papel en el bolsillo y camino en dirección contraria.

# 25

# Ama

## La boda

El sábado, me despierto llorando. Uno de esos sueños que no terminas de entender, pero que te destrozan cuando se acaban. Me pongo unos parches fríos debajo de los ojos para bajar la inflamación y empiezo el día a las seis de la mañana.

Mar me manda un mensaje a las siete y me dice:

> **MAR:** No te olvides de la cuba del
> abuelo, sea lo que sea eso

—Mierda —miro el móvil.

Le pedí que me escribiera eso hoy. Y me alegro de haberlo hecho.

La antigua cuba que acogerá las cervezas artesanas en el banquete. ¿Va con la temática? No. ¿Hará feliz a Kim Nguyen? Esperemos que sí.

Tendrá que ser a mediodía, cuando me dirija desde la Rosaleda al salón de recepciones para supervisar los últimos detalles. Me desviaré veinte minutos, pero, como de costumbre, hoy ando escasa de ayuda. Jake y Sarah se quedan en la Rosaleda. Mar se queda en el estudio de *ballet*. Y yo voy de aquí para allá con las novias cuando es necesario.

Recibo un mensaje de Bea a las ocho, preguntándome si hay algo que pueda filmar hoy antes de que el equipo se dirija al Airbnb para la preparación de las novias. La mando a la Rosaleda. Habrá un montón de desastres que grabar allí. Siempre los hay.

Nuestro permiso en la Rosaleda no nos permite entrar hasta las once para nuestra ceremonia de las dos, pero llego allí a las diez y media y miro fijamente el parque. Respiro hondo y me digo que todo va a salir a la perfección. Hace un tiempo estupendo, fresquito y soleado. Hazel y Jackie van según lo previsto en el Airbnb. Y, mientras, George y su equipo de Michelangelo Rentals llegan en el camión con las sillas y los postes, incluso el montaje va según lo previsto.

Jake llega un cuarto de hora después, disculpándose por su error de ayer y estando concentrado al cien por cien hoy, que es todo lo que podría pedir.

Cuando llega el camión con todo el material floral, sin arco nupcial y sin Elliot, es la primera vez que algo va mal. Le pregunto a su primo Ben dónde está, pero lo único que me dice es:

—Me acaba de decir que venga y te pregunte dónde va todo.

Se me acelera el pulso, pero dejo que Ben y Jake empiecen con el montaje de las flores.

Le doy a Elliot hasta veinte minutos antes de enviarle un mensaje.

**AMA:** ¿Todo bien?

Me responde.

**ELLIOT:** Dame 10 min

Empiezo a mordisquearme la mejilla por dentro. Elliot nunca llega tarde. Pienso en las ojeras que tenía ayer y la facilidad con la que el equipo de cámara le sacó de sus casillas. Solía decirme todo el tiempo que necesitaba un ayudante, pero ahora es él quien necesita ayuda extra.

Quince minutos después, su furgoneta negra llega a la zona de carga con un arco floral que se alza orgulloso en la parte de atrás como un jinete de carruaje. Jake corre para ayudarle a descargarlo, pero Elliot se limita a decirle que vuelva. Con cuidado, desata los cabos y lo deja en el suelo. Me reúno con él en las marcas del altar que he hecho en la hierba mientras lleva el arco consigo, moviéndose despacio.

–Es precioso –digo.

No es mentira, pero tampoco lo miro con atención. Estoy demasiado ocupada intentando medir cómo está de estresado.

–Es temperamental –dice.

–¿Problemas?

–Se partió por la mitad hace una hora.

Se me para el corazón. Miro hacia arriba y veo una grieta.

–¿Qué necesitas?

–Nada. Irá bien. Antes de ir a la recepción, iré a la tienda a por masilla y pintura y, si tengo tiempo, soldaré una varilla para sostenerlo.

Asiento con la cabeza, como si pudiera ver la imagen perfecta que está pintando en lugar del espectáculo de terror en el que Jackie y Hazel se dan el «Sí quiero» mientras su arco se parte por la mitad y le clava una estaca en el corazón al oficiante de la boda.

Miro la hora.

–Tengo que irme. Estoy haciendo recados, así que si necesitas algo...

–Vete.

Doy media vuelta y corro hacia el coche. Son más de las once y media, y tengo que asegurarme de que los caballos y los carruajes van a llegar a la hora prevista, ir a ver cómo van las novias y llamar a Mar por si necesita alguna cosa.

Cuando por fin estoy de camino a casa de la abuela de Jackie para recoger la cuba, llevo treinta minutos de retraso, y apenas he podido controlar el Airbnb. Lo único que se salva es que Mar dice que las cosas van a la perfección en el estudio de *ballet*.

Me acerco a la dirección que Kim Nguyen me envió por correo electrónico y a la que apenas eché un vistazo. Su madre no va a estar en casa, así que busco la cuba al final del camino de entrada. Cuando subo y doblo la esquina, me paro en seco.

No me encuentro una cuba. Me encuentro una bañera.

Abro y cierro la boca. No puedo articular palabra y, aunque pudiera, ¿a quién me quejaría?

Saco el móvil y leo el correo de Kim, busco la palabra «bañera». Maldigo cuando veo que la llamó «tina antigua». Estoy devanándome los sesos tratando de averiguar por qué había pensado que esto era una cuba que podría caber en el asiento de atrás de mi coche. ¿Tal vez algo en la forma en que Kim me lo describió? ¿No había separado las manos hacia los lados, indicando lo grande que era?

Ahora, al mirar esta bañera antigua de patas de garra, puedo ver que, uno, no podré ponerla en la mesa que hemos colocado cerca de la barra y, dos, es una maldita bañera.

Junto las manos.

—Vale. Vale.

Al menos, quien me la dejó en la entrada la puso en una plataforma móvil que habían utilizado para traerla hasta aquí. La parte difícil sería meterla en el asiento trasero de mi Camry.

Vuelvo a mirar el correo electrónico de Kim.

¡Te harán falta de 4 a 6 hombres para levantarla!

Cierro los ojos, tomo aire por la nariz e invoco la energía de cuatro a seis hombres.

Primero, corro hacia el coche y lo meto marcha atrás por el camino de entrada. De ninguna manera voy a dejar que todos estos vecinos me vean hacer algo tan increíblemente estúpido. Alineo el asiento trasero con la bañera y empujo los asientos delanteros hacia delante. Podría funcionar. Los pies con garras pueden ser un problema, pero creo que la bañera cabrá en el asiento trasero. Si pudiera darle la vuelta, sería lo mejor, pero no creo que pueda, a pesar de mi bravuconería.

Hago rodar la bañera sobre la plataforma hasta el asiento trasero y respiro hondo.

En esos segundos, me imagino llegando al salón de recepciones y pagando al personal del *catering* cincuenta pavos a cada uno por salir a la zona de carga. Me imagino a Mar y a mí arreglando la sección de la barra para que la bañera quepa, quizá elevándola para que la gente no tenga que agacharse para agarrar sus botellines.

Pero también me imagino dejando la bañera aquí y volviendo a las cosas importantes. Y la mirada en la cara de Kim Nguyen, que ha sido un ángel en comparación con el equipo de Hazel. Kim Nguyen, que me pidió una cosa. Kim Nguyen, que me dijo que sobre todo fuera acompañada con entre cuatro y seis hombres fuertes...

Me quito los tacones, me agacho y me levanto haciendo fuerza con las rodillas.

Al principio, no pasa nada. No avanzo nada. Y entonces dos cosas suceden muy rápido.

La parte de delante de la bañera se levanta, casi lo suficiente como para poner un pie de garra en el suelo de mi coche. Estoy eufórica. Y entonces la plataforma móvil, que se había inclinado bajo el peso, facilitando la elevación de la bañera, se desliza por debajo de la bañera y pasa por debajo de mi coche.

La bañera cae. Y mi pie descalzo está debajo de ella.

Es un crujido como no había sentido desde que me caí de la bicicleta en sexto de primaria. Un rayo me sube por la pierna. Grito y caigo de culo junto a mi coche. Con la adrenalina de una madre que levanta un todoterreno para quitárselo de encima a su hijo, mi pie bueno presiona contra el lateral de la bañera hasta que rueda por encima de mi pie. Me escabullo hacia atrás como un cangrejo y respiro con dificultad hasta que la mente vuelve a funcionarme.

Ahora tengo el pie derecho colorado e hinchado. No puedo mover los dedos sin gritar. Me muerdo el labio mientras las lágrimas me caen por las mejillas.

La bañera... sigue en perfecto estado, pero está de lado en la entrada en vez de dentro de mi coche.

¿Pero yo? No puedo caminar. No puedo ponerme de pie. El

móvil en el coche. Tengo el auricular portátil en la oreja, pero no puedo llamar, solo contestar. Y la boda empieza en noventa minutos. No puedo respirar bien y me doy cuenta de que estoy hiperventilando.

Se me descompone el rostro. Ahogo un sollozo y me tapo la boca con la mano, tratando de no alertar a los vecinos hasta no estar segura de querer hacerlo.

Me tumbo en el camino de la entrada y miro al cielo, observando las nubes moverse despacio, imaginándome entre ellas. Me obligo a respirar e intento considerar mis opciones. Podría gritar pidiendo ayuda. Los vecinos llamarían a una ambulancia, y yo seguiría con un pie roto y una bañera en la entrada. Si me fuera en ambulancia, me perdería la boda.

O llego a mi teléfono y soluciono el resto.

Me giro hacia un lado e intento ponerme a cuatro patas. El dolor me atraviesa el pie de todos modos, incluso cuando no ejerzo presión sobre él. Lo intento durante unos metros antes de tener que detenerme, respirando como si hubiera corrido kilómetros.

Vuelvo a caer de espaldas, levantando el pie en el lateral de la bañera. Me tiembla el pecho al darme cuenta de lo que está pasando. La boda empieza en noventa minutos y no estoy al cien por cien. Ni siquiera estoy al cincuenta por ciento. La boda de mi carrera. El presupuesto de mis sueños. El equipo de filmación, las miradas de Los Ángeles, la oportunidad de toda una vida para Elliot.

Las lágrimas me caen por las sienes hasta el pelo. Me daré un minuto más e intentaré ponerme en pie.

Una melodía empieza a sonar en mi oído izquierdo, y sollozo cuando me doy cuenta de que alguien me está llamando. Toco el lateral de mi auricular portátil.

—Sí, ¿quién es?

—Necesito masilla —dice Elliot, habla rápido. Me trago un grito—. Se me ha acabado. ¿Puedes coger un poco o ya estás de vuelta en el jardín?

–Eh…, no… Elliot, necesito ayuda.

Se hace el silencio al otro lado. Y empiezo a temblar al pensar que se ha cortado la llamada. Entonces dice:

–¿Dónde estás? ¿Qué ha pasado?

–Estoy en casa de la abuela de Jackie y me he hecho daño. No puedo… no puedo caminar, no puedo conducir.

–Envíame la dirección.

–No tengo el móvil. Estoy con el auricular. Pero está en Titan Court, en el parque Tahoe. –Escucho el motor de su furgoneta arrancar y soy presa del pánico–. Espera, ve a la Rosaleda y manda a Jake…

–No, voy a por ti.

–Elliot, la boda.

–No va a celebrarse sin uno de los dos, así que me parece que vamos tarde.

Se me escapa un sollozo.

–Llama a Mar. Dile que vaya al Airbnb. Y necesitamos otros tres tipos fuertes. ¿Tienes la furgoneta llena?

–¿Qué?

–Estaba recogiendo algo, y pesa demasiado. ¿Quién puede venir a cargarlo?

–Por Dios, Ama.

Lanzo un sollozo, escuchando sus vocales traicionarlo como solían hacerlo mientras lo pronuncia «Emma».

Entonces dice:

–¿Cómo es de pesado y cómo es de importante?

–Es una bañera. Es como una puñetera bañera al completo. Y es probable que no sea muy importante, pero tiene que ser perfecto, Elliot. Estoy muy cerca. Esto es por Jackie, y ya sabes que gran parte de esta boda ha sido acaparada por el agente de Hazel y su *reality show*. –Se me rompe la voz y cojo aire–. Esta boda está completamente fuera de control. Apenas parece su boda.

Se queda callado un segundo y luego dice:

–Bien.

La línea se corta y vuelvo a quedarme sola. Me incorporo y me apoyo en el lateral del coche hasta quedar sobre una pierna. Me duele el pie y oigo el crujido una y otra vez. Parece que han pasado años hasta que mi auricular vuelve a sonar. Lo toco.

—¿Elliot?

—Soy Mar. ¿Qué ha pasado?

—Creo que me he roto el pie. No puedo andar.

Maldice.

—Esto... Vale. ¿Quién necesita andar? Te pondremos unas muletas y ya está. Tal vez Elliot pueda poner un poco de diseño floral en ellas y estarás lista para seguir.

—¿Estás de camino al Airbnb?

—Sí —dice Mar—. ¿Qué quieres que diga?

—Nada. Nada de nada. Invéntate algo sobre un problema en el local que nos ha hecho cambiarnos el puesto si insisten, pero hagas lo que hagas, no llames la atención del equipo de rodaje.

Suspira y me la imagino masajeándose la frente.

—Sí, vale.

—¿Y Mar? —le pregunto—. ¿Michael no vive en el parque Tahoe?

—¿Michael, mi ex? ¿Tu exhermanastro?

—Sí, ¿verdad?

—Ama, sea lo que sea esto, no lo hagas.

—Eh, yo he estado trabajando con mi ex durante seis meses. Tú dijiste que sería «profesional»...

—No te atrevas —dice entre dientes.

—Por favor, solo mira a ver si puede venir a Titan Court en los próximos diez minutos.

—Esto es caer muy bajo, incluso para ti.

Sonrío.

—Prométele una mamada.

Me cuelga. Veo mi teléfono móvil en el asiento de delante, y estoy a punto de estirarme para alcanzarlo cuando se detiene una furgoneta negra. Saltan tres personas: Elliot y mis dos únicos ayudantes del día: Jake y Sarah.

—No, no —digo—. Necesitamos que uno de ellos vuelva a la Rosaleda.

Sarah hace una burbuja con su chicle y la explota.

—Lo tengo controlado. Le pedí al del chelo que nos llamara si pasaba algo raro.

Cierro los ojos ante este espectáculo de mierda mientras Jake la corrige.

Elliot se dirige hacia mí, rodeando la bañera sin mirarla dos veces. Se agacha delante de mí y aprieto los labios para que no me tiemblen. Sus dedos me tocan el tobillo y la más leve presión en la parte superior del pie me hace sisear.

—¿Puedes ponerte de pie? —pregunta Jake.

Niego con la cabeza.

—Gracias por venir —digo a mis exhermanastros—. Hay otro chico en camino, espero. Solo tenemos que meter la bañera en la furgoneta de Elliot. Hay una plataforma bajo mi coche, en alguna parte.

Jake trata de alcanzar la plataforma con ruedas mientras Sarah le saca una foto a mi pie. Me vuelvo hacia Elliot.

—Estoy bien. Podemos cargar la furgoneta, y quizá pueda conducir con el pie izquierdo...

—Te voy a llevar al hospital —afirma.

—No. Hay una boda. Todavía tenemos que conseguir masilla, ¿verdad?

—Jake se llevará mi furgoneta. Yo te llevaré al hospital. Fin de la discusión.

—Elliot. —Levanto la mirada para mirarlo—. Esa no es una opción.

Justo entonces, una voz dice:

—Eh, ¿hola? ¿Está Ama?

Miro por encima del coche y ahí está Michael. Tan tonificado como lo recordaba.

Me paro sobre un pie y lo saludo con la mano.

—¡Gracias por venir! Solo necesitamos tu ayuda para levantar algo que pesa mucho, y luego no te molestaremos más.

—Siéntate —dice Elliot, poniéndome la mano en el hombro.

Me la quito de encima y sonrío a Michael, aunque probablemente parezca alguien cuya carrera está siendo apuñalada hasta la muerte ante sus propios ojos.

Jake tiene la plataforma móvil y mira dubitativo la altura de la furgoneta y el peso de la bañera.

Me apoyo en el coche y empiezo a dar saltitos.

—Te ayudaré a meterla...

La gravedad me eleva y, de repente, estoy en el aire. Unos brazos cálidos me han despegado del suelo, literalmente, y Elliot me lleva en volandas alrededor del coche hasta el lado del acompañante.

—Reserva tus fuerzas —digo, a falta de un comentario inteligente—. He oído que la bañera pesa.

Tira de la puerta con el ceño fruncido y me mete dentro con cuidado. Cuando me cierra la puerta, respiro hondo y doy gracias a Dios por volver a tener mi móvil.

Veo veinte mensajes de Bea, Jackie, Hazel y Mar. Llamo primero a Jackie, envío la llamada a mi auricular y miro a través del parabrisas cómo Elliot y un pequeño ejército de mis exhermanastros meten la furgoneta en la entrada y se preparan para levantar la bañera.

Jackie contesta:

—¡Ama! ¿Va todo bien? Mar ha dicho que hay un problema en el estudio de *ballet*.

Y justo en ese momento, me estremezco al ver a Michael y Elliot meterse debajo de la bañera mientras Jake la levanta desde la plataforma de la furgoneta. Sarah sostiene la carretilla con expresión aburrida.

—Hola, sí. ¡Todo va bien! Estoy volviendo, pero ¿necesitáis algo?

—No —dice Jackie, arrastrando la palabra para que yo sepa que está mintiendo—. Yo solo... Dios, suena estúpido, pero me vendría muy bien tu presencia tranquilizadora ahora mismo.

Los hombres gruñen. Elliot le grita a Michael que corra y ayude a Jake, y jadeo cuando Elliot queda debajo de la bañera.

—¿Ama?

Cierro los ojos.

—Jackie, tienes toda la razón. Debería estar allí. Lo único que quiero es que estés tranquila y contenta ahora mismo. Dame diez minutos y seré tu gominola de cannabis por hoy, ¿vale?

Jackie se ríe y dice:

—Como empleada del Estado, ejem..., por supuesto, no tengo ni idea de qué me estás hablando, pero aprecio el gesto.

Le cuelgo y, cuando abro los ojos, la bañera está en la parte trasera de la furgoneta de Elliot, y los hombres no han muerto. Abro la puerta y les doy las gracias efusivamente.

Michael está sudando y mira la bañera.

—Más les vale casarse en esa bañera.

Sonrío sin fuerza.

—Va a ser para poner cervezas artesanales en el convite. —Me mira—. De las que todos recibiréis un *pack* de seis, en agradecimiento por vuestros seis abdominales. Y eso me recuerda... —Le hago un gesto a Elliot para que se acerque—. La bañera tiene que ir en la azotea. Por las escaleras.

Frunce el ceño en mi dirección y entonces se vuelve hacia Michael.

—Michael, ¿verdad? —Le estrecha la mano—. Ama me acaba de decir que te dará cien dólares si puedes venir a ayudarnos a descargar este cacharro.

Abro la boca y la cierro con una sonrisa tensa.

—Sí.

Michael acepta, y Elliot habla rápido con Jake, entregándole las llaves de su furgoneta. Michael se acerca a mi lado del coche y se arrodilla.

—¿Te ha caído encima? —pregunta. Asiento y recuerdo que estaba en la Facultad de Medicina—. ¿Puedes apoyar peso encima?

—No.

Sisea y niega con la cabeza.

—Tienen que escayolarte el pie enseguida —dice, justo cuando Elliot llega a su altura y lo oye.

—Eso haremos —dice Elliot. Le da una palmada en el hombro a Michael—. Gracias por tu ayuda.

—Muchas gracias —añado—. Si hay algo que pueda hacer por ti...

Y entonces Elliot vuelve a cerrar de un portazo. Lo miro con el ceño fruncido mientras les hace señas a Jake y Sarah para que se vayan. Llamo a Mar.

—¿Cómo va todo? —le digo cuando contesta.

—Bueno, ¿bien? —dice—. Es decir, para una boda sin su *wedding planner*, creo que va de primera, la verdad.

—Vale, bien, ya voy para allá. Michael vino, así que tal vez puedas considerar volver con él, ¿de acuerdo? —Ella gruñe, y añado—: Además, está yendo al estudio de *ballet* con Jake y Sarah ahora mismo. Gracias, adiós.

—Ama, ¿qué...?

Corto la llamada.

Elliot abre la puerta del conductor, se mete dentro y extiende la mano para agarrar las llaves. Me las acerco al pecho.

—Vamos al jardín —le digo.

—No. Vamos al hospital.

—Elliot.

—Ama, ¡dame las llaves! —Su voz retumba en mi pequeño coche, sorprendiéndome. Se las doy. Él desliza hacia atrás el asiento por sus largas piernas y gira la llave en el contacto. El salpicadero se ilumina con todas mis luces de advertencia—. ¡¿Me tomas el pelo con este coche?!

—¡Se puede conducir! ¡Está bien!

Niega con la cabeza y sale del camino de entrada. Para mi consternación, gira a la izquierda, lejos de la Rosaleda. Me duele el pie y empiezo a repasar la línea temporal en mi cabeza. Siento que mis costillas se contraen, y me doy cuenta de que no puedo hacer esto. No puedo hacer esto si vamos al hospital. Pero sé que no dará la vuelta.

Siento la cabeza ligera. Lo único que me mantiene centrada

es el dolor del pie. ¿Cómo es posible que la ceremonia continúe sin mí? Soy la única que puede dirigirla, porque soy la única que conoce todos los detalles. Ni siquiera sé si Jake tiene un programa totalmente actualizado...

–La boda va a salir bien. –La voz de Elliot flota hasta mí, atándome–. Pero primero tienes que estar bien tú.

Me vuelvo hacia él para discrepar. Pero él ya está mirándome. Tiene una mirada oscura y penetrante, y me dejo atrapar por ella.

–Tú eres más importante que la boda, Ama.

Se equivoca, pero me llena el pecho de mariposas y la cabeza de pensamientos bonitos.

Observo el borrón de la ciudad mientras nos acercamos al hospital y le escucho respirar en el silencio.

# 26

## Elliot

### Dos años, nueve meses,
### una semana y un día

*Víspera de Año Nuevo*

Camino aturdido por los pasillos del Sutter Club. Hay un montón de rincones y puertas y muchos lugares donde uno puede perderse, pero yo camino en círculos intentando averiguar qué acaba de pasar.

Le propuse matrimonio.

Se lo propuse, y rompió conmigo.

Rompió conmigo, pero me hizo preguntarme si en realidad estábamos juntos.

Y me arrepiento con todo mi ser. ¿No podría haberme conformado con oírla decir que me ama? ¿Tenía que ir cien pasos más allá?

Intento llamarla veinte veces. Le envío mensajes. Sé que, si sigo vagando por el Sutter Club, la encontraré. Estamos en medio de una de sus bodas. No puede estar muy lejos.

Cuando vuelvo a pasar por la pista de baile, buscando su cabeza por el perímetro, mi madre me ve. La saludo con la mano y sigo adelante. Estoy en otra sala cuando mamá por fin consigue alcanzarme.

—¿Qué pasa? —dice de inmediato.

Vuelvo a sentirme como un niño. Soy miserable, y ella es un ángel de blanco que hará que todo vuelva a ser mejor. No sé qué decirle, porque ahora «Le propuse matrimonio» suena ridículo. Suena a locura.

—Te vi bailando con Ama —me dice, dando un paso adelante—. Hacéis buena pareja...

–No la hacemos. –Omito el obvio «ya no». Mamá ha sido sorprendentemente buena en no presionar con detalles y no dar su opinión.

Pero puedo vérselo en la cara: la misma lástima que mostraba cuando yo volvía a casa en quinto curso, magullado y golpeado. Por aquel entonces, se movilizaba como la senadora Gilbert, buscando lugares donde arrojar luz sobre la injusticia, llamando a la escuela, llamando a los padres.

Ahora solo hay lástima. No hay un poder superior al que pueda presentar una queja. Ningún proyecto de ley que pueda aprobar.

–No pasa nada –dice después de un rato–. Al fin y al cabo, trabajáis juntos.

Me hiere. Como si todo el mundo pudiera ver por qué era una mala idea excepto yo.

El DJ llama a mi madre para que vaya a lanzar el ramo, y yo la despido con una sonrisa. Pero en cuanto se va, me apoyo en la pared junto a un armario y me echo a llorar.

Me tiembla el pecho, como si no fuera a volver a estar lleno nunca más. Esta misma mañana la abracé mientras dormía y supe que todo era perfecto. Me había colado en su vida, pero funcionaba. Y lo he estropeado.

No puedo respirar por el dolor, y tengo un nudo en la garganta por los gritos ahogados. Saco del bolsillo uno de los viejos pañuelos de papá y me limpio la cara mojada. Miro fijamente sus iniciales bordadas y desearía que estuviera aquí para decirme qué hacer.

Cuando puedo volver a respirar, me alejo de la pared y voy a buscar más vino. Durante toda la noche espero encontrármela, pero no vuelve. Le envío mensajes una y otra vez y me encargo de la organización de la boda yo solo, como si siempre hubiera estado en el plan, mintiendo por ella cuando los proveedores me preguntan dónde está.

# 27

# Ama

## La boda

Elliot conduce hasta Urgencias. Ignora cada palabra que digo en el coche, incluso cuando recurro a la súplica. En cuanto me instala en una silla de ruedas, vuelvo a estar al teléfono, comprobando con Vince por qué Jake dice que los caballos no están allí todavía.

–Vince. Vince –lo corto–. ¿Me estás diciendo que no previste que habría tráfico? ¿Es eso lo que me estás diciendo?

Elliot me lleva al mostrador de registro mientras escucho las excusas de Vince. Anota mi nombre y mis datos mientras saco la tarjeta sanitaria.

–Vince, imagina por un segundo que somos clientes que te han pagado. Imagina que no solo hemos alquilado tus caballos, sino que también hemos comprado tus paseos sobre el heno para hoy. Imagina un mundo donde eso existe, y lleva tu puto culo al parque.

Le cuelgo y sonrío a la enfermera que está detrás del mostrador.

–¡Hola! ¿Qué tiempo de espera hay hoy?

Arquea una ceja.

–Cielo, esto no es un restaurante de comida rápida.

–Sí, claro. Me refiero a que, si tengo que hacerme una radiografía, ¿cuánto tiempo voy a estar aquí? ¿Un rato?

Con el ceño fruncido, me señala la sala de espera, que parece estar sospechosamente llena.

Elliot empuja la silla de ruedas y me coloca junto a un asiento en el que se deja caer.

–Tienes que tranquilizarte un segundo.

–La boda empieza dentro de una hora. –Puedo oír el terror en mi voz–. Esto no es relajarse.

–Dime la lista. ¿Qué tienes que hacer?

Habla con calma y me mira a los ojos. Me sumerjo en su mirada un segundo y me acuerdo de la boda de su madre, de cómo me dejó mantenerlo despierto toda la noche, cómo lo obligué a escuchar mis listas, cómo me ayudó a aliviarme justo cuando lo necesitaba. Se me hace un nudo en la garganta al recordarlo, y el calor enrojece mis mejillas.

–Prioridades –digo, pensativa–. El arco de la boda posiblemente esté roto. El florista tiene que llegar al lugar y arreglarlo. –Evito darle la lata y me limito a los hechos–. Tengo que confirmar que la persona encargada de oficiar la ceremonia ya está allí. Tengo que echar un último vistazo a la Rosaleda. Tengo que... –De repente, se me ocurre otra cosa y cierro los ojos con fuerza–. Tengo que colocar los programas en las sillas.

–Continúa –dice, impidiendo que pierda el control.

–Tengo que estar con Jackie y Hazel. Jackie se está volviendo loca. Lo he notado en su voz. Ni siquiera he hablado con Hazel desde anoche. Tengo que asegurarme de que el equipo de grabación no les quita un tiempo muy valioso y las retrasa. –Respiro. Le miro a los ojos–. Whitney. Puedo llamar a Whitney y ver si puede prescindir de alguien hoy.

–No. –Habla con frialdad, pero sus ojos son como el hielo–. No, no se va a quedar con tu gran día. Por encima de mi cadáver, Ama.

Eso me sobresalta. Me palpita el pie y me tiembla el pulso cuando me mira fijamente.

–Continúa –dice con firmeza.

Trago saliva.

–Tengo que saber que Vince y los caballos están listos. Tengo que comprobar la sala de recepciones. Ni siquiera he estado allí hoy. Tengo que conseguir más hielo, ahora que sé que la cuba es una bañera. Tengo que elevar la bañera de alguna forma...

263

–¿Elevarla? –pregunta, y me doy cuenta de que no solo quiere que me calme. Me está escuchando.

–La «cuba» habría estado sobre la mesa junto a la barra. Ahora que es una bañera en el suelo, la gente tendrá que agacharse, tal vez ni siquiera se vea. Hay que exponerla mejor o..., no sé.

Asiente con la cabeza. Tomo aire y continúo.

–Tengo que hacer las últimas comprobaciones del *catering*. Tengo que volver a comprobar cómo van George y Mar. Les dije cómo poner la mesa, pero quiero verlo.

No me dice que debo confiar en ellos. No me dice qué debe desaparecer de la lista.

–Eso es todo antes del espectáculo. ¿De qué eres responsable a la hora de la verdad?

Me doy cuenta de que quizá no llegue para cuando todo empiece. Respiro con dificultad y Elliot me pone una mano en la rodilla. Miro hacia abajo. Me tranquiliza durante dos segundos antes de verme las rodillas y el vestido, arañado y manchado por el camino de la entrada.

–Tengo que cambiarme de ropa.

–Hemos pasado página –dice–. Toca salir.

Jake conduce a Hazel por la calle lateral hasta la parte trasera del jardín. Mar está con las damas de honor en el Airbnb. Doy la señal a los músicos. Doy la señal a Mar para cada dama de honor. Luego les doy la señal a Jake y a Mar para que las novias salgan desde direcciones opuestas y lleguen al centro. Indico la música en todo momento. Doy la señal para que llegue el carruaje de Jackie y Hazel, y poco después llega la fila de carruajes. Me quedo hasta que sube el último invitado, y luego Sarah espera a que George termine la ceremonia mientras Jake y yo vamos a la recepción...

–De acuerdo. Empezaremos por ahí –dice, poniéndose en pie–. Llama a Jake para lo del oficiante. –Cuenta con los dedos–. Llama a Mar para lo del programa de la fiesta de la boda, vuelve a llamar a Vince. Ahora voy a ir a la Rosaleda a arreglar el arco. Pondré a Ben con lo del hielo para la bañera y la elevación. –Hace una pausa–. Lo cual es cómico, teniendo en cuenta cómo estás.

Resoplo, y algo brilla en su rostro.

–Cuando termines con las llamadas –continúa–, me llamarás a mí y organizarás la boda desde aquí.

Estoy aturdida. Siento que todo por lo que he estado trabajando durante siete meses (y más) se está desmoronando.

Elliot se acerca y creo que me va a apretar la mandíbula, pero en lugar de eso sus dedos me quitan con cuidado el auricular de la oreja.

–¿Qué estás haciendo? –le pregunto.

–Si voy a ser el organizador de bodas hoy, me hace falta tener el auricular del organizador de bodas.

Hay algo muy heroico en todo esto. Me lanza una última mirada y se dirige hacia las puertas correderas de cristal. Noto que se me acelera el corazón, como si tal vez pudiéramos lograrlo. Como si tal vez fuera como en los viejos tiempos, cuando creábamos magia juntos.

De repente, Elliot se gira y vuelve hacia mí. Me quedo paralizada, algo ha pasado...

–¿Cómo...? –Mira el auricular avergonzado–. ¿Cómo se usa esto?

# 28

# Ama

## La boda

La persona que va a oficiar la ceremonia está allí. Los primeros invitados (imbéciles) han llegado veinte minutos antes. Mar dice que las novias van según el horario, pero Jackie sigue llorando a pesar del maquillaje. Estoy a dos segundos de llamarla cuando Vince me devuelve la llamada.

–Estamos aquí –refunfuña.

–Estupendo. ¿Puedo hablar con el conductor del carruaje nupcial, por favor?

Le comunico al conductor la hora aproximada a la que necesito que llegue y cómo le avisaré.

Bea sigue llamándome y yo sigo ignorándola. Me deja un mensaje de voz y le echo un vistazo al texto.

*Solo quiero darte mi apoyo. Sé que probablemente piensas que... que estamos tratando de grabar una buena historia, pero si necesitas una mano extra, será extraoficial. Me importa mucho esta boda.*

Me muerdo el labio inferior, intentando decidir qué hacer con eso.

Mientras miro el móvil, recibo una notificación de Instagram. Hazel Renee está en directo. Hago clic y veo su preciosa cara.

–Hoy es el día de mi boda –exclama–. No puedo enseñaros nuestros trajes de novia, pero que sepáis que vamos a ir de punta en blanco. Estoy muy emocionada, y sé que Jackie también lo está. Todo es... –Mira alrededor de la habitación vacía en la que está. Es el piso de arriba del Airbnb–. Todo es perfecto, pero nadie encuentra a nuestra *wedding planner*. –Se ríe.

Se me revuelve el estómago. Separo los labios.

–Es tan raro. Pero supongo que está ocupada, o a saber.

No puedo respirar. Tengo la lengua seca. No puedo creer que acaba de... decirles a sus millones de seguidores que he desaparecido el día de su boda. A los seguidores a los que lleva meses recomendándome.

Salgo de Instagram y me quedo mirando la pared. Me suena el teléfono y espero que sea Elliot.

Llamando Whitney Harrison...

Me siento como una cría cuando pulso rápido el botón verde.

–Hola.

–¿Ama? Acabo de ver algo extraño en Instagram...

–Sí. Yo también lo he visto. Estoy... estoy en el hospital.

–Oh, Ama. Ama, ¡este es tu gran día! Eso no puede pasar.

Trago con fuerza. Está diciéndome lo mismo que he estado pensando.

–Iré... iré al lugar de la boda. Tan pronto como me hagan una radiografía.

–Ama –dice en voz baja, como si se trasladara a otra estancia–. Si solo es un hueso roto, entonces no veo por qué tanto alboroto. Ponte un cabestrillo, una muleta, lo que sea. ¿Por qué estás en el hospital para una radiografía?

–Lo... lo sé. Yo...

–¿Me necesitas en la Rosaleda? Puedo ir allí ahora mismo y ocuparme de esto.

Parpadeo. Se me forma un nudo en la garganta.

–¿No tienes como cuatro bodas hoy?

–Mmm, tengo una, luego por la tarde. ¿Recuerdas cuando te enseñé mi calendario? Hoy no tengo nada.

Aprieto los ojos y se me saltan las lágrimas. Quiero gritar.

Quiero preguntarle por qué me ha saboteado. Pero también quiero pedirle que vaya a la Rosaleda. Porque Jackie y Hazel necesitan una *wedding planner*.

Suena un pitido y miro el teléfono. Elliot está llamándome. Recuerdo la expresión de su cara cuando le sugerí lo de Whitney, lo inflexible que ha sido siempre sobre la forma en que me utilizó. Me convenzo de que no la necesito. Le tengo a él.

—Whitney, tengo que colgar. Gracias por la oferta, pero lo tenemos todo bajo control.

Cuelgo la llamada y acepto la de Elliot.

—Estoy aquí —dice—. Voy a arreglar el arco, luego me dices qué hacer con los programas.

—De acuerdo.

Le escucho moverse, el portazo de su furgoneta, los sonidos del parque. ¿El... graznido?

—Ama, tenemos gansos.

—Maldita sea. Dile a Jake que se encargue.

Solo han pasado cinco minutos cuando Elliot anuncia que el arco de la boda está arreglado. Estoy pendiente del reloj todo el tiempo. Estamos apurando demasiado. Le digo cómo colocar los programas de boda: «En ángulo, Elliot», y él refunfuña que sí, pero tengo la ligera sospecha de que esos programas se colocarán de la forma más rápida en que Elliot pueda hacerlo.

Oigo que alguien lo llama por su nombre a través del teléfono y dice:

—¿Dónde está Ama? ¿Qué está pasando? —Es Bea.

—Todo va bien. Está con algo, pero lo tenemos todo bajo control —responde Elliot cuidadosamente.

—De acuerdo. ¿Podemos enviarle un equipo? Lo que sea que esté pasando, podemos ayudar o al menos incluirlo en el programa...

—No.

—Vale —dice Bea—, sé que mi contrato no es contigo, es con Ama, pero tenemos que grabar los altibajos de este día.

—Me importa una mierda lo que grabes —dice Elliot—. Mi prioridad máxima es esta boda. Luego, mi segunda prioridad son las flores para esta boda.

—Muy bien, señor Bloom...

—¿Quieres saber dónde estáis tú y tus cámaras en la lista? Muuuy abajo, señorita. Tal vez en el puesto número veinte. En el veintiuno si hay una niña de las flores en esta boda.

Resoplo riéndome al escucharle.

—Le falta delicadeza, señor Bloom —le digo.

Le oigo resoplar y supongo que se aleja de Bea a toda prisa.

—Ahora me dirijo al Airbnb.

—Vale, confirma con Mar que está conforme con el salón de recepciones.

—Lo haré.

Es extraño escucharlo hacer cosas normales, tenerlo en mi oído mientras camina o refunfuña sobre el tráfico. Es íntimo, y es algo que echo de menos en cierto modo, aunque nunca lo haya tenido del todo.

—Ama, está aquí la policía.

Parpadeo al ver al hombre sentado frente a mí, que sostiene una toalla con sangre a la altura del codo.

—Eh, vale. Veamos qué pasa.

—Agente —dice Elliot—, soy Elliot Bloom. Estoy a cargo de este evento de forma temporal. ¿Puedo ayudarle?

—Señor Bloom —dice una voz ronca—. ¿Tiene permisos para cerrar esta calle?

Jadeo y me agarro la riñonera, donde están los permisos.

—Joder.

—Los tenemos —dice Elliot con calma—. Puedo traérselos enseguida. ¿Puedo preguntarle si hay algún problema o si solo quiere comprobar algo?

—Nos avisaron de que H Street iba a estar cerrada, pero no McKinley Boulevard. Podría ser un error de comunicación, pero me gustaría ver los permisos.

—Por supuesto. Estoy al teléfono con la coordinadora del evento. Se lo aclararé. ¿Ama?

Dejo caer la cabeza entre las manos cuando murmuro:

–Los tengo yo. En el bolso.

–Agente, nuestra coordinadora sí los tiene. Vendrá enseguida –miente–. Solo deme un segundo, tengo que ir al apartamento que hemos alquilado justo aquí...

–Lo siento, señor Bloom. Necesito ver ese permiso o tendré que hacer que se retiren de McKinley.

–¿Qué tal una foto del permiso?

Probablemente el oficial ha dicho que no, porque entonces Elliot dice:

–Ama, espera, por favor.

La línea se corta. Levanto el teléfono para ver si me ha colgado, pero la llamada sigue en curso. ¿Se habrá silenciado? ¿Está haciendo un trato clandestino con la policía de Sacramento? ¿No quiere que me entere de sus conexiones con la mafia?

En el silencio, una enfermera me llama por mi nombre. Agito la mano y la llamo a gritos. Ella ve que soy incapaz de caminar hasta el mostrador y sale a mi encuentro.

–Cariño, vamos a llevarte a una sala de exploración.

–¡Perfecto! Gracias. Eh..., estoy atendiendo una llamada importante, estoy dirigiendo una boda desde aquí. ¿Puedo hablar por teléfono?

–¿Una boda? –Arquea las cejas–. ¿Te atropelló el coche de los recién casados o algo así?

–Eso sería menos embarazoso, pero algo así, sí. –Sonrío.

Me saca del vestíbulo y me lleva por el pasillo.

–Puedes quedarte con el teléfono, pero cuando venga la doctora te pediré que, por favor, cuelgues para que pueda examinarte.

Compruebo mi móvil y veo que Elliot aún me tiene en espera. De repente, oigo un sonido metálico.

–¿Hola? ¿Elliot?

–¿Con quién hablo? –dice una voz femenina.

Antes de que pueda tartamudear una respuesta, oigo una nueva voz masculina.

–Soy el agente Bell, del Departamento de Policía de Sacramento.

–Agente Bell –dice la mujer–, buenas tardes. Soy la senadora Laura Gilbert del Senado del Estado.

Me tapo la boca con una mano. Cuando la enfermera ve mis ojos y dice:

–¿Novia a la fuga?

Niego con la cabeza y escucho a Laura, sin saber si se da cuenta de que estoy al teléfono. Estoy escuchando.

–Agente, he oído que hay un problema de permisos. Sé que está haciendo exactamente lo que tiene que hacer. Y le agradezco su trabajo. Yo solo quiero saber qué puedo hacer para ayudar en este proceso.

El agente Bell se aclara la garganta.

–Ah, senadora. Bueno, queremos ver el permiso para cerrar la calle. No está en nuestros registros.

–¿Podemos enviarle una fotografía del permiso?

–Eh, lo siento, senadora...

–Puedo poner al encargado de Urbanismo en la línea y confirmar que está en el sistema. ¿Eso serviría?

–Es sábado, señora.

–Por favor, llámeme senadora Gilbert. ¿Quiere que llame al encargado de Urbanismo para que hable directamente con él? O puedo llamar al comisario Adams de la Policía de Sacramento para aclararlo. Tengo los números de ambos.

Me imagino al agente Bell rascándose la barba incipiente.

–No... No, senadora. No hay ningún problema. Me pondré en contacto con el comisario Adams... y le pediré que revise los registros de hoy.

–Me parece estupendo, agente Bell. Me complace oír eso.

–Laura cuelga.

La enfermera me hace un gesto para decirme que la doctora vendrá pronto. Levanto un pulgar hacia arriba.

Vuelve a sonar la voz de Elliot.

–¿Ama? ¿Sigues ahí?

271

–Has tenido que llamar a tu maaadre –canturreo.

–Se te olvidaron los permisos –me contesta–. Estoy en el apartamento. ¿Está abierto?

–Debería.

Le oigo llamar y luego abrir la puerta. Hay un revuelo de actividad a su lado. La gente pregunta por mí, por los ramos, por un Valium.

–¿Dónde está Hazel? –pregunta Elliot.

Lo oigo abrirse paso entre la multitud de gente y dirigirse al piso de arriba. Llama a una puerta.

–¿Hazel? Ama está al teléfono controlándolo todo.

–Dios mío, ¿dónde está? –Oigo decir a Hazel. ¿Es fastidio lo que oigo en su tono?

–Está lidiando con un problema y ha delegado para que podamos cumplir con el horario.

–¿Cuál es el problema?

–No se lo digas –le digo.

Me mortifica mucho haber puesto en peligro esta boda por no leer el correo electrónico de Kim Nguyen, por intentar levantar una bañera yo sola, por no tener suficientes asistentes. Este día gira en torno a la pareja, y ya he hecho que gire mucho en torno a mí. Y no quiero que sus seguidores también lo sepan.

–Problemas de última hora. Me dijo que viniera a verte a ti primero porque sabe que te ha descuidado un poco.

–Bueno –empieza a decir, luego hace una pausa–. Sí, estoy bien. Solo me gustaría saber lo que está pasando.

Entreno a Elliot para que le diga:

–Hoy te casas. –Repite después de mí–. Eso es lo que pasa. Y sonríele.

–Eso es lo que pasa –repite–. Y sonrí...

–¡A ella no! ¡Sonríe tú!

–Y sonreír..., todos sonreirán –concluye con dificultad.

Oigo a Hazel decir:

–Vaaale.

–Ama está disponible por teléfono si hace falta –dice, y entonces oigo cerrarse la puerta–. ¿Dónde está Jackie? –pregunta a alguien en el pasillo.

–¡Última puerta!

Otro golpe. Otra puerta abriéndose.

–¡Elliot! ¿Qué pasa? ¿Ya es la hora de los ramos? –Tiene un tono histérico en la voz que me sube la tensión.

–Vaya, Jackie. Estás increíble –dice, y casi puedo verla yo misma.

–Gracias. Es que... Dios, Elliot. ¡¿Dónde diablos está Ama?!

–Díselo. Díselo a ella y no a Hazel –le digo.

Tose.

–Ama se ha hecho daño. –Jackie jadea–. Está en el hospital para que la examinen ahora.

Se oye un gemido y un resoplido, y cierro los ojos al darme cuenta de que Jackie está empezando a llorar otra vez con el maquillaje hecho. Rezo para que el *spray* fijador de Hazel Renee haga milagros.

–Oye, oye. Está bien. –Se oye el sonido de Elliot acercándose–. Jackie, tenemos esto bajo control. Te vas a casar.

–Mmm –dice, con la voz tensa como una cuerda de guitarra–. Es que... el día está siendo muy estresante. Y Hazel no quería que nos viéramos antes, a pesar de que le pedí si podíamos por favor... –Ahoga un sollozo–. No quiero parecer desagradecida por todo lo que Ama y tú habéis creado para este día, pero esto ya ni siquiera parece mi boda.

Me pellizco el puente de la nariz.

–Maldita sea.

–Lo sé. –Elliot simpatiza–. Es muy duro.

–Y ella... ella está haciendo directos en Instagram en lugar de sentarse aquí a sostenerme la mano. Y yo solo... solo sigo pensando que... ¿Y si esto no está bien? ¿Y si dejo de quererla algún día?

–Pásamela –le digo–. Dale el auricular.

Oigo a Elliot tocar el aparato, como si fuera un estampido sónico en mi oído.

—Jackie —dice en voz baja.

—Elliot, pásame con ella.

Oigo que vuelven a tocar el auricular y creo que intenta colgarme o silenciarme. Pero sigo oyendo a Jackie moqueando.

—Así no es como funciona —dice—. No hay desamor para la gente como tú y yo.

Contengo la respiración. Me zumba la piel.

—Veo cómo eres con Hazel —dice—. Créeme, sé que cuando te enamoras de una persona tan dedicada a su carrera, a veces no sientes que tú seas lo primero.

Cierro los ojos y guardo un silencio sepulcral, rogándole que continúe.

—A veces simplemente cuentas los días, las horas, hasta que puedes volver a ser útil —dice—. ¿Y si alguna vez se acaba, Jackie? —Baja la voz—. Seguirás contando. Los meses que han pasado. Los días exactos desde que se fue. Como un contador de los momentos que has pasado sin ser importante para esa persona. Pero nunca pienses que despertarás y no estarás enamorado de ella.

Necesito aire. Los pulmones no me funcionan, y no puedo oír nada aparte de a Elliot y los latidos de mi corazón.

De repente, llaman a la puerta de la consulta y entra la doctora. Levanto la mano como un hombre que se ahoga y le hago señas para que guarde silencio. Ella me mira confusa y yo señalo el teléfono móvil y le digo:

—Lo siento.

—Dios —dice Jackie—. Elliot, no debería haberte presionado para que salieras con Ama. No sabía que seguías enamorado de Kate.

Esta vez me siento como si me hubiera caído una bañera antigua sobre el estómago. Kate. La chica que vino después. ¿Es posible que no esté hablando de mí?

Él se aclara la garganta.

—Solo... solo quería que supieras que no te vas a desenamorar —dice—. Han pasado años, y aún puedo decirte el número de días desde la última vez que me necesitó. Desde la última vez que la abracé por la noche.

Tomo aire. Soy yo. Cuelgo, he oído todo lo que tenía que oír. Miro a la doctora con los ojos húmedos y le digo:

—Lo siento, soy... *wedding planner* y estoy aquí en lugar de estar en mi puesto de trabajo.

La doctora es una mujer mayor con ojos amables.

—Oh. ¿Acabas de escuchar los votos?

Me muerdo el labio y asiento con la cabeza.

# 29

# Ama
## La boda

Es una fractura leve en el metatarso, sea lo que sea lo que signifique eso. La doctora me hizo la radiografía en veinte minutos porque no podía dejar de llorar por lo mucho que me iba a perder.

Al salir de radiología, Elliot me llama y vuelvo a explicarle las entradas para la ceremonia. Recuerda todo lo que le dije en la sala de espera, y ahora solo hay que confiar en que sepa contar los compases de la música. Mientras las enfermeras me llevan de vuelta a la sala de reconocimiento, le doy las indicaciones para la boda, y cuando digo: «Dentro novia», uno de los pacientes del pasillo me mira como si debiera estar en el ala de psiquiatría. Cuando empieza la boda, Elliot cuelga para concentrarse y yo le envío el número de teléfono del conductor del carruaje nupcial.

La doctora me prepara unas muletas y una bota para poder caminar y me cita para que vuelva el lunes para escayolarme. Me tomo los analgésicos que me dan y pido un Uber mientras compro en la tienda de regalos del hospital un par de zapatos planos que me sirvan para mi único pie sano.

Elliot envía un mensaje al grupo que tenemos Mar, Sarah, Jake y yo para decir que el carruaje nupcial ha salido y que el primer carruaje ya está recogiendo a los invitados, así que fijo el destino del Uber hacia el lugar de la recepción. Tengo que advertir a mi conductor sobre las calles cerradas alrededor del parque, a lo que él dice:

—Eso es ridículo.

–Creo que es una boda –digo con inocencia.

–¡¿A qué genio se le ocurrió eso?!

Aprieto los labios y miro por la ventanilla mientras él sigue las señales de desvío.

Sube por la calle lateral y me deja en la parte de atrás, por donde entraban los del *catering*. Me ayuda con las muletas, así que le perdono los comentarios.

Mientras subo a la acera, la furgoneta de Bea se para delante, a unos veinte metros. Respiro con fuerza, sabiendo que probablemente acabaré en el programa con la bota y las muletas puestas. Los dos cámaras y el técnico de sonido bajan, cogen sus equipos y se apresuran a entrar para estar listos cuando lleguen los primeros invitados. Me dirijo a la puerta trasera cuando Bea salta del asiento del conductor y la puerta del acompañante se abre para dejar ver a Whitney Harrison.

Se me corta la respiración. Va vestida con un Stella McCartney azul pastel, su prenda favorita para entrevistas o bodas importantes. Lleva un iPad en una mano y un auricular en una oreja. Habla deprisa con Bea, asiente con la cabeza y observa el lugar perfectamente centrada.

Parece la *wedding planner* de Hazel y Jackie.

Le dije que no viniera y ha venido igualmente.

Intento respirar mientras la cabeza me da vueltas.

Bea es la primera en verme. Sonríe tan aliviada que no sé qué pensar. Mientras corre hacia mí, Whitney mira hacia la calle, esperando a que lleguen los primeros invitados.

–¡Ama, Dios! –Bea me agarra del codo para ayudarme a subir a la acera–. ¿Qué ha pasado?

–¿Qué hace Whitney Harrison aquí? –Hablo con voz vacía.

Como si le pitaran los oídos, Whitney se gira, me ve y me saluda con un alegre gesto desde el medio de la calle.

–¿Qué... qué quieres decir? –dice Bea, frunciendo el ceño–. Dice que la llamaste para que viniera a dirigir la boda.

–Elliot se ocupa de la boda –replico.

—Sí, pero…, bueno, Whitney se encargó de Hazel. La llevó por el parque con Jake, le dio la señal de «Dentro novia»…

Las muletas se interponen en la zancada furiosa que intento dar, pero aun así consigo llegar a una distancia prudencial de Whitney.

—¿Qué haces aquí? —le espeto.

—Ama, Dios mío —dice con dulzura—. ¿Te lo has roto, querida?

—Te dije que lo tenía todo controlado. Te dije que no te necesitaba.

Whitney me pone esa cara, la cara que ponía a las novias que le preguntaban si tenía paquetes más baratos, como diciendo «pobrecita».

—Ama. Está claro que me necesitas. Aquí no había ninguna *wedding planner*. —Se ríe entre dientes.

—La boda estaba yendo a la perfección sin ti…

—Claro, y Elliot lo hizo bien con la poca experiencia que tiene, pero está claro que Hazel Renee no estaba contenta contigo. —Alarga la mano para darme un apretón en el hombro, y yo retrocedo de golpe—. Ama…

—¿Por qué hiciste que tus proveedores tuvieran todo completo hoy? —le pregunto.

Ladea la cabeza.

—¿De qué estás hablando?

—Sé que programaste al menos tres bodas ficticias hoy, después de que te diera la fecha. Después de pedirte consejo.

—Ama, acabamos nuestra relación laboral de manera amistosa —dice sin más—. Siempre te apoyaré, pero no voy a rechazar trabajos por ti. Después de que hablásemos, hice la reserva. Quiero decir, ¿cuánto tiempo esperaste para contactar con esos proveedores después de que habláramos? ¿Cuánto tiempo se supone que tenía que esperar para reservar?

El ácido del estómago me arde hasta la garganta.

—¿Qué pasó con esas tres bodas entonces? Solo tienes una hoy, más tarde. Eso es lo que me dijiste.

—Cancelaron. —Se encoge de hombros. Como si fuese fácil—.

Las cosas cambian. Algún día, cuando empieces a trabajar con un volumen tan alto como el mío, verás como tres bodas se anulan, sin más –espeta.

No la creo. Tengo la voz de Elliot resonando en mi oído desde hace años, diciéndome que copió mis diseños, que me pagó mal. Puedo sentir sus uñas como garras en mi brazo, siseando «Sé una profesional» en mi oído mientras la mano me palpita y las lágrimas me caen, la piel todavía me hormiguea con el recuerdo de la mano de un desconocido en mi culo. Me invade una claridad cálida y nítida.

–Tienes razón –digo con suavidad–. Algún día sabré lo que es tener cuatro bodas en un día. Algún día entenderé lo que es hacer una reserva tan rápido que olvide la conversación que tuve hace dos días. –Asiento con la cabeza, una sonrisa curva mis labios–. Porque estoy creciendo, Whitney. Estoy ampliando mi cartera de clientes, y nada de lo que hagas para sabotear mi negocio va a detenerme. Valgo por diez como tú. Siempre he valido por diez como tú, y tenías razón al temer que entrara en tu mercado.

Algo cambia detrás de sus fríos ojos azules. Doy un paso hacia ella, ignorando el dolor que me sube por la pierna, y digo:

–Ahora, lárgate de una puñetera vez de mi boda.

Whitney tiene los labios apretados. La mirada fría. Pero ya no le tengo miedo. Oigo el sonido de los cascos de los caballos cuando se acercan los primeros carruajes. Es ahora cuando veo una de las cámaras de Bea enfocándonos a las dos.

Se inclina hacia mí y sus dientes chasquean sobre las consonantes.

–¿Crees que puedes hablarme así? Yo te creé. ¿Cuántos clientes te he enviado para que me pagues así? ¿Crees que estás entrando en mi mercado? ¡¿Mi mercado?! Estoy trabajando a nivel nacional mientras tú zorreas en despedidas de soltera y flirteas con mis proveedores para conseguir los mismos descuentos.

Me quedo boquiabierta. Se me escapa una carcajada.

–No sé qué es s más gracioso, que creas que San Francisco y

el lago Tahoe se califican como «nivel nacional», o que pienses que eres la única *wedding planner* que consigue descuentos en la industria. Adiós, Whitney. Tengo que organizar un banquete.

Extiende las garras y me agarra del brazo.

—No me dejes así, zorra desagradecida...

Llego a ver el momento en que Whitney se da cuenta de que nos están grabando. Es, con diferencia, el mejor momento de mi vida. Palidece bajo el maquillaje, y gira el cuello hacia el cámara que se acerca a nosotras. Se queda sin saber qué decir.

Le pongo una mano despectiva en el hombro, como ella siempre hacía conmigo.

—Whitney, vamos. Sé una profesional.

Prácticamente le sale humo por las orejas. Gira sobre sus talones y sale a la calle justo cuando llega el primer caballo. Whitney salta hacia atrás, chilla y el caballo se encabrita sobre sus patas traseras. Grito y me tapo la boca con la mano. Whitney se aparta justo a tiempo, pero el cochero tiene que calmar al caballo.

En cuanto se me pasa el susto y me doy cuenta de lo cómico que ha sido, me vuelvo hacia Nick, el operador de cámara.

—¿Lo has grabado? —le pregunto con una sonrisa.

Él asiente, con una sonrisa burlona.

Respiro hondo y esbozo una sonrisa para saludar a los primeros invitados, disculpándome por el pequeño incidente con el caballo. Bea sigue de pie en la acera, con una sonrisa de oreja a oreja.

—Es probable que no puedas usar esas imágenes, ¿verdad? —le digo—. Ya no firmará ningún consentimiento.

—Ya lo firmó. —Bea crispa los labios—. En la tienda de vestidos de novia. Cuando se me acercó para que la entrevistara.

Parpadeo.

—¿La entrevistaste? ¿Qué te dijo?

Bea se acerca.

—Dijo que tú trabajabas bajo sus órdenes. Que te enseñó todo lo que sabes. Y... que eras demasiado inexperta para una boda de esta magnitud.

El calor me sonroja las mejillas. Los dientes me rechinan.

—Así que —continúa Bea— estoy imaginándome lo genial que va a ser, en contraste con lo que acaba de pasar aquí. —Me sonríe—. Me encanta el buen drama.

—Bueno, de nada. —Me apoyo en las muletas—. Vamos a la fiesta.

Bea se reúne con su equipo y yo cojeo hasta la puerta de atrás, sin querer que mis muletas y mi vestido manchado llamen demasiado la atención. El coordinador del *catering* me saluda como si yo no hubiera desaparecido en ningún momento. Hay un rápido intercambio de palabras sobre mi bota y mis muletas, pero pronto atravieso la cocina improvisada y entro en la boda de cuento de hadas que he creado.

Aunque todo lo que hay aquí es un diseño dibujado o hecho por mí, me sigue sorprendiendo ver esta antigua academia de *ballet* convertida en banquete de bodas. Los candelabros florales de Elliot se iluminan desde los lados con luces LED tenues, y las columnas con jarrones de protea reina se asientan en todos los rincones. No hubo tiempo para que Hazel y Jackie pudieran echar un primer vistazo, pero la zona del comedor está perfecta para su gran entrada, ya que los invitados se dirigen a la azotea para la hora del cóctel. Cuando lleguen, las chicas verán todo esto por primera vez.

Lo examino mientras llegan los invitados, compruebo cada cubierto, cada centro de mesa. Recoloco algunas cosas y enderezo los cuchillos, pero la verdad es que está casi perfecto.

Una invitada baja las escaleras y le hace un gesto a su amiga.

—¡Tienes que ver esto!

Y sé que se refiere a la pista de baile.

Después de confirmar que todos los carruajes de invitados han llegado y que todo el mundo se ha dirigido a la azotea para la hora del cóctel, me dirijo al pie de la escalera. Niego con la cabeza ante la silla salvaescaleras que hemos instalado para cumplir las normas de la ADA. Suspiro y pulso el botón para que la silla baje hasta mí, sonriendo al ver cómo han salido las cosas.

Cuando llego a lo alto de la escalera y vuelvo a utilizar las muletas, veo la azotea por primera vez desde el jueves.

Es increíble. Los invitados se acercan tímidos a la magnífica pista de baile de Elliot, como si tuvieran miedo de pisarla. Algunos la señalan con el dedo, saludan a sus amigos y se hacen fotos. Las mesas de cóctel están colocadas a la perfección y el boj que reviste los laterales de la azotea lo ilumina todo. Veo cómo van rotando los canapés y cómo los invitados ponen cara de orgasmo tras el primer bocado. Veo la segunda barra, tan llena como la primera, y me doy una palmadita en la espalda por saber de vinos de Hollywood.

Y también veo una bañera antigua con cerveza artesana, expuesta sobre Dios sabe qué, pero de un metro de alto y perfecta con un mantel echado por encima. Y junto a ella, la madre de Jackie pone una mano orgullosa en el lateral, mostrándosela a quien quiera escuchar.

—Cuba —resoplo en voz baja.

Y entonces es cuando por fin veo a Mar.

Está de pie en un rincón, recorriéndolo todo con la mirada, como si estuviera enumerando los lugares en los que podría haber pasado algo por alto. Posa la mirada en mí y se sobresalta. Corre hacia mí con sus largas piernas y me abraza.

—Ama.

—Lo has conseguido, querida. Lo estás bordando.

—Tú lo has conseguido. —Se separa de mí—. Tú has hecho todo esto.

Justo en ese momento, el presentador de la boda toma el micrófono.

—Damas y caballeros, por favor presten atención a la entrada. La feliz pareja está a punto de llegar.

El público aplaude. Miro el reloj con el ceño fruncido.

—¿Ya?

–Sí –dice Mar–. Elliot ha conseguido que fuéramos siempre puntuales.

Cuando las damas de honor por fin suben, veo el asombro en sus caras al salir al aire otoñal. Bea y su equipo están documentando cada momento. No han pasado ni cinco minutos cuando oigo a Jackie gritar desde abajo y, antes de que pueda preocuparme, Hazel se echa a reír.

Ojalá pudiera estar abajo con ellas para ver su reacción ante el vertedero abandonado infestado de murciélagos que he rehecho para ellas. Pero sé que Bea lo está filmando.

–Ama.

Me giro y ahí está Laura Gilbert. El corazón me da un vuelco.

–Senadora. Muchas gracias por su ayuda hoy con los permisos.

Ella mueve la mano en el aire.

–No es nada. Y llámame Laura.

No lo haré bajo ningún concepto.

Continúa:

–Estoy tan impresionada… Quiero decir, me encantó mi boda, pero está claro que este es tu fuerte. Estoy muy contenta de haber animado a Jackie a contratarte.

–Yo también –digo con una sonrisa–. Fue un honor que lo hiciera.

–Bueno… –Se inclina hacia mí con aire cómplice–. No podía dejar que esa bruja malvada se llevara todo el reconocimiento.

–Estoy a punto de decirle que disfrutará de lo que grabaron los realizadores, cuando dice–: Y me ha alegrado veros a Elliot y a ti trabajando juntos de nuevo. Hacéis muy buena pareja.

Se me atasca la voz en la garganta.

–Me refiero a en los negocios –dice.

Cuando guiña un ojo, creo que me desmayo durante unos segundos, pero el presentador vuelve a tocar el micrófono.

–¡Por primera vez como pareja, demos la bienvenida a Hazel Renee y Jackie Nguyen!

Vuelvo a prestar atención y dejo que Laura Gilbert se escabulla entre la multitud.

Los invitados aplauden y gritan. Jackie y Hazel corren escaleras arriba. Jackie ya está sollozando, y sus amigos y familiares se ríen, como si fuera de esperar. Me pregunto si lloró durante toda la ceremonia. Tendré que preguntárselo a alguien.

Hazel se queda sin voz en el umbral. La veo asimilarlo todo, aferrada a su mujer y radiante. Se sale del guion cuando hace un gesto al presentador para que le pase el micrófono. Arrastra a Jackie hasta la pista de baile para situarse en el centro.

–Solo tengo que decir que sé que no debo hablar todavía –dice Hazel. El público se ríe. Jackie solloza–. Pero nuestra *wedding planner* no nos ha dejado ver esto los últimos dos meses. No os imagináis lo que había aquí la última vez que estuvimos. Espero que eso explique por qué Jackie no puede controlarse.

Hay risas educadas, pero ninguna es más fuerte que el llanto de Jackie, que se acaricia las pestañas y jadea.

–¡La bañera de mi abuelo!

Me palpita el pie en señal de gratitud.

Hazel continúa:

–Y la verdad es que nuestra *wedding planner* es la que está detrás de todo esto. Creó esto de la nada. Por desgracia, hoy ha estado ausente...

Jackie se sobresalta. Me está señalando.

–¡Ama está aquí!

Y de repente estoy llorando, saludo y cojeo hacia delante. Jackie y Hazel cruzan la estancia y me abrazan. Hay un tornado de preguntas, respuestas, gratitud y alegría, y estoy tan inmersa en todo ello que me sorprende darme cuenta de que Elliot entra en la azotea por la puerta, en busca de un lugar donde reposar los pies durante diez minutos. Parece demacrado, sin haberse cambiado la ropa de esta mañana, y con ese aspecto desaliñado que tan bien le queda.

Me ve en el borde de la plataforma con Hazel y Jackie. Desvía la vista hacia la bota y me fulmina con la mirada. Parece que me he metido en un lío.

Hago que el presentador continúe, invitando a los asistentes a tomar bebidas en la barra, a buscar sus números de mesa en la tabla de distribución de asientos, y luego bajar a sus mesas. Animo a Jackie y Hazel a que se queden unos minutos más aquí y luego empiecen a bajar a la mesa principal. Pido al equipo de fotografía que haga fotos de cada momento.

Una vez que todo el mundo se ha ido de la azotea, bajo en la silla y me coloco en un rincón desde el que puedo ver toda la sala. Mar me entrega con gusto el *walkie-talkie* y va a buscarme una silla. Me pongo el auricular, pulso el botón de hablar y digo:

—Ama está en el auricular.

La voz de Jake llega con rapidez.

—Oh, gracias a Dios.

—Sarah, ¿cómo va la Rosaleda? ¿George ya ha terminado de recoger?

—¿Quién es George? —pregunta con desgana.

Respiro hondo, recordándome que no puedo matarla hasta que la boda haya terminado.

—Es el coordinador del alquiler. —Como no responde, le digo—: Grande, pelirrojo, unos cincuenta años. Se supone que está esperando a que su equipo termine de recoger las cosas de la ceremonia.

—Ah, sí. Ya casi ha terminado —dice.

—Vale —le digo—. Necesito que Jake se reúna con Vince y los caballos para asegurarnos de que todo está en orden. Jake, tendrás que desmontar los arcos. Enviaré a Mar contigo.

Mar se queja y luego asiente con desgana.

—Puedo ir yo. Deja que Mar se quede. —Es la voz de Elliot.

Lo busco entre la multitud, pero no puedo localizarlo.

—Perfecto, gracias. Me vendrían bien los pies de Mar. ¿Me avisas si tienes algún problema con los arcos de flores?

—Sí.

Me vuelvo hacia Mar y le digo por el *walkie*:

—¿Puedes hacer una ronda por mí y comprobar que no nos estamos retrasando con los canapés? —Una vez que se ha ido,

285

digo por el *walkie*–: De vuelta a la acción. Hoy habéis hecho un trabajo increíble. Creo que las novias están contentísimas, y es todo gracias a vosotros.

La hora siguiente transcurre como todas las recepciones: en un abrir y cerrar de ojos. La comida está lista para salir a tiempo, pero los invitados rondan cerca de la barra del piso de abajo, así que esperamos quince minutos y les damos a los camareros una charla para decirles que la cena empezará pronto. Después de que el tercer camarero me pare para preguntarme cómo me he hecho daño, me deshago de las muletas y cojeo con la bota. Hay un problema con los cables de la banda en directo, y el bajista está a punto de correr a Guitar Center cuando alguien me toca en el hombro.

–¿Necesitáis un cable de diez centímetros?

Miro hacia arriba, hacia un pecho ancho, hacia un tipo de aspecto severo, moreno y con una chaqueta de cuero negra. Tiene las pestañas largas y la mandíbula perfectamente esculpida. Vaya.

–Sí –exclamo, dándome cuenta de que mide más de treinta centímetros más que yo. Veo el estuche del violonchelo en su mano–. ¡Oh! ¿Eres Xander? ¿Nuestro violonchelista de la ceremonia? –Asiente con la cabeza–. He oído que mi ayudante te ha pedido que echaras un ojo antes. Muchas gracias por hacerlo. Teníamos un encargo muy importante; de lo contrario, nunca te lo pediríamos.

–Claro.

Espero a que diga algo más, pero es posible que haya encontrado a alguien que habla menos que Elliot.

–Entonces, ¿tienes un cable?

Se arrodilla para abrir el estuche y saca un cable de un bolsillo lateral. Mientras le envío un mensaje al bajista para avisarle de que tengo el cable, Xander dice:

–Es una boda muy bonita.

Le sonrío. Parece que le duela físicamente hacer cumplidos.

–Gracias. Me alegro mucho de que hayas podido venir. Disfruta del resto de la noche, te lo devolveré en cuanto pueda.

Niega con la cabeza.

—Me voy ya al aeropuerto. Quédatelo.

Sin mucha más ceremonia, agarra su estuche para el violonchelo, le da un apretón en el hombro a Hazel a modo de despedida y sale por la puerta.

Hazel me ve con el ceño fruncido y se acerca a mí.

—Siento que haya sido brusco contigo. Siempre ha sido temperamental, incluso cuando éramos niños.

—Oh, no —le digo—. De hecho, acaba de salvar el día.

—Lo verás más a menudo. Él y yo tenemos muchos amigos prometidos.

Le doy un golpecito en el codo.

—¿Por qué querrían tus amigos de Los Ángeles y Nueva York una boda en Sacramento?

—¿Crees que te vas a quedar haciendo cosas solo en Sacramento? Ama, tengo diez parejas de Nueva York que ya están pensando en contratarte. Quiero presentarte a algunas de ellas esta noche.

Se me revuelve el estómago y me miro el vestido sucio y la bota.

—Genial. Oye, siento no haber estado para ti hoy.

Hace un gesto en el aire con la mano para restarle importancia.

—No pasa nada. De hecho, yo... —Suspira de forma dramática—. Me parece que hoy hice un directo en Instagram que fue injusto para ti.

—¿En serio? —pregunto con aire inocente.

—Aunque me gustaría arreglarlo.

Saca su móvil y abre Instagram. Se hace un selfi conmigo, y antes de darme cuenta, Jackie se nos une. Ambas me dan un beso en la mejilla y estoy sonriendo como una tonta.

Cuando me etiquetan dos minutos después, el pie de foto de Hazel dice:

Esta es mi *wedding planner*, Ama Torres.
Trabaja en Sacramento, pero yo que tú
prestaría atención a Los Ángeles.

Cuando paso a la siguiente fotografía, tiene fotos increíbles de la recepción y del paseo en coche de caballos. La última imagen es un fondo azul con mi nombre, mi correo electrónico y mi página web en letras blancas.

Niego con la cabeza y sonrío. No es una historia de Instagram que desaparecerá. Siempre formará parte de las fotos de boda que publique. Todavía me sorprendo de haber conseguido este trabajo, pero aún más de que pueda ser amiga de Hazel Renee. Y Jackie Nguyen. El mundo no se acabó cuando me permití acercarme a ellas. De hecho, creció y mejoró.

Una vez cortada la tarta, salgo al callejón y respiro. El pie me está matando. Me duele el culo de la caída de esta mañana y mi cuerpo se rebela porque no he comido. La puerta se abre a mi lado y veo salir a Elliot. Me tiende el auricular.

—¿Te ha gustado tu primer trabajo como *wedding planner*? —Me burlo.

—Uf, no. Me quedo con las flores.

Entonces saca una botella de agua de la barra y dos Advil del bolsillo.

Trago con avidez.

—¿Por qué no me dijiste que Whitney había venido? —le pregunto.

Ladea la cabeza.

—Dijo que tú la llamaste.

—No la llamé.

Su mirada se vuelve más seria.

—Bueno, la mencionaste en el hospital, así que asumí...

—La eché. Bea lo grabó todo —digo con orgullo.

Tuerce la boca.

—Esa es la única razón por la que necesito ver este estúpido programa cuando se emita.

Le sonrío.

—Gracias por lo de hoy. Y no solo por hoy. Esta boda..., esta recepción..., es una locura. La decoración floral es asombrosa. No puedo creer que te hiciera hacer todo esto.

–No me hiciste hacerlo. Yo... Yo... espero que Blooming crezca, así que esto también es una... «locura» para mí.

Asiento con la cabeza.

–Bien. Eres... eres muy especial, Elliot. –Se me llenan los ojos de lágrimas–. Y nunca podré agradecerte lo suficiente que hoy hayas sacado adelante esta boda. Siempre me has dicho que necesito más ayuda, pero de verdad que pensaba que lo tenía bajo control.

Se me atragantan las palabras. El peso de lo que ha pasado hoy me golpea.

–Podría haber ido muy mal –digo–. Estaba..., no podía llegar al móvil. Y solo podía esperar a que alguien me llamara o gritar para llamar a los vecinos, y yo solo... Y entonces tú me llamaste.

–Porque rompí el arco –bromea un poco.

–Cierto. –Sonrío, lloriqueando–. Puede que ahora te toque a ti tener un ayudante.

Me sonríe. Y es la primera vez que veo que se dirige a mí desde que me pidió que me casara con él. Me duele el corazón por su ausencia. Lo echo muchísimo de menos, incluso cuando estoy cerca de él. Puedo oír las palabras que le dijo a Jackie golpeándome la cabeza, y no sé si él sabe que lo oí. Pero lo oí.

Está de pie junto al edificio de ladrillo conmigo. Doy un paso hacia delante, escalo, y me pongo de puntillas. Él inclina la boca hacia abajo para encontrarse con la mía, y el simple movimiento me parte el pecho en dos. Durante un segundo, sollozo contra sus labios, enredando las manos en su pelo. Me rodea la espalda con los brazos, y noto cómo busca las puntas de mi pelo con las manos, como solía hacer, pero ahora lo llevo corto. Me aprieto contra él y todo vuelve a encajar. Huele a tierra y a rosas, y soy tan bajita sin tacones que necesito subirme a él como un mono. Separa la boca de la mía y lloro más.

Le susurro en la piel:

–Te quiero. Elliot, yo... te quiero.

Durante un segundo, me abraza, y espero a oírlo decir lo mismo.

Desliza los brazos alrededor de mis costillas, y con cuidado, me hace retroceder un paso. No me mira a los ojos cuando dice:

—No puedo. Otra vez no. No puedo.

Con la cabeza gacha, se aleja de mí. Desaparece por la esquina, alejándose por el callejón. Intento seguirlo. Lo llamo una vez por su nombre. No se vuelve.

# 30

# Ama

## Hace dos años, nueve meses, una semana y un día

*Víspera de Año Nuevo*

Los pies me sacan de la pista de baile y me alejan de él. Tengo ganas de seguir corriendo hasta llegar a otro país, pero encuentro un armario en un pasillo abandonado, y con eso me basta.

Me llaman por el auricular y sé que es él. Me lo arranco y lo meto en la mochila. Cuando cierro la puerta, me echo hacia atrás y aspiro el olor a lejía y productos de limpieza.

«Cásate conmigo».

Su voz resuena clara en mi mente. Puedo ver sus ojos oscuros cuando cierro los míos, mirándome fijamente como un cuadro que quiere contemplar el resto de su vida.

Lo ha arruinado. Con dos palabras, lo ha prendido fuego.

Presionándome los ojos con las palmas de las manos, me concentro en respirar hondo.

O tal vez he sido yo. Tal vez yo sea el problema. Tal vez hay próximos pasos que son obvios para todos menos para mí.

«Entonces, ¿cuál es el siguiente paso, Ama?».

¿Qué esperaba? Supongo que esperaba que pronto nos olvidáramos el uno del otro. Seis meses es mucho tiempo. Supongo que esperaba que terminara, como todo. Pero tiene razón en muchas cosas. Estaba planeando el futuro. Me parecía bien enredarlo en mi vida para siempre, sin esperar un final.

Se me forma un nudo en la garganta y me rasco con las uñas.

Me sobresalto al oír una voz fuera del armario.

–¿Qué pasa?

Reconozco la voz de Laura Gilbert y me llevo la mano a la boca. ¿Sabe que estoy aquí? Pego la oreja a la puerta.

–Te vi bailando con Ama –continúa Laura–. Hacéis buena pareja...

–No la hacemos.

Elliot. Me alejo bruscamente de la puerta. El corazón me late con tanta fuerza que sé que pronto me oirán. No le he visto seguirme fuera de la pista de baile, pero ahora está aquí.

–No pasa nada –dice Laura–. Al fin y al cabo, trabajáis juntos.

Suena fría. Minimizando. Es justo lo que yo le he dicho.

Miro fijamente la puerta, sabiendo que Elliot está al otro lado. Apoyo la palma de la mano en ella, deseando abrirla para estar con él.

No pasa nada durante un rato. Me acerco, esperando a ver si siguen ahí.

Un zumbido extraño, un murmullo. Es un eco de la risa de Elliot, solo que hueco. Respira hondo y oigo cómo se le queda el aire en la garganta.

La tristeza se apodera de él. Me quedo paralizada, escuchando algo tan privado, algo que aún no me ha contado, a pesar de las muchas veces que he llorado de frustración con él.

Él jadea y yo me permito hacer lo mismo.

Quizá no tenga que ser así. Dijo que nada tenía que cambiar, que podía hacer como si no lo hubiese dicho. Pero, en el fondo, yo siempre lo sabría. Siempre sabría que lloró cuando le dije que no.

Que encontró un pasillo tranquilo y lloró.

Toma aire y lo oigo serenarse. Se aclara la garganta, y sus pisadas pesadas se alejan.

Alcanzo el pomo de la puerta del armario con la mano para ir tras él...

Y la dejo caer.

Ni siquiera sé qué diría si fuera tras él. No quiero que nada cambie, y él sí. No estamos en el mismo punto...

Me duele el pecho. Siento como si hubiera un músculo so-

brecargado entre mis costillas, que tira y se niega a estirarse.
Me limpio los ojos y salgo a hurtadillas del armario, cruzo rápido hacia la salida y salgo a la calle.

Llego a mi coche, y antes de que pueda pensármelo dos veces, conduzco a casa, abandono la boda, abandono el trabajo de mantenimiento. Volveré cuando se acabe, pero por ahora, necesito alejarme de él.

Giro en mi calle y mi coche frena. ¿De verdad necesito alejarme? Me cuestiono todo lo que he hecho en los últimos treinta minutos.

¿Qué habría cambiado? Sí, las cosas podrían acabar; sí, podría ser una decisión terrible, pero ¿acaso sería diferente a lo que es ahora?

Si me opongo al matrimonio, ¿significa eso que también me opongo a estar juntos mientras ambos vivamos? «Para siempre» con Elliot es diferente a cualquier otro tipo de «para siempre» en el que haya pensado. Me parece suave y acogedor. Es como un baño caliente, un domingo por la mañana y flores frescas. Pero todavía no quiero que nos atemos a estos sentimientos, sentimientos cambiantes y erráticos.

Podría preguntarle si podría tener el «para siempre» sin un vestido blanco y un trozo de papel.

El coche se detiene y, justo cuando estoy girando el volante para darle la vuelta y volver corriendo, veo el coche de mi madre aparcado delante de mi casa. Por curiosidad, avanzo y aparco detrás de ella. Me saluda con la mano y sale del coche mientras yo hago lo mismo.

–¿Mamá? ¿Qué pasa?

Sonríe, pero le falta algo.

–Bob y yo...

Niega con la cabeza, sabe que no hace falta que diga nada más.

–¿Por qué? –pregunto; de repente necesito que me lo diga. En el pasado, nunca se lo había preguntado, pero estoy desesperada por que me diga qué acaba con una relación.

Se encoge de hombros.

–Vamos en direcciones distintas. Y es más fácil adelantarse antes de que vaya más lejos.

Pienso en la dirección que está tomando Elliot y en la forma en que yo quiero ir paralela a él. El espacio que quería labrarme en su vida, en su trabajo, en su tienda. En cómo ahora todo eso ha desaparecido. Asiento con la cabeza, fingiendo que lo entiendo.

–¿Y eso qué significa?

–Bueno, Bob quería empezar a buscar casa fuera de California. Yo no –dice–. No hay por qué sacrificar lo que uno quiere ahora, cuando todo se vendrá abajo algún día.

Sacrificio. O volvemos a lo de antes y Elliot se sacrifica, o nos casamos y lo hago yo.

–Cuando las cosas se acaban –pregunto–, ¿eres tú quien las acaba? ¿O ellos?

–Depende. Hoy he sido yo. –Saca su bolsa del coche–. ¿Por qué lo preguntas?

Me detengo en medio de la calle, con las llaves aún en la mano. Ignoro su pregunta y digo:

–¿Crees que alguno de ellos será alguna vez el elegido? ¿El definitivo?

Ella ladea la cabeza.

–Tal vez. Pero no lo creo.

Se echa el bolso al hombro y se queda pensativa un rato.

–No hay alguien perfecto para cada persona. Solo hay promesas y bodas. Unas pueden romperse. Las otras...

–Solo son una fiesta –termino por ella.

Me sonríe.

Cierra la puerta del coche y la veo subir a mi porche. Miro las llaves.

Podría hacerle una promesa a Elliot que solo se romperá. Pero ¿por qué le haría pasar por eso? ¿Por qué aceptar el matrimonio o incluso volver a lo que teníamos, cuando ahora sé que terminará? Acabará, porque él quiere algo en lo que yo no creo.

El viento me revuelve el pelo alrededor de la cara. ¿Por qué empezar algo si va a terminar?

Me guardo las llaves del coche y sigo a mi madre hasta la puerta. Le mando un mensaje a mis ayudantes del Sutter Club diciéndoles que no puedo volver.

# 31

## Ama

### El día de después de la boda

El domingo por la mañana, recibo un correo electrónico de la revista *Sacramento Magazine* en la que me piden un reportaje sobre mí y la boda de Hazel Renee. Justo debajo, *TheKnot. com* me ha pedido una exclusiva.

Es mucho, ver que todo se ha hecho realidad. Esto es exactamente lo que quería, pero pensaba que tendría movilidad total y que llegaría a ver la boda en cuestión, pero a pesar de todo, estoy avanzando.

Nunca pensé que me acurrucaría a la mañana siguiente, deseando no haber besado a Elliot Bloom, que de lo único que me arrepentiría sería... Elliot, otra vez.

Alguien llama a mi puerta a las nueve de la mañana y dejo pasar a Mar con su caja de dónuts. Habla sin parar y está entusiasmada reviviendo todas las maravillas de ayer.

—¿Puedo contratarte? —le pregunto, interrumpiéndola—. La fotografía siempre será lo tuyo, pero ¿puedo darte un trabajo como ayudante?

Mar se encoge de hombros.

—¿Sabes? Ayer disfruté mucho, pero no creo que sea lo mío. —Me sonríe por encima de su taza de café—. Pero, por otro lado, Jake...

—Uf. No. —Cierro los ojos.

—Sí, Ama. Está obsesionado con todo esto. Piensa en ti cuando eras joven. ¿No hiciste estupideces en tus primeros años?

Un pañuelo blanco parpadea en mi cabeza. El escozor de unos nudillos magullados.

–Sé que las hice.

–Dale la oportunidad de salir de su etapa ansiosa de conejillo de Indias –dice Mar–. Te vendrá bien tener a un chaval con ganas de ir corriendo a la farmacia por ti.

Asiento con la cabeza, mordisqueando mi dónut de chocolate al estilo *old-fashioned*.

–¿Qué le prometiste a Michael para que viniera a ayudarnos ayer?

–No, no, no. –Deja la taza en el suelo–. ¿Crees que he venido a decirte que contrates a Jake y a quejarme de mi ex? No. Quiero saber qué os traéis entre manos Elliot y tú.

–Nada –digo–. Hay... Él me apoyó muchísimo ayer. Pero...

–Dudo, pero no hay una parte horrible de mí que Mar no haya visto–. Le besé y salió corriendo.

Abre los ojos de par en par antes de poder contenerse. Vuelve a agarrar la taza.

–Vale. Vale, eso está... bien. –Da un sorbo, intentando contenerse–. Así que eso es lo que hiciste. Básicamente.

–No. No, él se declaró la última vez.

–¿Y qué significaba ese beso si no una declaración, Ama?

Se me encoge el pecho. Me recuerda a la boda de su madre, cuando me preguntó adónde creía que íbamos si no era hacia el matrimonio.

–Porque –continúa Mar– sé que no le besaste solo para volver a liarte con él. Y sé que eres lo bastante lista como para saber que él no va a querer volver a liarse contigo así como así...

–¿Lo soy? –Dejo caer la cabeza entre las manos–. ¿Soy lo suficientemente inteligente? Me siento muy... tonta.

Mar guarda silencio hasta que siento que puedo volver a mirarla. Me deja que me muerda el labio y piense un poco antes de decir:

–¿Qué quieres? Si tus acciones no tuviesen consecuencias, ¿qué querrías?

–Estar con él –digo en voz baja. Contengo las lágrimas que me brotan.

–¿Por cuánto tiempo?

Aprieto los labios. La miro.

Entro en el aparcamiento del Blooming a las nueve y media. Los domingos abren a las diez, pero no puedo esperar. Conduzco con el pie izquierdo en el pedal, ya que en el derecho llevo la bota. No me he duchado. Ni siquiera estoy segura de haberme cepillado los dientes.

Avanzo con muletas hasta la puerta principal y, después de asomarme para ver si está a oscuras, cojeo hasta el aparcamiento. Su furgoneta está aquí. Llamo a la puerta lateral que da a la sala de exposición. Cuando la puerta metálica se abre, me quedo sin aliento al verlo. Lleva una de mis camisetas con tres botones en el cuello favoritas y unos vaqueros ajustados en los que apenas me cabe la mano. Parpadea antes de abrir la puerta de par en par para dejarme pasar. Me cuelo entre él y mis muletas chasquean en el suelo en medio del silencio.

–¿Qué pasa? –dice, mirando la bota con el ceño fruncido.

Una vez que he apoyado las muletas en la pared, me vuelvo hacia él.

–Cometí un error.

Aprieta los labios.

–Podemos olvidarnos del beso.

–Anoche no. Besarte fue muy intencionado –digo–. Hace años.

Me mira a los ojos antes de cruzarse de brazos y esperar a que continúe.

–Te besé porque te echo de menos. Porque sigo deseándote.

–El corazón me late con fuerza, y le veo tragar saliva, pero no se mueve–. Porque no debería haberme ido de la boda de tu madre, y no debería haberte hecho el regalo de la *Franklinia* y luego haberte hecho sentir que ni siquiera estábamos cerca de hablar de «para siempre». Porque lo éramos. Éramos «para siempre». Solo que no quería casarme.

Se queda mirando el banco de trabajo, uno viejo y desgastado que se parece mucho a él en este estudio de luces fluorescentes y paredes blancas.

—Me lo dijiste y no te escuché –dice–. Fue culpa mía.

—No lo fue. –Doy un paso adelante sobre mi pierna buena y él extiende el brazo con rapidez para sostenerme. Me pasa los dedos por debajo del codo y yo los cubro con la mano–. No estaba preparada. Tú fuiste mi primera relación, y he crecido sabiendo que no solo se tiene una. Pero... yo solo quiero una.

Retira la mano de mi piel y, antes de que pueda huir, antes de que pueda decir nada, arrastro la pierna mala hacia atrás y me arrodillo sobre la rodilla derecha. Le miro desde el suelo de la trastienda donde solíamos hacer el amor, desde el lugar donde me enamoré por primera vez no solo de su trabajo, sino de él, y le digo:

—Solo te quiero a ti. Y ahora estoy lista.

No puedo leerle la cara. Me escuecen los ojos y lo veo borroso. Así que lo esclarezco, repito sus palabras.

—Cásate conmigo.

# 32

# Elliot

## Ahora

Hacía dos años, nueve meses, una semana y tres días que no estábamos en esta habitación a solas, y todos los recuerdos se agolparon junto a ella cuando cruzó el umbral. La miro fijamente, de rodillas, con un pie en una bota y los ojos llenos de esperanza.

Todavía puedo sentir la presión de su boca contra la mía la noche anterior. La forma en que se agarró a mí. Anoche no pude dormir aferrándome a su fantasma.

«Cásate conmigo».

Me aclaro la garganta para no ahogarme al responder y doy un paso atrás. Veo que se le descompone el rostro.

–Eso no... Eso no es necesario –respondo.

Siento los labios vacíos y estúpidos. Ella se queda ahí, de rodillas. Esperándome. Me duele el pecho al ver cómo pierde la confianza en sí misma, pero no puedo hacerlo. No puedo permitir que cambie todo lo que quiere después de un solo beso. Eso es lo que hicimos la última vez. Y mira adónde nos llevó.

Ama adora los grandes gestos. Es la *wedding planner* que hay en ella. Pienso en el correo electrónico sobre el árbol de la *Franklinia*, en cómo ella solo quería darme algo y, a cambio, yo le pedí demasiado. Hay un pedazo de mi pecho que lucha por encajar de nuevo en su sitio al oír que todavía me quiere y tiene esperanzas. Pero Ama no quiere casarse.

Sigue en el suelo, así que me arrodillo y le sujeto los codos para ayudarla a levantarse. Pero me detiene y me mantiene en el suelo junto a ella.

–¿No es necesario? –repite–. ¿Qué significa eso?

Tiene los ojos húmedos. Puedo percibir el olor de su pelo desde tan cerca.

–No es... –Niego con la cabeza, observando un lugar más allá de su oreja–. No hace falta que hagas todo esto.

Siento que me presiona los hombros con los dedos. Tiene los ojos muy abiertos, casi con miedo.

–Te oí hablar con Jackie. Intentaste silenciarlo, pero no lo hiciste.

Maldito auricular. Me doy prisa en recordar todo lo que dije. Cosas sobre no desenamorarme nunca, sobre la necesidad de sentirme útil para ella, y contar los días... Levantarme por la mañana y contar hacia atrás cada momento. Tres años, cuatro meses, dos semanas y dos días desde nuestro primer beso. Tres años, dos meses y dos días desde la primera vez que me quedé a pasar la noche. Dos años, nueve meses, una semana y un día desde que cometí un gran error.

La miro a los ojos, rezando para que no sepa lo que quise decir. De repente, aparta la mirada de mí.

–Claro –dice–. Era... era otra persona. Lo siento. Me... me confundí, pero podemos olvidar esto.

Todavía estoy intentando acercarme a ella mentalmente cuando empieza a impulsarse para ponerse en pie. La ayudo a levantarse, dispuesto a asegurarme de que lo entiende.

–Ama...

–¿Podemos volver a trabajar juntos? –dice con rapidez–. Yo... ya entiendo que no vamos a estar juntos, pero la boda... Lo que hacemos es increíble, Elliot, y no creo que pueda volver a perderlo...

Suelto una exhalación. Me paso una mano por el pelo e intento no reírme de ella.

–Nunca acabas de trabajar. Tú... –Sonrío y niego con la cabeza–. Acabas de declararte y enseguida has pasado a los negocios.

La miro intentando averiguar si eso es bueno o malo y no puedo evitar tener la sensación de que cada vez estamos más cerca de eso, del momento. Vuelve a necesitarme. Vuelve a desearme. Y yo nunca he dejado de quererla.

Quiero decírselo, pero la última vez que lo hice fue por mí, no por ella.

Aparta la mirada y veo cómo sus dedos recorren distraídos las hendiduras de mis iniciales grabadas en la mesa de trabajo. Les da unos golpecitos.

—Esta mesa ya no pega con nada —dice en voz baja—. Deberías cambiarla.

—No pude deshacerme de ella.

Surgen los recuerdos: ella tumbada sobre la mesa, los pétalos de rosa pegados a su piel mientras me tiraba del pelo para acercarme a ella. Hace tres años, dos meses y cinco días.

Su mirada se cruza con la mía y sé que está recordando lo mismo. No aparto la mirada, intento demostrarle que la conservo por los recuerdos que tengo con ella. Que nunca podría deshacerme de un pedazo de ella.

—¿De quién hablabas con Jackie? —pregunta en un susurro. Me mira a la cara.

Doy un paso adelante y extiendo los dedos para rozar su mandíbula. Ella se inclina hacia mí.

—De alguien a quien conocí hace cinco años, cuatro meses, tres semanas y cinco días.

Un sollozo brota de su pecho. Levanta la mano para taparse la boca, pero la agarro de la muñeca y tiro de ella, acercando su cara a la mía.

Esta vez, cuando nos besamos, no parece un adiós, ni un error, ni algo sobre lo que reflexionar por la mañana. Es simplemente... un comienzo.

# 33

# Ama

## Ahora

Esta vez, cuando nos besamos, me concentro en su sabor. La forma en que enreda los dedos en mi pelo ahora más corto, como si ayer hubiera aprendido la lección de no buscar en mi espalda los mechones que ya no están ahí. La forma en que su brazo me rodea la cintura y me levanta, intentando quitarme el peso del pie.

Abro la boca para él y siento que se me van a escapar un millón de preguntas. Me abraza más fuerte, nos hace girar y me deja caer sobre la vieja mesa de trabajo. Sus manos me suben por los muslos y suelta una carcajada.

–El único día que has llevado vaqueros en tu vida, y ni siquiera podemos quitártelos.

Miro la enorme bota negra que cubre mi pierna derecha. Le sonrío.

–¿Y tú? ¿Te has puesto hoy estos vaqueros por alguna razón en particular?

Me acerco y paso la mano por la parte de delante.

–No te esperaba –dice.

–¿No? –Le beso, presiono mi pecho contra el suyo y busco con la mano su Henley. Se la enrollo en el estómago y le susurro–: Déjame ver el nuevo.

Llevo la mano hacia su pectoral izquierdo, donde vi que la tinta se deslizaba hacia el cuello. Se queda paralizado y tartamudea:

–Es que... No...

–Tengo que verlo. Por favor. ¿Qué es?

Levanto el jersey y descubro una Perla Roja. Una *amaryllis*.

Los pétalos se abren y cubren su corazón. El tallo trepa hasta su hombro. No puedo respirar.

–¿*Amaryllis?* –pregunto–. Pero no está extinta.

Se pasa una mano por el pelo y me doy cuenta de que se suponía que nunca me iba a enterar de esto.

–Nun... Nunca se trató de la extinción. Los tatuajes... –Deja salir el aire–. Son las que no puedo tener. Las que no se pueden usar en arreglos, no las puedo tener en la tienda. –Me mira–. Las que es probable que desaparezcan antes de que pueda amarlas.

Respiro con dificultad. Mis dedos recorren los bordes de los pétalos de la Perla Roja. Bajo la cara y beso la tinta, como solía hacer. Su estómago se tensa, como solía hacerlo.

–Eres un ñoño, Elliot Bloom –le susurro en la piel.

Le brota una carcajada del pecho.

–Sí. Sí, lo soy. –Me aparta el pelo de los ojos–. No voy a casarme contigo.

Parpadeo y trago saliva.

–Vale.

–Pero voy a estar contigo.

Conteniendo la sonrisa, lo miro a través de las pestañas, como él «odia» que haga. Se inclina para besarme de nuevo, dejando caer las manos sobre mis rodillas.

Pasan muchas cosas cuando Elliot Bloom besa. Cosas de las que él ni siquiera es consciente. Cosas que nunca le contaré. Gime mucho en el fondo de la garganta. Es completamente embriagador. Además, acerca mi cuerpo a él tanto como le es físicamente posible, y eso me vuelve loca. Besa como alguien que no ha besado mucho, y aunque ya hemos encontrado un ritmo común, todavía me sorprende cuando lo hace con torpeza o cuando pierde la concentración mientras le bajo la cremallera. Como ahora.

Elliot me mira las manos, como si fuera a detenerme, pero lo que más me gusta en el mundo entero es meter la mano en sus vaqueros. Se le corta la respiración, se le nublan los ojos, y parece que no puede creer que quiera tocarle. Y siento cómo se agranda en mi palma, más duro e hinchado.

—Ama —murmura, y vuelvo a besarlo.

Tira de la parte inferior de mi camiseta y, una vez que me la quita, su boca se aferra a mi cuello. Siento un cosquilleo en la piel cuando recuerdo los chupetones que le gusta hacerme, la forma en que tenía que tapármelos y la reacción que tenía al encontrar los que no me había tapado. De repente me asalta un pensamiento y tengo que decirle...

—Elliot —digo alejándolo—. No he estado con nadie este año. Tú... tú le dijiste a Jackie que estaba con alguien, pero yo... —Trago saliva—. Creo que oíste a Mar al teléfono una mañana.

Veo cómo se le desencaja la mandíbula cuando me mira a los ojos.

—Vale —dice, casi con desconfianza—. Pero no pasa nada si tú...

—No he estado con nadie. No podía..., no fui capaz. —Miro el tatuaje de la *amaryllis* para no tener que mirarle a él—. Lo intenté varias veces, pero no salió bien, así que... —Respiro hondo—. ¿Y tú te veías con alguien? ¿Kate? ¿Era algo serio? O sea... Dios, lo siento. No tienes que...

—No, no era nada serio.

Le miro. Tiene los ojos negros.

—No he estado con nadie desde que estuve contigo.

Estoy a punto de echarme a llorar cuando me mete los dedos por debajo de las rodillas y tira de mí hasta que estoy de espaldas sobre la mesa de trabajo. No tarda en desabrocharme los vaqueros y bajármelos por las piernas. Me quedo sin aliento, completamente anonadada por mis propias emociones. Me arranca un zapato, me quita los vaqueros de una pierna y me pone una mano en el vientre para sujetarme mientras sus labios se posan en el encaje que me cubre el centro.

Jadeo, llevándome una mano a la boca.

—Ell...

Tira del encaje hacia un lado con los dedos y entonces vuelve a tener la lengua sobre mí. Y al igual que hace años, el cerebro abandona mi cuerpo. Apenas soy consciente de que los vaqueros me cuelgan de una pierna. Ni siquiera puedo mantener los ojos abiertos mientras mueve la boca sobre mí, besa, lame y succiona.

—Te echo de menos —murmuro al techo.

—Estoy justo aquí.

La vibración de su voz me aprieta las rodillas contra el pecho y no tarda en abrirme los muslos, abriéndome por completo para él. Empiezo a agitarme en busca de aire cuando su lengua se sumerge en mi interior y empiezan a salir gemidos de su garganta.

Nunca me había corrido tan rápido con nadie como con él. No es solo por su tamaño, son momentos como este en los que se toma su tiempo y me vuelve loca hasta que estallo como si fuera una botella al ser descorchada.

Apoyo las manos en los laterales del banco de trabajo.

—¿Pensabas en esto cuando trabajabas en esta mesa?

Responde rápido.

—Siempre.

Me tiemblan los muslos. Estoy llegando a la cima a la que siempre me empuja.

—Conservar la mesa fue la peor decisión profesional de mi vida —dice.

Me río, y entonces sus labios se cierran sobre mi clítoris y grito. Me oigo maldecir, murmurar palabras sin sentido sobre el amor y el «para siempre», volviendo a tomar aire.

No se detiene. Me mete dos dedos y me estremezco. Me succiona con los labios, me penetra con los dedos, y vuelvo a romperme, tiemblo y sollozo. No puedo mantener las caderas quietas, me follo su boca y me muevo contra su cara.

Cuando se retira y se baja los vaqueros con rapidez, dice:

—Voy a correrme. No puedo...

—Dentro. Dentro, por favor.

Aún me tiemblan los muslos cuando me empuja hasta el borde de la mesa, se coloca y me penetra. Gime desde el pecho y no puedo creer lo equivocada que estaba con su tamaño. Probé juguetes sexuales para igualarlo y me equivoqué. Se me ponen los ojos en blanco y vuelvo a correrme. No puedo concentrarme en otra cosa que no sea el placer que rebota dentro de mí, el sonido de sus caderas golpeando mi piel.

Le oigo gritar y sé por experiencia que se va a correr. Pero tengo los nudillos entre los dientes para mantenerme anclada al suelo, para no volver a gritar.

Me agarra de la muñeca y me arranca los dedos de los dientes, embistiéndome una vez, dos veces más, y suelto un grito que me avergonzaría si siguiera teniendo cerebro.

Cuando jadeamos el uno contra el otro, se inclina, aparta la tela de mi sujetador y me besa los pechos. Como si fuera una ocurrencia tardía. Como si lo hubiera olvidado y tuviera que compensarlo. La piel me hormiguea.

—Te quiero —susurro.

Me mira con ojos oscuros.

—Es la segunda vez que me lo dices.

Me ruborizo al darme cuenta de que él no me lo ha dicho. No desde la boda de su madre.

—Puedo parar si tú...

—Es solo que estoy muy enfadado porque pensaste que podías entrar aquí, declararte y decirme que me quieres. —Sonríe, su nariz roza mi mejilla.

—En realidad, hay cosas que no cambian, ¿eh? —digo—. Siempre he hecho lo que he querido en esta trastienda.

Me pasa el pelo por encima de la oreja.

—Por eso te quiero.

# 34

# Ama
## Seis meses después

Por las mañanas, me despierto en la cama de Elliot o en la mía, pero siempre con sus brazos rodeándome. Me doy la vuelta en su abrazo y le paso los dedos por las cejas hasta que se despierta. Cuando entreabre las pestañas, le digo:

–¿Quieres casarte conmigo?

Niega con la cabeza. O murmura un no. O se da la vuelta y me manda a la mierda.

Y yo le pregunto:

–¿Entonces cuándo?

–Tal vez mañana –dice siempre.

En los días en los que Elliot está de mal humor, me gusta agarrar a Lady Cat-ryn en brazos y dejarla caer desde cierta altura sobre su estómago.

Antes podía acercarme al portátil entre las ocho y las diez de la mañana y empezar el día cuando quisiera. Ahora ya no puedo. El especial de la cadena TLC se emitió hace tres meses. Ahora estoy haciendo reservas con dos años de antelación, y dentro de un año, cuando Jake haya adquirido suficiente experiencia, empezaré a trabajar los sábados con doble boda. Así que ahora, Elliot y yo nos dirigimos a Blooming a las ocho cada mañana y nos ponemos a trabajar.

Y no es solo que la boda de Hazel y Jackie se destacara de maravilla en *Fabulous Dream Weddings*, poniéndome en el punto de mira. Es que por mucho que lucharan sus abogados, Whitney no pudo conseguir que Bea la eliminara del episodio. Su arrebato fue televisado a toda la nación, incluso cuando me llamó zorra y perra. Y si eso no arruinó su reputación, el meme del caballo lo hizo.

Whitney, casi atropellada por ese caballo, es ahora un tesoro nacional. La forma en que saltó hacia atrás, gritó y se recuperó en una sola toma se ha hecho viral. He visto varios pies de foto de ese momento.

Cuando te traen la cuenta al bar

Yo entrando en 2024

Cuando dice que quiere ver tu carpeta porno

Las chicas obsesionadas con los caballos cuando
se encuentran con caballos de verdad

A mí también me han hecho memes. No caló tanto como el de Whitney, pero «Whitney, vamos. Sé una profesional» circuló por Twitter como un contraataque durante un tiempo. Y el día que se emitió el episodio, Hazel Renee tuiteó «Porque estoy creciendo» y nada más. Fue lo que le dije a Whitney cuando le dije que debía temerme.

Dos semanas después, Elliot sustituyó la pared de rosas en la que ponía BLOOMING de la sala de exposiciones por «Porque estoy creciendo», escrito con rosas blancas sobre un fondo de rosas rosas. No dijo nada al respecto, simplemente siguió con su día. Son flores de seda, así que ahora todas las futuras parejas que me vean por primera vez en mi oficina de Blooming podrán ver mi eslogan.

Me he hecho un hueco en la sala de exposiciones. Es un simple escritorio con mi portátil y mi Rolodex, junto a un fragmento de la pista de baile de Jackie y Hazel que cuelga de la pared como una ventana, secamos las flores para que fuera un recuerdo permanente de aquel día. Mi pequeño despacho es como un Starbucks en medio de unos grandes almacenes.

—El 14 de junio es una fecha estupenda —digo a la pareja sentada en las sillas frente a mí–. Ahora ya podré añadiros al calendario.

–Maravilloso –dice la mujer, Beth. Se sienta en su silla, como si todos sus problemas hubieran terminado. Y puede que así sea–. Me alegro mucho de que hayamos podido localizarte.

–Y recordad –digo–, si junio del año que viene queda demasiado lejos, siempre podéis ir a otro organizador que tenga disponibilidad este año...

–No, no –dice el novio. Hace un gesto con la mano para restarle importancia–. Ella es muy inflexible con esto: quiere que te ocupes tú.

Beth asiente con vigor. Yo sonrío.

–¡Vale! Me parece bien.

–¿Crees que...? –Beth se inclina hacia mí–. ¿Crees que podríamos crear un espacio desde cero como el de Hazel Renee?

–Desde luego. Podemos hablar de presupuesto y lista de deseos en nuestra próxima reunión, pero mándame el tablero de Pinterest que sé que has estado creando, ¡y nos pondremos manos a la obra!

En ese momento, Elliot entra en la sala de exposición y se limpia las manos con un trapo.

–Tengo que ir a hacer una instalación en el baile del instituto, pero volveré dentro de una hora.

Asiento y me levanto de la silla.

–¿Me recogerás a la vuelta? –pregunto, y él pone los ojos en blanco–. ¿Por favor? Sabes que Jake está en clase ahora mismo.

–¿Chocolate *old-fashioned* y una barrita de sirope de arce?

Le sonrío y me pongo de puntillas para darle un beso de despedida. Cuando me vuelvo hacia Beth y Robbie, les digo:

–Por cierto, no tenéis ninguna obligación de contratar a Blooming para las flores. Repasaré todas vuestras opciones de proveedores en la próxima reunión.

–Pero eso está bien –dice Robbie sin darle importancia–. Que seáis como un equipo. Creo que eso me gusta.

Beth se inclina hacia mí.

–He visto en el Twitter de Hazel Renee que su mujer y ella os emparejaron. ¡Es una historia increíble!

Sonrío.

–Lo es. Hazel y Jackie fueron unas casamenteras excelentes.

Le lanzo un guiño a Elliot, que refunfuña.

Carga la furgoneta con la pared de rosas que el St. Joseph encargó para el fondo de las fotos, y Robbie no acepta un no por respuesta cuando se ofrece a ayudar a Elliot a subirla al maletero de la furgoneta.

Beth se vuelve hacia mí.

–Debe ser tan difícil planear el «felices para siempre» de otras parejas con tu propio novio. ¿Cuándo os casáis?

Le sonrío, uniendo las manos bajo la barbilla.

–Sigo preguntándole lo mismo.

–Ah, ¿es de los que no se comprometen? –me pregunta con una sonrisa.

–Algo así –le digo–. Cuéntame la historia de tu pedida de mano. Son mis historias favoritas.

Mientras Beth me cuenta todo lo que necesito saber para hacer de su boda el día perfecto, me doy cuenta de que es una bastante buena. Es probable que duren.

Me encanta una buena historia de pedida de mano, pero ¿mi favorita? Bueno, os la contaré cuando diga que sí.

# Nota de la autora

A medida que iba creciendo, me fui dando cuenta de que Sacramento era un lugar del que había que marcharse, al menos en lo que a mi experiencia respectaba. El teatro estaba en Nueva York. Las playas estaban en Los Ángeles. La cultura estaba a dos horas al oeste, en San Francisco. ¿Y qué era la CSU de Sacramento? Crecí rodeada de gente que estaba de acuerdo en que Sacramento es un lugar estupendo para formar una familia, pero si vas a ser artista, tienes que irte. Y eso hice. Pero como la mayoría de las historias de amor de Hallmark en las que una chica de ciudad debe volver a casa desde Nueva York y aprender a amar las raíces de su hogar con la ayuda de un carpintero, un mecánico o un capitán de barco fuerte y bruto, yo volví a casa, a Sacramento. Y ese marinero, para mí, fue *No me olvides nunca*.

Ambientar este libro en Sacramento no me pareció nada del otro mundo hasta que llevaba una cuarta parte de la escritura. De repente, todo se volvió muy específico y no hubo forma de sacar el libro de Sacramento. Era facilísimo saber dónde compraba Ama sus dónuts, dónde la llevaba Elliot a una cita, a qué instituto iba Ama y qué pensaban los demás al respecto. Algunas cosas eran instintivas, como la ubicación exacta de la floristería de Elliot: es la tienda donde compré los ramilletes y los *boutonnières* para el baile de fin de curso, aunque ahora está cerrada. Cerca del setenta y cinco por ciento de los lugares mencionados en este libro son reales, y de ese cuarto restante, cerca del quince por ciento son lugares que o bien han cerrado sus puertas, o bien se convertirán en una broma interna para los habitantes de Sacramento. Algunos nombres están sabiamente velados para proteger mi ciudad, pero si lo tienes claro, es que lo sabes.

Crecí pasando con el coche por delante de bodas en el jardín de rosas del parque McKinley, donde transcurre gran parte de este libro. Nunca fui una niña que soñara con el día de su boda, pero cuando me senté e intenté imaginar cómo sería una boda perfecta en Sacramento, me encontré a mí misma gravitando hacia la Rosaleda y el centro de la ciudad. ¿Es así como me gustaría celebrar mi boda algún día? Puede que no. Pero sí sé que me gustaría tener a Ama como *wedding planner*.

Para mí, era importante que Ama no se hubiera ido de la ciudad para ir a la universidad o emprender una gran carrera y luego hubiera vuelto a Sacramento, como si fuera la segunda opción. Es algo que siempre lamenté de los primeros años que pasé al volver a mi ciudad natal: la sensación de haber fracasado en el intento de salir de Sacramento. Para Ama, en *No me olvides nunca*, sus sueños siempre habían coincidido con el lugar donde vivía. No tenía que vivir la vida de una chica de ciudad antes de volver a casa para enamorarse. Sabía que podía conseguir todo lo que quería a dos manzanas al este de donde había crecido. Y claro, añadí un marinero bruto y fuerte que tiene una floristería, pero ¿cómo culparme por ello?

# Agradecimientos

Dios mío, ¡es un libro! ¡No puedo creer que hayas pagado, echado un vistazo o pirateado mi novela! ¡Qué guay!

Puede que primero tenga que darle las gracias a Ali Hazelwood. Y que esté en el contrato que firmé con ella. Así que gracias, Alison, por convencerme de que sacara a la luz una historia (completamente diferente) mientras echábamos un vistazo a una juguetería, como adultas que somos. Sin tu ánimo, guía y apoyo, esta gente nunca habría podido piratear mi libro.

Gaia Banks, mi agente, mi madre tierra, se merece todo el cariño por encenderse como un árbol de Navidad cuando le conté mi idea para este libro. Tengo que darle las gracias a su hijo por venir al mundo en el momento exacto para que este libro exista tal como existe. Gracias, Gaia, por creer en mí, por quedarte despierta pasada la hora de cierre de las oficinas durante esa semana debido a la diferencia horaria. Gracias a todos los que forman parte de Sheil Land Associates, incluidas Maddie y Alba.

Muchísimas gracias a todos los que trabajan en Forever y HarperCollins UK por creer en *No me olvides nunca*, sobre todo a mis INCREÍBLES editoras Junessa Viloria y Martha Ashby, que creyeron en este libro sin reservas. Gracias por rescatarme de mis chistes malos y recordarme que no todos viven en mi cabeza, como siempre había supuesto. Gracias a los equipos de *marketing* y publicidad, en especial a Dana Cuadrado y a Queen Estelle por cada pizca de creatividad y pasión que pusisteis en esto. Y gracias a Beth, Sabrina, Leah, Stacey y Daniela, y a todos aquellos a quienes he olvidado de Forever y HarperCollins UK, que probablemente sean muchos porque, literalmente, solo he hablado con tres de vosotros a la hora de escribir esto. Gracias a Lori Paximadis. ¡Gracias a mis editoras alemana, polaca y brasileña, Maria Runge, Alicja Oczko y Frini Georgakopoulos, por arriesgaros!

Gracias a todas las novias para las que he sido dama de honor, que son muchas. Aunque todavía no he llegado al nivel de *27 vestidos*, mi futuro está claro.

En gran parte de este libro, seguro que parece que no sé de lo que hablo, pero estas personas hicieron todo lo posible por ayudarme en todo tipo de temas: Cat Dionisio, Michelle Adamsky, Angelica Whaley, Ashley Mortensen y Adriana Daft *née* Zerio se merecen el mundo entero. (Pero cualquier cosa en la que me haya equivocado es sin duda culpa de todas ellas, muchas gracias).

La única manera de sobrevivir a una publicación o a una pandemia o a la publicación durante una pandemia es con los espacios de apoyo. Gracias a mis amigas de Gremlins, MW, Krampus, Words Are Hard y, sobre todo, a Claire, Jen, Ali y Kate Goldbeck de The Edge Chat, que querían lo mejor para mí y para este libro cuando yo misma no podía desearlo. Gracias, Lucy, por cubrirme siempre las espaldas y prepararme para el éxito. Gracias, Anna Conathan, por ser la mejor entrenadora y por presentarme a mi diosa creadora. Y a Mar, Cat y Amanda, gracias por ser mis animadoras, las *sidechat bitcas*, las consejeras de crisis existenciales, las primeras lectoras beta y, en general, mis mejores amigas, con *fandom* o sin él.

Un agradecimiento muy especial a Fran, no solo por la perla en la que convirtió en este libro, sino también por tu creatividad desinteresada que lleva a tanta gente a crear buenas historias. (Síguela en **@galacticidiots** en la aplicación con la X). ¡Gracias a Abby Jimenez por el *blurb* adelantado! Gracias a NikitaJobson por tus cubiertas. Gracias por cada obra de arte que has tenido la amabilidad de crear para mis *fics*. Es un honor tenerte como la creadora de mis cubiertas y me alegro de que recibas el reconocimiento que mereces.

A todos los que me conocen como Juls o LovesBitca8, gracias. El *fanfiction* no es un trampolín hacia la publicación tradicional. Es un hogar que siempre formará parte de mí. Gracias a los miembros de Rights and Wrongs y a los amigos de RoR. Gracias a todos los que me han dejado un comentario, me han felicitado o me han dicho que mi trabajo importa.

Gracias, Sacramento, por ser el lugar del que siempre quieres irte, pero al que parece imposible dejar ir en tu corazón. Cerca del setenta y cinco por ciento de los lugares que aparecen en este libro son reales. Recomiendo visitar esta terrible y maravillosa ciudad (pero no en verano) e ir a la Rosaleda del parque McKinley.

Gracias a Jennifer Borasi, a Richard Weldon y a Joshua McKinney por enseñarme a escribir y a disfrutar de las palabras. Gracias a mi familia, sobre todo a la abuela Glo, cuya mente sucia y humor perverso heredé, y a la abuela Marion, de la que guardo un recuerdo: regalarle una flor. Y, por último, y lo más importante, gracias a mis padres por creer en mí cuando quise ser actriz, cuando quise ser escritora de musicales y ahora, que me he convertido en autora. A la tercera va la vencida, ¿no? Gracias a mi madre por el título de este libro, y gracias a mi padre por leer mi versión «editada».

# Índice